Kristina Günak

Die Drachenbraut

– U-line Eternal Love –

2. Auflage Dezember 2012
Titelbild: Agnieszka Szuba // www.the-butterfly-within.com

Lektorat: Franziska Köhler
Satz: nimatypografik
Druck & Bindung: AALEXX Buchproduktion GmbH // www.aalexx.de

ISBN: 978-3-939239-26-0

ETERNAL LOVE
ein Imprint von
Ubooks-Verlag | U-line UG (haftungsbeschränkt)
Neudorf 6 | 64756 Mossautal
www.u-line-verlag.de

Kristina Günak lebt und arbeitet im Norden von Deutschland. Nachdem sie als Maklerin lange Zeit Häuser verkauft hat, verdient sie ihre Brötchen jetzt als Mediatorin und systemischer Coach.
«Sie werden es nicht glauben, aber ich bin eine Hexe», schwuppte ihr eines Morgens, nach einer viel zu kurzen Nacht, einfach so durchs Hirn.
«Woher bist Du gekommen?», nuschelte sie undeutlich und erstaunt zwischen den Kelloggs hervor und der erste Satz von Eine Hexe zum Verlieben antwortete düster: «Scheißegal, setzt Dich hin und schreib!»
Erschüttert von so viel Autorität folgte sie diesem Befehl umgehend und fing an zu schreiben. Bis heute.

Kapitel 1

Er lebte. Seine Chancen standen gut. Es war spät. Dr. Josefine Rosenberg schaute mit vor Müdigkeit brennenden Augen in das Überwachungszimmer der Intensivstation. Die Sonne war schon vor Stunden untergegangen. Aber die pure Freude über das gewonnene Leben wog die Erschöpfung des langen Arbeitstages auf.

«Du hast Feierabend.» Alexanders Stimme hinter ihr klang gewollt streng. «Ich betrachte es als meine Pflicht, die Oberärztin daran zu erinnern, dass auch sie Freizeit braucht.»

Sie drehte sich um und betrachtete ihren Kollegen und Freund. Er grinste, was ihm einen lausbübischen Ausdruck verlieh und kurz darüber hinwegtäuschte, dass auch er müde war. Er trat neben sie und legte seine Hand gegen die Scheibe.

«Ich weiß nicht, wie du es machst, aber es ist wirklich eine Gabe.»

Er wusste nicht, wie recht er damit hatte, und vermutlich würde er es auch nie erfahren. Sie warf einen letzten Blick auf den Patienten, der heute fast sein Leben verloren hätte.

Als die größte Hektik abgeklungen war, hatte sie noch eine Weile neben seinem Bett gestanden. Eine Hand auf seiner Brust hatte sie der langsam wiedererwachenden Lebenskraft in seinem Körper nachgespürt, und so war auch an diesem Tag das Ende ihres Dienstes einfach an ihr vorbeigezogen, ohne dass sie es wahrgenommen hätte.

Alexander blickte sie intensiv an, und ihr wurde bewusst, dass sie gedankenverloren direkt an ihm vorbeigesehen hatte.

Sie räusperte sich. «Hoffen wir, dass es keine Komplikationen gibt.»

Infektionen und Nachblutungen waren ihre ärgsten Feinde in der Unfallchirurgie. Sie wandte sich zum Gehen und knuffte Alexander einmal freundschaftlich gegen die Schulter. Ihm hatte sie diesen Job zu verdanken.

«Bereust du es, zurückgekommen zu sein?»

Sie blieb stehen und spürte seinen fragenden Blick auf sich ruhen. Während er nach der AiP-Zeit damit begonnen hatte, Karriere zu machen und sein Privatleben zu pflegen, war Josefine, rast- und ruhelos wie sie war, in den tiefsten Busch nach Afrika geflohen.

«Nein. Wirklich nicht.»

Ihre Stimme klang fest. Die Entscheidung zurückzukommen war richtig gewesen. Auch hier war es manchmal schwierig, aber es gab wenigstens Hoffnung. Die hatte sie auf dem schwarzen Kontinent an AIDS verloren, diese schreckliche Krankheit, die ganze Regionen ausrottete. Sie hatte den nahenden Tod zuverlässig gefühlt, ohne etwas tun zu können. Hier jedoch war es ihre Fähigkeit, die manchmal den schmalen Grad zwischen Leben und Tod in Richtung Leben verändern konnte.

Auf dem Weg in den Umkleideraum der Station ließ sie ihre Schultern kreisen, um die Verspannung im Nacken etwas zu lockern. Ihr Blick wanderte über den grünen Linoleumboden des Krankenhausflures, während sie dachte, dass das Wort «Freizeit» so viel versprechend klang. So positiv und wärmend, wobei es für sie doch nur wieder bedeutete, sich allein mit einer Tiefkühlpizza vor den Fernseher zu hocken.

In dem kleinen, kahlen Raum, in dem sie und ihre Kollegen ihre Kleidung wechselten, öffnete sie die Tür ihres Spindes. Beiläufig warf sie dem Foto, das in der Innenseite klebte, einen Blick zu. Sie hängte ihren Kittel an den ewig wackeligen Haken, um sich dann doch wieder, wie magisch angezogen, ihrem Lieblingsfoto zuzuwenden.

Vierzig Menschen der unterschiedlichsten Nationen hielten ein Banner in die Höhe, auf dem stand: «Goodbye Jo!» Ein Abschiedsgruß ihrer Kollegen von «Ärzte ohne Grenzen».

Für einen Moment hielt sie inne und spürte dem zarten Gefühl der Wehmut nach. Sie war immer noch nicht ganz in Hamburg angekommen. Zu groß war der Kontrast zwischen dem schwarzen Kontinent und der nordischen Metropole. Aber sie war auf dem besten Weg. Zumindest schaffte sie es die meiste Zeit, sich dies einzureden.

Sie schlüpfte aus den Stationsschuhen in ihre Sneaker und suchte in ihrer Tasche nach dem Autoschlüssel. Vergebens wühlte sie sich durch die Tiefen und fand den Schlüssel schließlich neben ihrem Handy auf der Ablage im Spind. Sie wollte gerade das Telefon in die Tasche schmeißen, als sie die drei Anrufe in Abwesenheit auf dem Display entdeckte. Ganz schön viel für jemanden, der das Handy eigentlich mehr als Wecker denn als Kommunikationsgerät nutzte.

Neugierig drückte sie auf die Taste für die Kurzwahl zur Mailbox, während zwei Schwestern den Raum betraten. Sie lauschte der blechern klingenden Stimme, nickte den beiden grüßend zu und trat einen Schritt zur Seite, um ihnen Platz zu machen. Eine der Schwestern lächelte sie an, und sie erwiderte diese freundliche Geste automatisch, obwohl ihr nach den ersten Worten der Nachricht auf ihrem Anrufbeantworter nicht mehr nach Lächeln zumute war.

Eine halbe Stunde später war sie auf der Autobahn nach Berlin.

Kapitel 2

Josefine trommelte nervös mit den Fingern auf die Rezeptionstheke. Sie kannte das hier schon zur Genüge. Der Magische Rat hatte sie immerhin bereits das dritte Mal in acht Monaten vorgeladen. Gereizt funkelte sie den dunkel gekleideten Mann hinter der Theke an.

«Hören Sie,» sagte sie ungeduldig. «Ich hatte einen langen Tag. Einen wirklich verdammt langen Tag. Ich möchte nichts weiter als auf mein Zimmer.»

«Ich tue mein Menschenmöglichstes», versicherte ihr der dunkel gekleidete Mann hinter der Rezeption geflissentlich, was allerdings im krassen Gegensatz zu seinen im Schneckentempo über die Tastatur des Computers kriechenden Fingern stand.

«Es ist kein Zimmer für Sie reserviert.» Mit diesen Worten stellte er jede weitere Bemühung ein und verzog die Mundwinkel in Richtung des roten Teppichs. «Wir sind ausgebucht. Es tut mir leid.»

Bedauernd zuckte er die Achseln und wandte sich einem Stapel Papier zu. Für ihn war der Fall offensichtlich erledigt.

«Herrgott!», fluchte Josefine und stellte sehr nachdrücklich ihre Laptoptasche auf den messingfarben schimmernden Tresen.

Sie hatte nicht nur einen extrem anstrengenden Tag hinter sich, sie hatte auf dem Weg auch noch zwei Stunden im Stau verbracht und langsam das Gefühl, vor lauter Müdigkeit nur noch Watte im Kopf zu haben. Bis jetzt hatten die Buchungen doch auch immer reibungslos funktioniert?

Vielleicht musste in diesen Zeiten ja sogar der Magische Rat jedes sich bietende Einsparungspotential nutzen und man hatte sie kurzerhand auf eine Jugendherberge umgebucht. Wenn dem so wäre, hatte man leider vergessen, ihr dies mitzuteilen.

«Und was mache ich jetzt?», fragte sie den mittlerweile Papiere sortierenden Mann ungeduldig.

«Zurzeit ist ganz Berlin ausgebucht. Es herrscht absoluter Bettenmangel. Ich kann Ihnen leider nicht helfen.»

Er nickte ihr zu und brachte sich schleunigst in das Büro hinter dem großzügigen Empfangsbereich vor ihr in Sicherheit.

Es war mittlerweile halb zehn und Josefine überlegte bereits, ob eine Nacht im Auto als Alternative durchgehen konnte, als direkt neben ihr eine kühle Stimme ertönte. Armand Dupont, der Vorsitzende des Magischen Rates, war wie aus dem Nichts neben ihr an der Rezeption aufgetaucht.

«Dr. Rosenberg. Wie schön, Sie zu sehen.»

Eine glatte Lüge, aber wenigstens entsprachen diese Worte den allgemeinen zwischenmenschlichen Umgangsformen und waren weniger auffällig, als es die Wahrheit gewesen wäre.

«Guten Abend, Herr Dupont», antwortet Josefine betont höflich und drehte sich zu dem kleinen, fülligen Mann um. Schließlich war auch sie in der Lage, den Schein zu wahren.

Der Ratsvorsitzende betrachtete sie kalt aus seinen hellbraunen Augen, griff sich einen der rotbackigen Äpfel, die in einer goldfarbenen Schüssel für die Gäste bereit lagen, und fragte fast beiläufig: «Probleme?»

«Es ist kein Zimmer gebucht und das Hotel ist voll.»

«Sollten wir Ihnen etwa schon wieder die Gunst eines Fünf-Sterne-Hotels zukommen lassen?»

Er klang, als wäre sie ein lästiges Insekt, das ihm in den Ärmel geklettert war.

Nein, der Ratsvorsitzende mochte sie nicht. Sie vermutete sogar, dass er ihr gerne ein wenig Arsen ins Essen gemischt hätte, um sich der Probleme mit ihr zu entledigen. Schließlich verabscheute er, was sie tat.

Nun ja, der Rat hatte seine Probleme, sie ihre. Außerdem hatte sie es schon immer schwierig gefunden, sich um die Meinung anderer zu kümmern, deswegen zwang sie ein Lächeln, das gerade so die Mundwinkel hob, auf ihre Lippen und nickte dem gedrungenen Mann neben ihr zu.

«Herr Dupont, das ist mir relativ gleich. Wenn nicht, sagen Sie mir das nächste Mal einfach Bescheid, dann nehme ich mir einen Schlafsack mit.»

Das war ihr voller Ernst. Lieber schlief sie auf einer Parkbank, als auf die Gunst dieses Mannes angewiesen zu sein.

Er reagierte nicht auf ihre Worte, versenkte nur seine strahlend weißen Zähne in der roten Frucht. Zeitgleich schlich sich ein leises Surren in ihre Wahrnehmung. Seine Magie war offensichtlich bei ihren Widerworten erwacht und umgab ihn jetzt reizbar wie ein ausgehungerter Schwarm Hornissen, während er auf dem Apfel herumkaute.

Er schluckte und murmelte: «Sie sind lästig», bevor er übergangslos mit seiner tiefen Stimme über den Tresen hinwegrief. «Hallo? Ist da jemand?»

Im Eiltempo sprintete der dunkel gekleidete Mann aus seiner Deckung hervor. Als er den Ratsvorsitzenden erblickte, erschien ein strahlendes Lächeln auf seinem Gesicht.

«Herr Dupont! Herzlich Willkommen in unserem Haus.»

Er schien tatsächlich hoch erfreut zu sein. Josefines Anwesenheit war vergessen.

«Immer wieder gerne bei Ihnen.»

Der Ratsvorsitzende klang jetzt sehr verbindlich und nahm das kleine Kärtchen für das Hotelzimmer entgegen. Wie um sie von den folgenden Worten auszuschließen, beugte er sich vertraulich vor und flüsterte: «Es scheint ein Reservierungsproblem gegeben zu haben.»

Sein spärlich behaarter Kopf ruckte einmal in ihre Richtung. Innerlich die Augen verdrehend gab Josefine vor, interessiert die kostbaren Kunstdrucke an der Wand hinter der Rezeption zu betrachten.

Ganz plötzlich würde das Hotel ein freies Zimmer zur Verfügung haben, das, oh Wunder, vor fünf Minuten noch nicht einmal existierte. Das war keine Magie, auch wenn Armand Dupont ein großer Magier war. Es war schlicht Macht, die diese spontane Zimmervermehrung bewirkte. Tatsächlich: Eine Minute später hielt auch Josefine ein Kärtchen in den Händen und schulterte ihr Gepäck.

«Frau Dr. Rosenberg», grüßte der Ratsvorsitzende kalt und eilte zu den Aufzügen, wohingegen sie den entgegengesetzten Weg zur Treppe nahm.

Seit sie denken konnte, hasste sie Aufzüge mit tiefer Inbrunst und betrat sie nur, wenn es um Leben oder Tod ging, was in ihrem Job allerdings öfter vorkam, als ihr lieb war. Hier und jetzt galt es allerdings kein Leben zu retten, deswegen gönnte sie sich den Luxus der Treppe.

Während sie die Stufen in dem nach dem Pomp der Eingangshalle fast kahl wirkenden Treppenhaus nach oben eilte, war sie gedanklich bei dem eilig umgestellten Dienstplan in der Klinik. Sie bedauerte, dass sie so spontan zwei Tage hatte freinehmen müssen, was einigen Kollegen ihre Planung gehörig auf den Kopf stellte. Zudem hatte Alex nun einiges gut bei ihr, denn nach so kurzer Zeit bereits einen Kurzurlaub zu beantragen, das war mehr als ungewöhnlich. Aber leider ließ sich das nicht ändern. Eine Einladung des Magischen Rates lehnte man nicht ab. Sie wusste das. Sie hatte es versucht.

Ganz in Gedanken versunken nahm sie den nächsten Treppenabsatz so schwungvoll, dass sie fast in den dort sitzenden Hund hineingerannt wäre. So rammte sie dem armen Tier beinahe ihre Tasche gegen den Kopf, bevor sie, um Schlimmeres zu verhindern, gegen die nächstbeste Wand stolperte.

«Oh Gott, 'tschuldigung», sagte sie zu der schwarz-weißen Bulldogge, die immer noch in völlig unveränderter Position auf dem blanken Betonfußboden hockte und sie mit schräg gelegtem Kopf anstarrte. Sie erwiderte seinen Blick. Der Hund war hässlich, da gab es nichts zu beschönigen, und der gedrungene Köper war muskelbepackt wie bei einem Preisboxer.

«Wenn du hier so rumsitzt, kann es passieren, dass Menschen dich umrennen», informierte sie das Tier schließlich.

Die Bulldogge hob den Kopf ein kleines Stück, sah sie jedoch weiter unverwandt an. Für einen Moment wurde sie unsicher. Selbst bei geschlossenem Maul ragten die Fangzähne ein gutes Stück über die Lefzen hervor. Was vermutlich ein Rassestandard war, aber dennoch gefährlich aussah. *Vielleicht nahm er gerade Maß und würde sie gleich zum Abendbrot verspeisen?*

Sie wandte den Blick ab und trat einen kleinen Schritt zur Seite, um etwas mehr Platz zwischen sich und das Tier zu bringen. Um nichts in der Welt wollte sie ihn provozieren. Der Hund bewegte sich immer noch keinen Millimeter von der Stelle. *Vielleicht würde er auf direkte Ansprache reagieren?*

«Ob du wohl so freundlich wärst, einen Schritt zur Seite zu gehen?»

Als habe sie einen Knopf gedrückt, fing das Hinterteil des Tieres an, wie verrückt zu wackeln. Sekunden später war der Hund auf den Beinen und gab leise grunzende Geräusche von sich, während er in einem seltsam humpelnden Gang auf sie zukam. Er sah friedlich aus, aber vorsichtshalber trat sie doch rückwärts eine Stufe höher. Sie hatte es nicht so mit Hunden. Sie war als Kind mal von einem Dackel gebissen worden. Und dieser Hund schien um einiges bedrohlicher als der alte Waldi ihrer Nachbarn.

«Sei ein braver Hund, ja?»

Jetzt wackelte der ganze Hund im Takt mit seinem Hinterteil. Irritiert beobachtete sie ihn bei seinem sonderbaren Tanz, bis ihr aufging, dass der Hund einfach keine Rute hatte, um damit zu wedeln. So blieb ihm nur sein restlicher Körper, um seiner offensichtlichen Freude Ausdruck zu verleihen.

«Du freust dich, mich kennenzulernen?»

Die Antwort war ein kurzes tiefes Bellen. Behutsam ließ Josefine ihr Gepäck auf die Stufen gleiten und beugte sich langsam herunter. Hoffentlich war sie in der Lage, die Hundesprache richtig zu deuten.

Aber dieses Tier schien ihr wohlgesonnen, und der Blick aus seinen braunen Augen war freundlich und neugierig.

Ohne weiter nachzudenken, hob sie vorsichtig eine Hand, damit der Hund sie beschnüffeln konnte, und sofort fuhr die nasse Hundenase über ihre Handfläche. Sanft begann sie, das Tier hinter den Ohren zu kraulen. Oder vielmehr hinter dem Ohr, das noch da war. Denn eines schien er im Lauf seines harten Lebens verloren zu haben. Entlang der Wirbelsäule sah sie eine wulstige Narbe und auch seine linke Vorderpfote, die er ihr jetzt artig entgegenstreckte, war völlig zernarbt. Sie hatte eine gute Vorstellung, was für schwere Verletzungen zu solchen Narben führten. Dieser Hund hatte schon einiges erlebt.

Sanft ließ sie die Hände über seinen Körper gleiten und war erstaunt, wie seidig sich sein Fell unter ihren Handflächen anfühlte. Ermutigt setzte sie sich vorsichtig auf die unterste Stufe des Treppenabsatzes. Der Hund drückte begeistert seinen massigen Körper gegen ihre Beine. Josefine war selbst überrascht, wie sehr sie diese unerwartete Nähe des Tieres genoss. Sie streichelte ihn weiter und grinste, als er ihr den Kopf auf das Knie legte, um auch unter der Schnauze ein paar Streicheleinheiten abzubekommen.

«Du bist ja süß.»

Dieser Hund schien sie zu mögen. Entzückt von so viel Zuneigung fuhr sie ihm mit den Händen über die wohlgepolsterten Rippen und wieder zurück.

«Was machen Sie da?»

Die von einem leichten und undeutbaren Akzent gefärbte Stimme war tief und schien aus dem Nichts zu kommen. Fast zeitgleich spürte sie eine fremde Energie über sich hinwegrollen. Erschrocken fuhr sie herum und ihr Blick schnellte nach oben.

Auf dem Treppenabsatz über ihr stand ein Mann. Er war groß. Selbst wenn er nicht drei Stufen über ihr gestanden hätte, hätte er sie vermutlich beinahe um Haupteslänge überragt. Sein dunkler Anzug war konservativ geschnitten und wirkte teuer. Doch all das verblasste vor seinem Gesicht, das umrahmt von dichtem schwarzen Haar und den strengen, wie gemeißelt wirkenden Zügen einem Renaissancegemälde entsprungen schien.

Mit einer schnellen Bewegung stand Josefine auf und trat neben den Hund, der plötzlich wieder nahezu regungslos neben ihr saß. «Ich streichle einen Hund.»

Ihre Stimme klang nüchtern, wie immer, wenn sie sich überrumpelt fühlte. Das plötzliche Auftauchen des Mannes verwirrte sie. Den Zusatz «Nicht, dass sie das etwas angeht», verschluckte sie für den Moment.

Der Mann zog eine Augenbraue in die Höhe. An sich keine einschüchternde Geste, aber in Verbindung mit seiner Größe und der seltsamen Energie wirkte es bedrohlich. Genauso wie die Tatsache, dass er schlicht kein Mensch war.

Selbst in Ruhe strahlte er eine subtile Macht aus, die sie nicht zuordnen konnte. Üblicherweise konnte sie schnell erkennen, welche übernatürliche Spezies vor ihr stand. Leider versagten ihre Fähigkeiten hier und jetzt vollends. Es gab nur eine durchgehende leise Alarmmeldung irgendwo ganz tief in ihrem Gehirn. Sie war noch nie jemandem wie ihm begegnet.

War er ein neues Mitglied des Magischen Rates? Es konnte wohl kaum Zufall sein, dass ein fremdes, so mächtiges Wesen zeitgleich mit dem Rat in Berlin auftauchte. Die Situation war unheimlich, und sie spürte, wie ihr Herzschlag sich beschleunigte.

«Wollen Sie durch?»

Sie deutete treppenabwärts und bemühte sich, ihr stolperndes Herz mit Gelassenheit zu überspielen. Seine einzige Reaktion war, dass er den Kopf leicht neigte.

«Ich habe meinen Hund gesucht», sagte er leise und klang dabei wie jemand, der seine Stimme niemals erheben musste. Weil sowieso niemand auf den Gedanken kam, ihm zu widersprechen.

«Oh.»

Sie warf der immer noch wartenden Bulldogge einen Blick zu und betrachtete dann wieder denn Mann einen Treppenabsatz über ihr. Sein dunkler Anzug hatte vermutlich so viel gekostet wie ein Mittelklassewagen. Das und die goldene Uhr am Handgelenk wollten so überhaupt nicht zu dem extrem hässlichen Hund passen. Männer wie er hatten doch sonst eher standesgemäß reinrassige Dobermänner an ihrer Seite.

Sie konnte sich ein kleines Grinsen nicht verkneifen. «Sie zwei gehören tatsächlich zusammen?»

Er fühlte sich ganz offensichtlich nicht bemüßigt zu antworten, sondern nickte dem Hund nur wortlos zu, der im selben Moment auf die Beine kam und die Treppen nach oben zu seinem Herrn humpelte.

Dass er sie so ignorierte, war einfach unhöflich, wenn schon nichts anderes. Sie mochte keine unhöflichen Menschen, machtvolle Aura hin oder her. Dieses Verhalten stachelte sie nur an, gleich die nächste Frage zu stellen.

«Wie heißt er denn?»

Energisch schulterte sie derweil wieder ihre Taschen. Es war ja nicht so, dass sie alle Zeit der Welt für Small Talk hatte. Sie wollte eigentlich nur ins Bett. Und vorher wissen, wie der unerwartet freundliche Hund hieß.

Wieder bekam sie keine Antwort. In seinen Augen blitzte es und sie spürte eine Welle seiner Energie auf sich zurasen.

Vor Schreck schnappte sie nach Luft. Wut und Angst rangen für den Bruchteil einer Sekunde um Platz eins in ihrer Wahrnehmung, dann gewann die Wut. *Wer glaubte er eigentlich, wer er war?* Geschickt wich sie seiner Energie in Gedanken aus und hielt seinem harten Blick stand.

Jetzt war es an ihm, einmal kurz zu blinzeln, und bei dieser Gelegenheit erhaschte sie einen Blick auf seine wahre Augenfarbe. Sie waren gar nicht braun, wie er es den Menschen gerne weismachen wollte, sondern von einem flammenden gelbgrün. Wunderschön, aber keine Farbnuance, die in der Welt der menschlichen Augenfarben vorkommen sollte.

Tief in ihrem Innersten rührte sich etwas, und sie glaubte für einen Moment, den Boden unter den Füßen zu verlieren. Sie kannte diese Augen. Ihr Gehirn versuchte verzweifelt, einen Zusammenhang herzustellen, dieses Gefühl mit irgendeiner Erinnerung zu verknüpfen.

«Oskar.»

Obwohl seine Stimme bei diesem Wort noch leiser war, riss er sie damit zurück in die Realität.

«Der Hund heißt Oskar.»

Sein plötzliches Lächeln war überraschend und unerwartet charmant. Im nächsten Moment war er verschwunden. Sie hörte, wie Oskar hinter ihm her die Treppen hinaufhumpelte, und lehnte sich für einen Moment Halt suchend an die Wand. Ihr war noch immer schwindelig.

Wer um alles in der Welt bist du? Und woher kenne ich dich?

***

Sie war nicht vor seiner Macht in die Knie gegangen. Valentin Lazăr schüttelte fassungslos den Kopf.

Ja, die kleine, rothaarige Frau mit den wilden Locken hatte es tatsächlich geschafft, ihn aus der Fassung zu bringen. Hätte er mehr Energie zur Verfügung gehabt, wäre das eine Tatsache, der er sich dringend annehmen musste. Ihn brachte üblicherweise nichts aus der Fassung.

Es machte ihm eigentlich keine Mühe, mit seiner Macht zu spielen und die menschliche Gattung nach seinem Gutdünken zu manipulieren. Das war sein Geburtsrecht und eine notwendige Fähigkeit. Um in der modernen Zeit leben zu können, musste er seine Aura der Andersartigkeit verbergen.

Allerdings war es ihm heute Abend nur sehr mäßig gelungen, Einfluss auf diese Frau zu nehmen. Sie war ihm in Gedanken nicht nur mühelos ausgewichen, sie hatte ihm dabei auch noch direkt in die Augen geschaut. Das war nicht nur eine kleine lästige Begebenheit, das war besorgniserregend.

Wer war diese Frau?

Ein Vorbote des Schmerzes schoss durch seinen Kopf und zwang ihn fast in die Knie. Keuchend lehnte er sich für einen Moment gegen die Wand. Der in ihm tobende Kampf begann langsam seine letzten Energiereserven anzugreifen, eine Antwort auf seine Fragen musste er also notgedrungen vertagen. Er musste in seine Suite, und das jetzt!

In seinem Kopf drehte sich alles, und er versuchte, sich zu konzentrieren. Vorsichtig ließ er die Wand wieder los und machte einen Schritt. Dann noch einen. Ein Atemzug, noch einer. Aber auch das half nicht gegen den Sog in seinem Kopf. Bereits jetzt begann sein Sichtfeld sich einzuschränken. Es zog sich in einem blutroten Schleier an den Rändern zusammen.

Er hatte nicht mehr viel Zeit! Ein Zusammenbruch in der Öffentlichkeit wäre sein Todesurteil!

Normalerweise kündigten sich die Anfälle immer schon zwei, drei Tage im Vorfeld an. Eine Vorlaufzeit, in der er Vorkehrungen treffen konnte.

Aber dieser Schub hielt sich nicht an die Regeln. Erst vor ein paar Minuten, als er auf der Treppe gestanden und nach Oskar gesucht hatte, hatte er die ersten Anzeichen durch seinen Körper schleichen gespürt, und bereits jetzt brannten die ersten infernalischen Flammen in seinem Kopf.

Er bemühte sich, etwas schneller voranzukommen. Oskar war dicht an seiner Seite. Das Tier spürte seinen Schmerz und hielt trotz seiner verkrüppelten Vorderpfote Schritt mit ihm. Fest presste er beide Hände gegen die Stirn, als ob das etwas helfen würde. Tat es aber nicht. Tat es nie.

Verdammter Mist, warum ging es heute so schnell?

Trinidad, seine Ex-Frau, hatte es Migräne genannt. Aber das war es nicht. Es war überhaupt nichts, was in der menschlichen Welt vorkam.

Er musste Armand Dupont, den Ratsvorsitzenden, informieren. *Nur wie sollte er das tun?* An Telefonieren war jetzt nicht mehr zu denken. Wenn er aber morgen früh nicht bei der Ratssitzung erschien, würden sie ihn vermutlich suchen. Keine angenehme Vorstellung.

Schwer atmend und um jeden Moment kämpfend erreichte er mit Oskar die letzte Tür am Ende des großen Foyers in der obersten Etage. Er lehnte sich gegen die schwere Holztür der

Präsidenten-Suite und suchte mit steifen Fingern in der Innentasche seines Jacketts nach der Chipkarte.

Vor ihm verschwamm die Tür, er sah Doppelbilder und es erforderte ein ungeheueres Maß an Kraft, um nicht vor der Suite zusammenzubrechen. Bis er es endlich schaffte, das Plastik in dem kleinen Schlitz des Türknaufes zu versenken, vergingen weitere kostbare Sekunden. Mit einem kurzen Piepsen öffnete sich die Tür. Mit dem Piepsen flammten auch sämtliche Lichter im Flur der Suite auf.

Valentin kniff geblendet die Augen zusammen und hangelte sich an der Wand entlang zum Schlafzimmer. Er hörte, wie hinter ihm die Tür ins Schloss fiel, und sofort schnürte sich seine Kehle zusammen. Er fühlte sich mit einem Mal wie ein Insekt, gefangen in einer Flasche und jemand steckte einen Stöpsel auf den Flaschenhals. Alles um ihn herum wurde seltsam dumpf und beklemmend. Neben einer weiteren Schmerzenswelle, die ihm unmissverständlich zu verstehen gab, dass er nicht mehr viel Zeit hatte, keimte ein Anflug von Panik in ihm auf. Aber er konnte die Tür nicht offen lassen. Er war in einem Hotel, verdammt noch mal!

Er legte beide Hände flach gegen die Wand und atmete mühsam gegen den stärker werdenden Druck in seinem Brustkorb. Mit aller Macht kämpfte er gegen das imaginäre Korsett an, das die Luft aus seinen Lungen trieb. Knapp zehn Sekunden hielt er durch, dann hatten sich die eisernen Bänder um seine Brust so fest zusammengezogen, dass er nach Luft schnappte.

Gegen seine Angst vor geschlossenen Räumen war er chancenlos. Er zog mit letzter Kraft sein Sakko aus und hinderte damit die Tür, zurück ins Schloss zu fallen, dann hangelte er sich an der Wand entlang zur Balkontür und riss diese auf. Schwitzend und zitternd fiel er auf die Knie.

Ihm blieben nur noch Sekunden. *Warum kam dieser Anfall mit solcher Wucht und so plötzlich?*

Mit den letzten Resten seiner Konzentration sandte er seine Macht auf die Reise. Er musste die Suite trotz der geöffneten Tür vor ungebetenen Besuchern schützen. Der magische Bannkreis manifestierte sich augenblicklich. Da rollte auch schon ein weiterer Vorbote des Schmerzes heran. Es war, als schlüge ein Blitz in ihn ein. Hunderttausend Volt ließen seinen Körper erbeben und raubten ihm die Sinne. Valentin wurde schwarz vor Augen.

Irgendwo ganz weit entfernt hörte er Oskars aufgeregtes Bellen. Dann spürte er dessen Atem und schließlich die Zunge. Sein Bewusstsein kehrte noch einmal zurück, kämpfte sich aus den Tiefen der Agonie empor, und endlich gelang es ihm, die Augen zu öffnen. Er lag schmerzverkrümmt auf dem Teppich im Eingangsbereich der Suite. Oskar drückte sich zitternd gegen seine Hüfte. Ungelenk ließ er die linke Hand über den vernarbten Rücken des Tieres gleiten.

«Blestemat!», kam ein Fluch über seine Lippen.

Sein Gehirn schien nur noch auf seine Muttersprache zurückgreifen zu können. Alles andere war bereits verschüttet unter den Wellen des Schmerzes. Dabei waren sie immer noch beim Vorspiel. Mühsam kam er auf die Beine. Üblicherweise blieb ihm in diesem Stadium eine Schonfrist, vielleicht eine halbe Stunde, manchmal etwas mehr, bis der endgültige Orkan ihn mit sich riss. Wie viel Zeit ihm jetzt bleiben würde, wagte er nicht zu fragen.

Er musste sich beeilen, was mit der Bestie im Kopf gerade wirklich nicht einfach war. In der vergeblichen Hoffnung, den Schmerz, der ihm durch den Schädel kroch, aufzuhalten, presste er wieder eine Hand gegen die linke Schläfe. Mühsam tastete er sich zurück ins Schlafzimmer und ließ sich aufs Bett fallen. Der Anfall schien sich nicht an die Regeln halten zu wollen, denn bereits jetzt spürte er den scharfen Geschmack der Magensäure im Mund.

Das Beißen arbeitete sich nun die Nervenbahnen seiner Wirbelsäule empor und traf sich mit der Höllenqual in seinem Kopf. Mit einem unterdrückten Stöhnen ließ er sich zurück aufs Bett sinken.

Oskars Winseln erreichte ihn wie durch Nebel. Er spürte, wie der Hund aufs Bett sprang und sich neben ihn legte. Die kalte Nase der Bulldogge drückte sich gegen seinen Arm, ein kleiner Anker im Hier und Jetzt.

Dann riss der Schmerz in endgültig mit sich.

Kapitel 3

Josefine betrat ihr Zimmer und fand als Erstes einen weißen Briefumschlag, der direkt auf dem dunklen Teppich hinter der Tür lag. Sie entledigte sich ihres Gepäcks und öffnete das Kuvert, obwohl sie bereits wusste, was auf dem Papier stünde. Es war immer das Gleiche, und auch diese Mitteilung enthielte vermutlich nichts Neues.

Sie zog das Blatt halb heraus und überflog die in gestochen scharfer Handschrift geschriebenen Worte: «Dr. Josefine Rosenberg, bitte finden Sie sich morgen um 8.00 Uhr im Brandenburgzimmer ein.»

Wie erwartet – nichts Neues. Sie knickte den Brief in der Mitte und warf ihn mit einer ausholenden Handbewegung in den Papierkorb neben dem Schreibtisch. Das Tribunal, vor das sie treten würde, tagte immer in diesem Hotel, immer im Brandenburgzimmer und ihr Fall wurde immer als erster, also um acht Uhr, behandelt. So war er, der Magische Rat. Vorhersehbar und gleichbleibend. Was vermutlich auch am hohen Alter der erlauchten Runde lag. Auf die alten Tage tat man sich ja oft schwer mit Veränderungen. Und der magische Rat war bereits Hunderte von Jahren alt.

Vielleicht war das auch einer der Gründe, warum ihr *Vergehen* als so schwerwiegend erachtet wurde. So etwas wie sie hatte es in den vergangenen Jahrhunderten einfach nicht gegeben. Sie war dementsprechend eine echte Innovation in der sonst so unveränderlichen Welt der magischen Wesen.

Dabei fand sie, dass das, was sie tat, im Rahmen ihres Berufs einfach notwendig war. Es war schlicht vernünftig und geboten, ja geradezu unumgänglich, ihre Gabe einzusetzen, und eigentlich war es empörend vom Rat, ihr genau dies verbieten zu wollen.

Wäre der Stammsitz des Rates nicht in Berlin beheimatet, sondern irgendwo sonst auf dieser Welt, hätte man sie vermutlich überhaupt nicht gefunden. Glücklicherweise war es unmöglich, den Einsatz ihrer Fähigkeiten im Einzelfall nachzuweisen, und somit wurde ihr der Prozess jedes Mal nur aufgrund von Indizien und Vermutungen gemacht, um danach bei den Akten zu landen.

Irgendwie erfüllte sie dieser Gedanke mit einer Art trotziger Befriedigung. Sie konnte das tun, was sie gerne tat, nämlich Menschen zu helfen, und dem vergreisten Rat immer wieder mal eins auswischen. Und alles, was sie dafür tun musste, war ab und an nach Berlin zu reisen.

Nun war sie also wieder einmal hier, in diesem luxuriösen Hotel unter den Linden. Mit einem zerstörten Zeitplan, einer hektisch gepackten Reisetasche und dem Gefühl, dass ihr die Augen bald von allein zufallen würden, wenn sie nicht endlich ins Bett käme.

Seufzend leerte sie ihre Tasche auf das Sofa. Bevor sie sich umzog, stellte sie den Thermostat der Heizung ein wenig höher. Sie fror erbärmlich. Ihr iPhone schmiss sie auf die andere Seite des Doppelbettes und widmete sich dem Wäscheknäuel auf dem Sofa. Sie zog ihren Pyjama heraus, streifte ihn über und putzte sich in Lichtgeschwindigkeit die Zähne. Laut gähnend kletterte sie ins Bett und rollte sich unter der weichen Decke zusammen.

Sie dachte noch einmal kurz an den Hund – und den Mann – auf der Treppe. *Ob sie ihn wohl morgen bei der Ratssitzung wiedersehen würde?*

Doch dann holte die Erschöpfung sie endgültig ein und sie driftete ab, hoch in die Lüfte, in die wohlige Geborgenheit ihres Traumes, eines Traumes in den bunten Farben Afrikas.

Drei Stunden später erwachte sie schlagartig von einem unbekannten Geräusch und starrte für einen Augenblick orientierungslos in die Dunkelheit. Während ihr Geist noch dem euphorischen Gefühl des freien Fluges nachhing, war ihr Selbsterhaltungstrieb schon hellwach. Angestrengt lauschte sie in die Dunkelheit. *Was war das gewesen?*

Sie rieb sich die kribbelnden Handflächen und sah auf ihr iPhone. Halb eins blinkte es ihr grell entgegen. Abwartend blieb sie stocksteif liegen. Gerade als sie beschloss, dass dieses Geräusch wohl doch nur in ihrem Traum stattgefunden hatte, war es wieder da.

Ein Kratzen an der Tür, verbunden mit einem leisen Winseln.

Schnell kam sie auf die Beine und stand für einen Moment regungslos vor der Tür. Das Kratzen war erneut zu hören. Vorsichtig entriegelte sie das Schloss und öffnete die Tür einen Spaltbreit. Vor ihr wartete ungeduldig Oskar, die Bulldogge. Völlig unbeeindruckt von der Tatsache, dass der Spalt eigentlich zu schmal für seinen massigen Körper war, sprang er jaulend direkt auf sie zu und drückte entschlossen die Tür auf.

Verdutzt trat sie einen Schritt zur Seite. *Was tat der Hund hier? Und wo war sein Herrchen abgeblieben?*

Was auch immer das hier werden sollte, es war völlig unnötig, dafür irgendwelche anderen Menschen aus dem Schlaf zu reißen. Sie wollte den Hund wieder auf den Flur schieben, aber Oskar wehrte sich geschickt. Sie zuckte mit den Schultern und schloss die Tür, damit zumindest die anderen Hotelgäste in ihrem Nachtschlaf nicht gestört wurden.

«Was hast du denn, mein Guter? Pssst.»

Sie ging vor ihm in die Hocke und streichelte beruhigend seine Brust. Er war aufgeregt. Sie spürte unter dem seidigen Fell seinen hektischen Herzschlag wummern.

Eine seltsame Unruhe überlagerte augenblicklich ihre Müdigkeit. Einen Moment hielt sie inne und kniff die Augen zusammen, um nur Sekunden später verwundert festzustellen, dass es gar keine Unruhe war, die ihr da plötzlich den Brustkorb enger schnürte. Es war Sorge. *Sorgte sie sich etwa um Oskars Herrchen?*

Ausdrücklich schob sie dieses Gefühl beiseite. Das war ja nun wirklich lächerlich. Der Mann sah definitiv so aus, als wäre er in der Lage, sich um sich selbst zu kümmern.

«Was machst du hier mitten in der Nacht und warum bist du so aufgeregt?»

Als Antwort stupste Oskar ihr energisch gegen das Knie und wandte sich zur Tür. Die Bulldogge gab ein gequältes Jaulen von sich und fing an, sich vor der Tür im Kreis zu drehen.

«Ich renne nicht mit dir in tiefster Nacht durch das Hotel», erklärte sie fest.

Der Hund fing an zu bellen und zwang sie damit, diesen Plan doch noch einmal in Erwägung zu ziehen. Außerdem hatte sie in Afrika häufig erlebt, dass Tiere gefährliche Situationen besser einschätzen konnten als Menschen. Auch wenn der Mensch den herannahenden Sturm noch nicht sehen konnte, das Verhalten der Tiere war immer eindeutig und manchmal lebensrettend. Sie würde ihm folgen.

«Also gut. Ich komme mit.»

Eine andere Wahl schien sie ja eh nicht zu haben, wenn sie nicht wollte, dass das gesamte Hotel durch das Bellen aufwachte. Schnell schlüpfte sie in die auf dem Boden liegende Hose und tauschte ihr Schlafshirt gegen einen schwarzen Pullover. Dann angelte sie ihre Turnschuhe aus der Reisetasche und zog sie an.

«Dann los.»

Oskar humpelte eilig vorweg und Josefine folgte ihm zu den Treppen in die oberste Etage des Hotels. Oben angekommen sah sie genau drei Türen, die alle von einem sehr großzügigen und in luxuriösen Brauntönen gehaltenen Flur abgingen.

Oskar humpelte angestrengt über den dicken Teppich. Langsamen Schrittes folgte Josefine ihm bis zur der ganz linken Tür. *Präsidenten-Suite* stand in eleganten Lettern auf dem edlen Holz. Hier logierten sonst wohl Mr. Obama und Konsorten oder vielleicht auch mal der Papst.

Offenbar erschöpft legte Oskar sich direkt vor die Türschwelle und Josefine sah das Sakko, das die Tür offen hielt. Vorsichtig drückte sie gegen das schwere Holz. Lautlos schwang die Tür auf. Sie machte einen erschrockenen Satz zur Seite. Damit hatte sie nun nicht gerechnet.

Die Luft um die Tür herum flimmerte leicht vor ihren Augen, was ihr verriet, dass Magie im Spiel war. *War das etwa ein Bannzauber?* Sie konnte es nicht genau sagen. Denn das seltsame

Gefühl der tiefen Abneigung, solch einen Bannzauber zu durchschreiten, fehlte völlig. Normalerweise war das Durchbrechen der unsichtbaren Barriere aus purer Magie geeignet, eine heftige Panik-Attacke auszulösen.

Vorsichtig streckte sie die Hand aus. Ein leichtes Kitzeln auf der Haut, als sie die fühlbare Grenze durchstieß, mehr spürte sie nicht. Also wohl doch kein Bannzauber, denn er vermochte sie nicht zu bannen, und das wäre ja wohl der Sinn und Zweck so einer Einrichtung gewesen. Aber sie fühlte noch etwas anderes, etwas Mächtiges und Gefährliches. Etwas Dunkles.

Sie sah den hechelnden Hund fragend an. Mit offenbar letzter Kraft rollte Oskar sich auf seine krummen Beine und humpelte mühsam durch den Türspalt. Unschlüssig blieb Josefine im Flur stehen. Des Nächtens in fremde Hotelzimmer einzudringen gehörte nicht zu ihren Lieblingshobbys. Schon gar nicht in das Reich dieses offensichtlich sehr mächtigen Mannes, der ihr vielleicht den Kopf abrisse, wenn sie hier so plötzlich auftauchte.

Leider stimmte Oskar im nächsten Moment ein atemloses Bellkonzert an und traf somit abermals eine Entscheidung für sie. Sie knurrte ein leises «Manipulativer Köter» und schlüpfte ebenfalls durch den Türspalt.

Das Licht im großzügigen Flur der Suite war gedimmt. Auf dem Boden lag seltsamerweise ein zusammengeknülltes Kleidungsstück und Josefine schickte vorsichtig ihre Wahrnehmung auf Reisen. Das seltsame Flimmern in der Luft war zwar noch zu sehen, allerdings spürte sie die Magie kaum. So wie sie auch nichts anderes spürte. Menschen gab es hier zumindest keine.

«Hallo?»

Die Stille um sie herum schien undurchdringlich und sie äugte vorsichtig in die offenstehenden Türen, die vom Eingangbereich aus abgingen. Irgendwo hier musste Oskars Herrchen doch stecken. Der Hund humpelte langsam weiter und setzte sich vor die einzige nur angelehnte Tür. Josefine warf ihm einen ernsten Blick zu.

«Schätzchen, ich sage dir, wenn das kein Notfall ist, mache ich irgendetwas sehr Schlimmes mit dir.»

Sie bewegte sich lautlos auf die Tür zu, vor der Oskar offensichtlich Wache hielt. Kurz erinnerte sie sich an ihre gute Erziehung und klopfte gegen das Holz, wartete dann aber nicht auf eine Antwort, sondern öffnete die Tür.

Sie hätte lange warten können.

Er lag mehr als er saß seitlich neben der Wanne, die Stirn gegen das kühle Emaille gelehnt, offensichtlich in einem Zustand der totalen Erschöpfung. Sein nackter Rücken war ihr zugewandt und für einen Moment brachte sie nichts anderes zustande, als ihn anzustarren. Was nur zum Teil an seinem formvollendeten Körper lag, obwohl der wirklich einen zweiten – und dritten – Blick Wert war. Aber obwohl er offensichtlich sehr geschwächt war, umgab ihn eindeutig eine starke Aura der Gefahr. Sie konnte sie förmlich riechen. Wie Asche und Feuer roch es.

Ihr Herz reagierte darauf, indem es anfing, heftig in ihrer Brust zu hämmern, und die Alarmglocke in ihrem Kopf schlug lautstark an, weshalb sie vorerst wie angewurzelt stehen blieb.

Er bewegte sich und versuchte, den Kopf in ihre Richtung zu drehen. Seine gesamte Rückenmuskulatur verkrampfte sich dabei, als wäre diese einfache Bewegung mit ungeheuerem Kraftaufwand verbunden.

Dieser Anblick katapultierte sie augenblicklich in den Autopiloten. Dieser Mann war krank, er brauchte Hilfe und sie war Ärztin. Sie ignorierte ihren rasenden Herzschlag und schlug sämtliche Warnungen in den Wind. Mit zwei großen Schritten war sie neben ihm.

«Hallo! Können Sie mich hören? Verstehen Sie, was ich sage?»

Sie behielt die Hände vorsorglich erst einmal bei sich. Einem Menschen würde sie jetzt den Puls fühlen. Was bei einem magischen Wesen unbekannter Art potentiell gefährlich sein konnte. Dieser Mann machte trotz seines Zustandes nicht den Eindruck, als benötigte er zum Töten eine Waffe.

«Was ist mit Ihnen?»

Ein Zittern lief durch seinen athletischen Körper und seine urtümliche Macht durchflutete das weiß geflieste Badezimmer so plötzlich wie die erste Welle einer Sturmflut. Er holte mühsam Atem. Es war erstaunlich, dass er überhaupt noch in der Lage war mit seiner Magie, wie geartet diese auch sein mochte, in ihre Richtung zu zielen.

Sie sah die Verwirbelungen der heftigen Magie in der Luft um sie herum, blieb aber ansonsten davon unbeeindruckt. Sie spürte nichts. *Sollte sie nicht wenigstens die Ausläufer dieser Druckwelle fühlen können?* Ungeduldig wedelte sie mit einer Hand vor dem Gesicht, um die fremde Energie zu vertreiben.

«Lassen Sie das! Ich bin Ärztin. Was ist mit Ihnen?»

Seine Stimme klang unmenschlich tief. «Raus.»

Seine adeligen Züge und die sonderbar hohen Wangenknochen zogen sie unwiderstehlich an.

Was bist du?

Geschickt fingen seine Augen ihren neugierigen Blick ein. In den grüngelben Flammen seiner Iris blitzte etwas auf, was sie erstarren ließ. Sie holte zitternd Luft und konnte ihren Blick nicht von ihm lösen. Diese Augen duldeten keinen Widerspruch. Sie waren ein Spiegel seiner Macht. Aber da war noch etwas anderes. Es war gut versteckt hinter diesen so andersartigen Augen, dass es ihr fast entgangen wäre, hätte sie in diesem Moment den Blick gesenkt.

Verborgen und geschützt hinter der jetzt mühsam aufrecht erhaltenen Fassade der Autorität sah sie eine anrührende Verletzlichkeit. Sofort schlüpfte sie zurück in die Rolle der Notfall-Ärztin.

«Sicher nicht.»

Sie blinzelte, aber ihre Stimme verriet kein Zittern. Sie war verdammt noch mal ein Profi, und sie würde sich von diesem Mann, was auch immer er war, nicht aus der Fassung bringen lassen. Sie hatte die Freiheit, ihre Entscheidungen selbst zu treffen. Und sie hatte entschieden, hier zu bleiben.

«Sie könnten ohnmächtig werden und sich übergeben. Das Resultat wäre, dass Sie Ihren Hund zum Waisen machen. Ich bleibe hier.»

Sie trat noch einen kleinen Schritt näher und seine Gesichtszüge erstarrten.

«Ich werde Sie jetzt anfassen», warnte sie ihn vor. Der Eigenschutz war in keinem Fall zu vernachlässigen!

Sie hob langsam die linke Hand und sah den Abwehrimpuls durch seinen Körper zucken. Aber sie war schneller und legte ihm sanft die Handfläche auf die ihr zugewandte

Schulter. Ein Fehler, wie sich eine Millisekunde später herausstellte. Sengende Hitze schoss durch ihren Körper. Seine Haut schien zu glühen, jedoch fühlte sie sich seltsam vertraut an.

Das Rauschen der Luft im Flug, die raue Samthaut unter ihren Händen, Freiheit und Glück ...

Eigentlich kannte sie diese Gefühle nur aus ihrem Traum. Doch das hier war kein Traum. *Es war ... eine Erinnerung?*

Mit einem erschrockenen Aufschrei zog sie die Hand zurück. Ihre Empfindungen schwanden in dem Moment, als der Körperkontakt abriss.

Er hatte den Kopf noch weiter gedreht und sah sie aus seinen flammenden Augen an. Einen Herzschlag lang war sie wie gelähmt, saß nur da und starrte ihn an. Sein muskulöser Oberkörper, das dichte, schwarze Haar, die ebenmäßigen Züge, die einfach nur als schön zu bezeichnen waren.

Sie kannte ihn nicht, nein. Aber es gab etwas tief in ihrem Innersten, das ihn kannte. Ihn erkannte. Etwas, das älter zu sein schien, als sie es war, tief verwurzelt in ihren Genen.

Sämtliche ihrer verwirrenden Gedankengänge wurden abrupt unterbrochen, als er sich in einer seltsam geschmeidigen Bewegung vorbeugte und in die Toilette übergab. Nahezu lautlos, wie es sonst nur Bulimikerinnen hinbekamen.

Sie stellte das Denken vorsorglich ein und sprang auf die Beine. Mit ihren wirren Gedanken würde sie sich später befassen können, jetzt musste sie handeln. Sie griff sich ein Handtuch und ließ kaltes Wasser auf den Stoff laufen. Fest presste sie es ihm in den Nacken, sorgsam darauf bedacht, kein weiteres Mal direkten Hautkontakt herzustellen.

Einige Minuten später wurden die Krämpfe schwächer und seine rechte Hand wanderte halt suchend auf den Rand der Badewanne. Ihr wurde klar, dass sie ihn berühren musste. Andernfalls konnte sie gleich wieder gehen. Vorsichtig schob sie die Hände unter seinen linken Oberarm. Wieder schoss die seltsame Erinnerung in ihren Kopf. Aber diesmal war sie vorgewarnt und verschloss ihre Seele.

Die Wahrnehmung der samtigen Hitze unter ihren Händen traf sie dennoch fast schmerzhaft und beinahe wäre er ihr entglitten. Er war immer noch auf den Knien und ließ sich mit ihrer Hilfe rücklings gegen den Rand der Wanne sinken. Sie fuhr ihm mit dem Handtuch über das Gesicht. Unwillig schüttelte er den Kopf.

«Verschwinden Sie», murmelte er, sein undeutbarer Akzent war bei diesen Worten ausgeprägter.

«Ein Dankeschön hätte ich jetzt lieber gehört, aber so oder so, ich verschwinde nicht. Sie brauchen Bettruhe. Also hoch mit Ihnen!»

Warum konnte der Mann sich nicht einfach helfen lassen? Er würde im Moment nirgendwo allein hingehen, und es konnte nicht seine Absicht sein, die Nacht auf den kalten Fliesen zu verbringen.

Im nächsten Moment war die Welle seiner Macht wieder über ihr, versuchte aggressiv, nach ihr zu greifen. Es war die Schnelligkeit und die Wucht des Angriffs, die sie erschreckte, doch anders als sie es bei Dupont oder anderen Wesen schon des Öfteren gespürt hatte, hatte dieser Angriff keine weitere Wirkung.

Sie schloss die Augen und atmete tief durch, um ihr heftig schlagendes Herz unter Kontrolle zu bringen. Augenblicklich ebbte die Angst ab. Sie hatte versucht, sich mit einem Schutzzauber gegen seine Macht zu wappnen, aber das war nicht nötig. Die Woge seines Angriffs glitt durch sie hindurch und verebbte in der Unendlichkeit. Der Sog seiner urtümlichen Energie war gewaltig, und dennoch hatte er keine Macht über sie. Er konnte ihr nichts tun.

Aber ein Angriff war immer auch ein Moment, in dem ein Kämpfer seine Deckung verließ. Und das hatte Josefine instinktiv genutzt. Er war ein Wandler. Ein mächtiger Gestaltwandler, für den es in Fleisch und Blut übergegangen war, das zu verbergen, was er wirklich war. Seine Kräfte waren groß, doch in diesem Moment kämpfte er an mehreren Fronten und drohte zu verlieren.

Sie öffnete die Augen wieder. «Hören Sie auf damit. Sparen Sie sich Ihre Kraft auf. Sie werden sie brauchen»

Er hatte den Kopf schräg gelegt und starrte sie aus seinen flammenden Augen an. Sie erwiderte seinen Blick fast herausfordernd mit dem Ausdruck, den sie immer hineinlegte, wenn sie einem Patienten verständlich machen wollte, dass es keine andere Option mehr gab. Auch wenn er in diesem Moment geschwächt war, spürte sie, dass er mächtiger war als alles, was sie kannte. Und trotzdem hatte er es nicht geschafft, sie zu manipulieren. Seinem Gesichtsausdruck nach zu urteilen war das etwas, was ihm nicht allzu häufig passierte.

«Das funktioniert sowieso nicht», bemerkte sie trocken und die Ärztin gewann wieder etwas die Oberhand.

Ohne zu zögern bot sie ihm die Hand, um sich hochzuziehen, was er allerdings gekonnt ignorierte. Seine überbordende

Macht schien mit einem ausgeprägten Schuss Sturheit gewürzt zu sein.

«Natürlich kann ich Sie sich selbst überlassen. Mein hippokratischer Eid bezieht sich allein auf das Retten von Menschenleben. Und so wie ich das sehe, sind Sie ja nun weit davon entfernt, ein Mensch zu sein. Ich bleibe aber trotzdem hier. Und Sie werden das nicht ändern können. Es ist also besser, Sie konzentrieren Ihre Kraft auf Ihre ...»

Sie zögerte einen Moment. *Was hatte er eigentlich? War er krank? Hatte er einen Schub oder war es etwas anderes?* Josefine ging blitzschnell anhand der Symptome die möglichen Diagnosen durch, aber das half ihr nicht weiter. Er war schließlich kein Mensch.

«Ihre Krankheit. Dort wird Ihre Kraft weit dringlicher benötigt. Und keine Sorge, sobald ich der Meinung bin, Sie sind überm Berg, bin ich auch sofort wieder in meinem Zimmer und hole meinen Schlaf nach.»

Ihre Entscheidung stand fest. So gut ihre Ausbildung auch war, letztendlich war es ihre Intuition, die vielen Menschen das Leben gerettet hatte. Und jetzt flüsterte ihr ihre Intuition zu, dass sie dieses seltsame Wesen auf keinen Fall allein lassen durfte.

Nach einer Minute des Schweigens legte er seine große Hand in die ihre.

Kapitel 4

Er hatte seine letzten Kraftreserven zusammengekratzt und seine Macht auf sie gejagt. Sie hatte sich davon jedoch völlig unbeeindruckt gezeigt. Was unmöglich war. Nichts und niemand war von seiner Macht unbeeindruckt. Schließlich war er der Eine, der letzte seiner Art!

Aber sie schien das nicht zu interessieren. Statt zitternd vor ihm auf die Knie zu sinken, hatte sie ihm wütend in die Augen gestarrt, als wäre das das Normalste der Welt.

Sie hatte ihn auf dem Weg zum Bett stützen müssen. Ihr Griff um seine Hüfte war fest gewesen. Fest und sicher. Irgendwo, ganz weit weg, tauchte bei dieser Berührung ein Gefühl auf. Eine weit entfernte Erinnerung, die ihm schmerzhaft deutlich machte, wie lange ihm niemand mehr so nah gewesen war.

Ihre kühlen Hände auf seiner heißen Haut brachten überraschenderweise eine Linderung seiner Qualen. Er hätte das unterbinden müssen, aber er hatte keine Kraft mehr, sich dagegen zu wehren. Und wollte es auch gar nicht. Denn ihre Nähe war seltsam tröstlich, und so ließ er sie gewähren. Während sein Geist sich immer mehr verabschiedete, klammerte er sich fest an dieses Gefühl der Nähe.

Das Inferno in ihm brach aus, wie ein Vulkan die erste Ladung Lava in die Welt spuckte. Die Bestie war da und übernahm ohne weiteres Federlesen die Führung.

Ihre Stimme drang durch den Schutt seines zusammengebrochenen Bewusstseins seltsam verzerrt, aber eindeutig wütend. «Atmen Sie, verdammt noch mal!»

Mit einer Hand fuhr er vorsichtig über seine Stirn. Der zu erwartende alles übermannende Schmerz in seinem Schädel blieb aus. Vorsichtig öffnete er die Augen und wartete, bis die schwarzen Schlieren in seiner Sicht verschwanden.

Sie war über ihm. Die roten Locken standen wirr in alle Richtungen ab und ihre Hände lagen mit festem Druck auf seinen Schläfen und massierten sie. Diese Ärztin kniete nicht nur über ihm, vielmehr saß sie auf ihm. Er konnte jetzt den Druck ihres Gewichtes auf seiner Hüfte spüren. Sie war ihm so nah, und er blinzelte verwirrt.

«Mann, ein Spasmolytikum wäre nicht schlecht gewesen. Ihre Muskeln haben sich so stark verkrampft, ich dachte schon, Sie verrecken mir.»

Sie atmete hörbar aus und verlagerte ihr Gewicht auf ihm vorsichtig nach hinten. Reflexartig griff er nach ihren Händen. Wenn sie ihn jetzt losließ, würde sein Kopf explodieren. Dessen war er sich sicher.

Er wollte sie festhalten, sie ganz nah bei sich halten, aber sie entwand sich geschickt seinen geschwächten Armen. Instinktiv biss er die Zähne aufeinander, hielt den Atem an und verkrampfte sich erneut, um auf die nächste Woge der Pein vorbereitet zu sein, aber der Schmerz blieb aus. Langsam entspannte er sich und atmete vorsichtig aus.

Nach einem Moment legte sie ihm die Handflächen auf die Brust und schlagartig wurde seine Sicht glasklar. Er landete in der Realität, als wäre nichts gewesen. Die körperliche Schwäche fiel von ihm ab. Weder zitterte er wie sonst nach diesen Anfällen am ganzen Körper, noch gab es den altbekannten Schmerz in seiner Brust. Nichts.

«Welcher Tag ist heute?», brachte er mühsam hervor.

Seine Stimme klang schrecklich. Wenigstens das war wie immer.

«Tag?» Sie runzelte die Stirn und rutschte seitlich von ihm herunter. «Sie liegen hier seit zwei Stunden. Zwei elend lange Stunden kann ich Ihnen sagen.»

Das war unmöglich. Er brauchte verdammt viel Zeit, um sich von den Anfällen zu erholen. In der Regel Tage. Tage, in denen er mehr tot als am Leben war, wie Trinidad es einmal sehr treffend auf den Punkt gebracht hatte. Verwirrt schloss er die Augen und spürte noch einmal genau nach.

Er fühlte sich gut. Ruhig. Die Bestie war wieder friedlich und hatte sich offenbar in irgendeinen versteckten Winkel seiner Seele zurückgezogen und beobachtete zufrieden die Situation. Was sie ausgesprochen selten tat, schon gar nicht nach den Anfällen. Dann traf es die Umschreibung «kurzfristig niedergekämpft» eher.

«Was war das?»

Ihre Hand wanderte zu seinem Hals. Er beobachtete ihre sich nähernden Finger und wartet auf das Einsetzen der Abwehrreflexe. Denn eine Hand, die Richtung seines Halses unterwegs war, deutete sein vegetatives Nervensystem als Erstschlag, was zur sofortigen Abwehr führte. Und das brutal, hart und aggressiv.

Aber als ihre Finger sich sanft auf seine Halsschlagader legten, blieb der Impuls aus. Stattdessen regte sich seine zweite Natur in ihm und gab etwas von sich, was fast als zustimmendes Brummen durchging. Ihre kühlen Fingerspitzen ruhten immer noch auf der Haut zwischen Kiefergelenk und Schlüsselbein.

Das in ihm lauernde Ungetüm schien sich nicht nur sehr wohl zu fühlen, es verlangte nach mehr. Mehr Nähe. Mehr Körperkontakt.

Valentin schnappte nach Luft und rollte sich blitzartig zur Seite. Neben dem Bett kam er auf die Füße. *Wer war diese Frau?* Was auch immer sie war, sie war weit außerhalb des ihm Bekannten. Diese Frau verstörte ihn.

«Also, was war das?»

Langsam zog sie die Hand zurück, die nach seinem Manöver in der Luft hing. Sein spontaner Positionswechsel schien sie nicht weiter aus der Fassung gebracht zu haben.

«Nichts war das», murmelte er und lehnte sich mit dem Oberkörper gegen die Wand hinter ihm. Wenigstens seine Beine hielten sich an die üblichen Spielregeln und zitterten.

«Okay, ein Nichts mit kurzfristigen Atemaussetzern und einem Puls von 210?» Sie hob zweifelnd eine Augenbraue. «Werden Sie die kommenden Stunden überleben?»

Sie sah ihn jetzt wieder direkt an. Ihre Augen waren von einem seltsam strahlenden Grün und ganz zarte Sommersprossen verteilten sich über ihr hübsches Gesicht. Wieder regte sich das Wesen in ihm. Wollte zurück aufs Bett. Näher zu ihr.

«Vermutlich ja.»

Seine Stimme klang überzeugter, als er sich fühlte. Sein Körper schien weniger Probleme zu haben in den Normalmodus zurückzukehren als seine Seele.

Sie kam geschmeidig auf die Füße und stand keinen Meter entfernt vor ihm. Aufmerksam betrachtete sie ihn.

«Dann gute Nacht, Herrchen von Oskar. Falls Sie noch einmal Beistand brauchen – meine Zimmernummer ist die 232.»

Mit diesen Worten drehte sie sich auf dem Absatz um. Er sah ihrer schlanken Gestalt hinterher, wie sie mit energischen Schritten durch die Schlafzimmertür verschwand. Verwirrt setzte er sich auf die Bettkante. Dieses Gefühl kannte er nicht besonders gut. Er war grundsätzlich nicht verwirrt, und es fühlte sich nicht gut an.

Kapitel 5

Sie hatte geglaubt, das mächtigste Wesen dieser Welt bereits einmal in natura gesehen zu haben. Aber gegen diesen Mann wirkte die alte Schamanin aus Malawi harmlos wie Heidi von der Alm.

Warum sie völlig immun gegen seine Macht war, war ihr schleierhaft. Sicher, der Anfall hatte ihn massiv geschwächt und schlussendlich bewusstlos werden lassen, aber auch das konnte ihre Immunität gegen seine Aura, seine Kraft nicht erklären. Die hörte nämlich wegen einer kleinen Ohnmacht nicht auf zu existieren.

Immer noch spürte sie das Nachbeben seines Schmerzes in ihren Händen. Als seine Atmung immer unregelmäßiger geworden war, hatte sie wie in Trance die Hände auf seine Schläfen gelegt, magnetisch angezogen von seiner Wärme und dem Drang, sein Leid zu lindern.

Bereits vorher im Bad war die Empfindung, während sie ihn berührt hatte, stark gewesen, aber dieser Körperkontakt hatte sie fast an ihre Grenzen gebracht. Seine Kraft hatte sie schlicht überflutet. Und trotz alledem, trotz dieser Energie, die sie förmlich mit sich gerissen hatte, war da plötzlich etwas in ihr, von dessen Existenz sie nichts gewusste hatte. Das Wort «Ruhe» umschrieb es nur unzureichend.

Es war etwas, was sie tief in ihrem Innersten berührte und völlig unerwartet durchatmen ließ: tiefe Stille. Stille und das Gefühl, am rechten Platz zu sein. Und bei allem, was ihr lieb war: Sie war noch nie am rechten Platz gewesen. In zweiunddreißig Jahren nicht. Es fühlte sich an, als ob ihr ganzes bisheriges Leben aus der Suche nach diesem Ort bestanden hätte, ohne den rechten Glauben, dass es ihn tatsächlich geben konnte. Einzig in ihren Träumen war sie diesem Gefühl bisher nahe gekommen.

Genau das war auch der Grund, warum sie einfach blieb, wo sie war, selbst nachdem seine Atmung sich wieder beruhigt hatte. Nämlich direkt auf seinen Hüften, so dicht wie möglich bei ihm und der lodernden Hitze seines Körpers, die ihr auf diese völlig unerklärliche Weise so gut tat.

Am liebsten hätte sie sich an ihn geschmiegt, seinen Duft eingeatmet, ihn über ihre Haut in sich aufgenommen. Natürlich war er verdammt attraktiv. Und natürlich hatten ihre Empfindungen etwas mit körperlichem Verlangen zu tun. Das konnte sie nicht leugnen. Aber irgendwie schien dieses sonderbare Bedürfnis, ihm nah sein zu wollen, darüber hinaus zu gehen. Es war nur ihrem jahrelangen Training als Notärztin zu verdanken, dass sie sofort in den Normalmodus umschalten konnte, als er wieder zu sich kam.

Auf dem Weg zurück in ihr Zimmer kreisten die Gedanken wie wild in ihrem Kopf. Jede Faser ihres Körpers wollte zurück. Zurück zu dieser Stille. Sie schüttelte sich leicht, um dieses abwegige Bedürfnis loszuwerden, doch das erwies sich als unmöglich. Die fremde Empfindung blieb und begleitete sie weiter bis über die Türschwelle.

Schnell streifte sie sich die Schuhe von den Füßen und kletterte in ihr immer noch zerwühltes Bett. Kaum dass ihr Kopf das Kissen berührt hatte, gesellte sich auch noch die altbekannte Ruhelosigkeit zu dem Wirrwarr in ihrer Seele. Mit einem wütenden Grunzen rollte sie sich vom Rücken auf die Seite. Das konnte doch alles nicht wahr sein.

«Verdammt, Josefine. Schlaf jetzt.»

Sie drehte sich hin und her, zog die Decke fest um ihren Körper und kniff die Augen zu. Alles in der Hoffnung, endlich einschlafen zu können. Aber die chaotischen Gefühle ließen sich von dieser Ansprache nicht einschüchtern und jagten fleißig weiter haltlos durch ihren Kopf. Um halb vier sah sie das letzte Mal auf ihr Smartphone, dann endlich schlief sie ein.

Starke Schwingen trugen sie in die Höhe. Das Geräusch der vorbeischießenden Luft klang in ihren Ohren und ihre Hände ruhten auf seinem Körper. Samtig heiß spürte sie seine Haut unter ihren Handflächen. Der rechte Ort. Tiefe Ruhe überkam sie, und sie ließ es zu, dass seine Kraft sie flutete ...

Der Wecker ihres iPhones riss sie unsanft aus dem Schlaf. Mit geschlossenen Augen tastete sie nach dem Telefon und drückte darauf herum. Sie versuchte mit aller Kraft, den Traum festzuhalten, aber er zerrann, je intensiver sie sich an ihn klammerte. Was blieb, zumindest für ein paar kostbare Sekunden, war die Ruhe. Die lang ersehnte Ruhe und das Kribbeln in den Handflächen. Sie rollte sich zurück auf den Rücken und starrte die weiße Decke an. *Was um alles in der Welt hatte das zu bedeuten?*

Fragend blickte sie auf ihre Handflächen, die sich immer noch anfühlten, als habe sie sie dicht vor ein prasselndes Kaminfeuer gehalten. Der Traum war derselbe wie immer gewesen. Sie träumte ihn seit Jahren jede Nacht. Das war durchaus angenehm, denn es war ein wirklich guter Traum. Er hatte ihr viele Male Ruhe geschenkt.

Aber wieso hatte sie jetzt das gleiche Empfinden in den Handflächen wie heute Nacht, als ihre Hände auf dem glühend heißen Körper des Mannes gelegen hatten? Und auch dieses zarte Gefühl des Erkennens schlich sich wieder in ihren müden Kopf. Was auch immer es ihr mitteilen wollte, sie hatte dafür jetzt keine Zeit.

Energisch schwang sie die Füße aus dem Bett und murmelte leise: «Mist!»

Entweder sie bekam jetzt umgehend einen klaren Kopf oder der Rat würde sie in Stücke reißen. Das Tribunal tagte in genau einer Stunde und sie wollte auf keinen Fall zu spät kommen. Vehement verbannte sie alle weiteren komplizierten Gedanken und machte sich daran, die Spuren der zu kurzen Nacht aus ihrem Gesicht zu tilgen.

Eine knappe halbe Stunde später lief sie schnellen Schrittes durch die mit dickem Teppich ausgelegten Flure in Richtung des Brandenburgzimmers. Ihr Herz pochte und sie spürte ihr Blut hektisch durch die Adern rauschen.

Das Tribunal des Magischen Rates war machtvoll und einschüchternd. Die absolute Autorität in der magischen Welt. Sie wusste, wie diese Sitzungen üblicherweise abliefen, das machte es ein wenig leichter für sie. Trotzdem spürte sie einen kleinen brennenden Punkt im Magen erwachen. Auch wenn sie es mit ihrer Professionalität überspielen konnte, der Magische Rat machte ihr Angst.

Sie folgte dem Gang, der einen Knick machte, und blieb überrascht vor den schweren, doppelflügeligen Türen des Brandenburgzimmers stehen. Zwei Ratsmitglieder, die Hexe Caroline Heppner und der Gnom Eduard Konnternontix, standen direkt davor, dicht beieinander, offensichtlich tief im Gespräch versunken.

Verstohlen warf sie einen Blick auf ihre Armbanduhr. Es war exakt zwei Minuten vor acht. Üblicherweise saß der gesamte Rat um diese Zeit *hinter* den geschlossenen Türen und wartete auf die Delinquentin.

«Guten Morgen», sagte sie höflich, nachdem die beiden nicht auf ihr Eintreffen reagiert hatten.

Nach einem kurzen Moment des Zögerns wandte Caroline Heppner sich ihr zu. «Guten Morgen.»

Den gehetzten Ausdruck ihrer Augen überspielte sie mit einem kurzen Lächeln, dann deutete sie mit einer eleganten Handbewegung zur Tür. «Bitte, gehen Sie doch schon vor.»

Josefine nickte Eduard Konnternontix zu, der wie immer knapp an ihr vorbeisah, und machte einen kleinen Bogen um die beiden Ratsmitglieder, um zur Tür zu gelangen. Ohne zu klopfen, schließlich wurde sie erwartet und hielt somit jede Form, um Einlass zu bitten, für übertriebene Höflichkeit, betrat sie den großen Raum.

Sieben schwere Ledersessel standen im Halbkreis um einen einfachen Holzstuhl herum. Der übliche Aufbau bei den ihr bekannten Prozessen. Sie zog die schwere Tür wieder hinter sich ins Schloss und blieb einen Moment unschlüssig stehen. Etwas war heute anders. Abgesehen davon, dass zwei Ratsmitglieder vor der Tür standen. Die Luft schien vor Anspannung zu vibrieren.

Sie atmete einmal tief durch und versuchte sich, auf ihre eigene Nervosität zu konzentrieren, aber es gelang ihr nicht. Die Energie im Raum lud sie zusätzlich auf, und dass weder der

Ratsvorsitzende, der am Ende des Raumes mit dem Rücken zu ihr stand, noch Hornet auf ihr Erscheinen reagierten, machte das Ganze nicht besser.

«Guten Morgen.»

Ihre Stimme hatte ein kleines Zittern, das aber, so hoffte sie, nur spür- und nicht hörbar war. Allerdings fingen in diesem Moment auch ihre Knie an, ein Eigenleben zu führen. Kurzerhand steuerte sie den Anklagestuhl an, um sich darauf fallen zu lassen.

Hornet, wohl das exzentrischste Mitglied des Rates, saß nur wenige Meter entfernt auf einem der Ledersessel und hatte die Bikerstiefel vor sich ausgestreckt. In der rechten Hand hielt er eine geöffnete Coladose. Seine blonden Haare trug er neuerdings als Irokesenschnitt und sein Zungenpiercing klirrte leise am Metall der Dose, als er erneut einen Schluck nahm. Die Lederjacke und die schwarzen Handschuhe, die er immer trug – Gott wusste warum –, passten hervorragend zu seinem Badboy-Image. Magisch hingegen war er für sie völlig undefinierbar. Und nicht nur für sie, wenn man den wilden Geschichten glaubte, die über ihn die Runde machten.

«Guten Morgen, Dr. Rosenberg.»

Seine Worte klangen gelassen, aber das war nur eine Fassade. Hinter seinen blauen Augen brodelte es.

Die Tür klappte erneut und sie drehte sich um. Caroline Heppner hatte zusammen mit Eduard Konnternontix, Mr. Gibbson und Ayikos, dem asiatischen Magier ohne Nachnamen, den Raum betreten.

«Wir beginnen jetzt.»

Armand Duponts Stimme war kraftvoll wie eh und je.

Ruhe senkte sich über den Raum. Auch wenn heute alles anders schien, verschaffte der übliche Ablauf des Rituals sofort eine gewisse Ordnung. Sie straffte die Schultern, um sich innerlich vorzubereiten, aber ihr Blick blieb augenblicklich an einem immer noch leeren Sessel hängen. *Wo um alles in der Welt war die siebte Ratsfrau?*

Der Name der fehlenden Schamanin wollte ihr gerade nicht einfallen, aber der Rat tagte immer zu siebt. Sieben waren sie seit Anbeginn der Zeitrechnung. Magische Wesen kannten keine menschlichen Unpässlichkeiten wie eine Sommergrippe.

«Ich muss Ihnen nicht erklären, warum Sie hier sind. Mit Ihrer geradezu sturköpfigen Haltung stellen Sie sich gegen alle Regeln und Gesetze.»

Duponts Stimme war ein tiefer Bass. Seine ganze Abneigung gegen sie lag in diesen Worten. Der Ratsvorsitzende, der im realen Leben Vorstandsvorsitzender eines börsennotierten Unternehmens war, starrte sie feindselig an. Augenblicklich riss sie sich zusammen und konzentrierte sich auf ihn. Ihre Gedanken waren heute wie ein Sack Flöhe.

«Sie scheinen die Notwendigkeit unseres Handelns nicht erfassen zu können. Oder ist es schlichte Ignoranz zu glauben, der Rat würde Ihr Handeln einfach übersehen?»

Josefine schwieg vorsorglich erstmal. Sie wusste nicht genau, wie es funktionierte, aber offenbar leuchtete irgendwo eine kleine rote Warnlampe auf, sobald sie ihre Gabe einsetzte. Der Gebrauch ihrer Fähigkeiten war eine erwiesene Tatsache. Sie wussten, dass sie ihre Gabe benutzte, nur ließ sich daraus keine Schlussfolgerung als endgültiger Beweis ableiten. *Wer konnte schon sagen, dass der Patient nur überlebt hatte, weil sie ihm ihre Hände auf den Körper gelegt hatte?*

«Es ist unsere Aufgabe, die magische Welt vor der menschlichen verborgen zu halten. Unsere Gesetze und Statuten sind älter, als sie offenbar auch nur ansatzweise in der Lage sind, zu verstehen. Und ihre Einhaltung unerlässlich. Der Einsatz magischer Rituale an rein menschlichen Wesen ist inakzeptabel. Dieser Grundsatz gilt auch für Sie.»

«Natürlich weiß ich das alles, Herr Dupont.»

Schnell nickte sie. Ja, ihre Gabe zu nutzen war verboten. Sie tat es trotzdem. Solange sie das nicht zugab, war alles gut. Irgendwie brachte sie sogar so etwas wie ein vorsichtiges Lächeln zustande. Mit der Strategie «kleine Brötchen zu backen» war sie bis jetzt am besten gefahren. Freundlich sein, den tobenden Unmut über sich ergehen lassen und zum Tagesgeschäft übergehen. Nicht dass sie sich dabei wohlfühlte, aber es schien der Preis zu sein, den sie zu zahlen hatte. *Und letztendlich, was war das gegen das Leben eines Menschen?*

«Es ist die letzte Verwarnung, die wir aussprechen. Das nächste Mal werden wir Sie unter Arrest stellen.»

Sie schluckte trocken, die Vorstellung, vom Rat eingesperrt zu werden, war wenig verlockend, wenn nicht gar Grauen erregend. Eisern hielt sie sich an dem Gedanken fest, dass sie ihr nichts nachweisen konnten.

Dupont knurrte noch etwas Unverständliches und verschränkte die Arme vor der Brust. Verstohlen warf sie einen Blick auf die Armbanduhr. Es waren noch keine zehn Minuten vergangen. Aber offenbar war schon jetzt alles gesagt. Verglichen mit den letzten Malen, war das heute eine sehr sonderbare Veranstaltung. Das letzte Mal hatte der Ratsvorsitzende sie bereits nach einer Minute dermaßen angebrüllt, dass fast der Putz von den Wänden des Zimmers gefallen wäre. Daraufhin hatte Mr. Gibbson wortlos den Raum verlassen und war auch nicht wiedergekommen. Elfen galten landläufig als sehr friedliebend.

Dupont schwieg. Genau wie alle anderen. Hornet drehte die Coladose in den Händen und starrte die Wand hinter ihr an. Sie räusperte sich und wollte gerade fragen, ob sie denn jetzt gehen dürfe, als sich schlagartig die gesamte Atmosphäre im Raum veränderte. Plötzlich war der Raum erfüllt von wachsamer Aufmerksamkeit. Sogar Hornet stellte beide Füße fest auf den Boden und richtete sich ein wenig auf.

Jemand hatte den Raum betreten.

Da sie mit dem Rücken zur Tür saß und sich die gesamte Aufmerksamkeit plötzlich auf den Bereich hinter ihrem Sichtfeld richtete, konnte sie nicht sehen, wer es war. Aber das musste sie auch gar nicht. Im selben Augenblick rollte eine Woge der Macht über sie hinweg, und ohne sich umdrehen zu müssen, wusste sie, wer sich der illustren Runde angeschlossen hatte. Sie spürte seine Präsenz so deutlich, wie sie sie letzte Nacht gespürt hatte.

Betont entspannt blieb sie auf dem harten Stuhl sitzen. Soweit sie wusste, bestand der Rat ausschließlich aus sehr einflussreichen magischen Wesen des oberen Ranges, also hochgestellten Autoritäten, die naturgemäß selbst mit einem nicht unerheblichen Maß an Macht ausgestattet waren. Dennoch hatten sie offensichtlich wenn schon nicht Angst, so doch größten Respekt vor dem Mann, der hinter ihr stand.

Während sie mit leichtem Erstaunen die Veränderungen der Ratsmitglieder beobachtete, spürte sie etwas anderes Seltsames. Irritiert legte sie sich eine Hand auf die Brust und schielte an ihrer Nasenspitze vorbei auf ihren Brustkorb. Ihr Herzschlag schien sich von einer Sekunde auf die andere verlangsamt zu haben. Sie konnte es kaum glauben, aber ihr Herz hatte tatsächlich seinen Rhythmus geändert.

Er spürte sie schon, bevor er die schwere Holztür überhaupt geöffnet hatte. Sein Kopf hatte daraufhin endlich die synaptische Verbindung in seinem Hirn hergestellt, die seit gestern Abend Halt suchend hin und her gezuckt war.

Natürlich.

Sie war Dr. Josefine Rosenberg. Die Frau mit den heilenden Händen, die so gerne Leid lindernd durch die Welt der Menschen zog. Ein ewiges Ärgernis für Armand, den an Menschen praktizierte Magie zur Weißglut trieb.

Valentin schluckte die seltsame Beklemmung herunter, die ihn überkam, und ließ seinen Blick durch den großen Raum gleiten. Nur nebenbei bemerkte er das Fehlen zweier Ratsmitglieder, dann wurde er schlagartig abgelenkt. Dr. Rosenbergs rote Locken, die offenbar nur mühsam mit einem Haargummi gebändigt waren, schillerten als einziger brillanter Farbfleck in dem sonst in gediegenen Brauntönen gehaltenen Raum und lenkte seinen Blick automatisch in ihre Richtung. Aufrecht und mit erhobenem Kopf saß sie auf dem vermutlich unbequemen Holzstuhl.

Sie war definitiv eine hochattraktive Frau. Und er war heute wieder im Vollbesitz seiner geistigen Kräfte, um diese Tatsache auch zu erkennen.

Er nickte einmal kurz zum Gruß in die Runde. Dupont ließ ihn derweil nicht aus den Augen, vermied es aber, direkten Blickkontakt herzustellen. Valentin lehnte sich an das breite Fensterbrett eines der zur Hauptstraße gehenden Fenster und wartete ab.

«Bedenken Sie die Konsequenzen und handeln Sie danach», knurrte der Ratsvorsitzende die Ärztin barsch an. «Das war unsere letzte Warnung!»

Die letzten Worte spuckte er förmlich auf den hochflorigen Teppich, und es bestand kein Zweifel an den Absichten des Ratsvorsitzenden, seinen Worten auch Taten folgen zu lassen. Seinem Tonfall nach lieber heute als morgen. Leider ließ sich im Fall Rosenberg kein schlüssiger Indizienprozess führen, womit auch Duponts Drohung relativ haltlos und wohl nur seinem leicht zu erhitzenden Gemüt zuzuschreiben war. Eine Verurteilung kam, solange es keine schlüssigen Beweise gab, nicht in Frage.

Man hatte ihn aus einem anderen Grund um seine Anwesenheit bei diesem Tribunal gebeten. Seine eigene Macht funktionierte nonverbal. Er benötigte keine Beweise, um zu handeln. Allein seine Anwesenheit sollte Maßregelung genug sein, schließlich war er in der Lage, sie alle zu manipulieren und die Grenzen somit klar und deutlich zu machen. Üblicherweise ...

Was ihm schlagartig ins Gedächtnis rief, dass er bei dieser Frau mit seiner Macht noch nicht allzu viel hatte ausrichten können.

Dr. Rosenberg erhob sich, blieb aber einen Moment zögernd neben ihrem Stuhl stehen. «Eine Frage noch», sagte sie im nächsten Moment.

Ihre Stimme klang dünn und sie räusperte sich. Ohne eine Antwort abzuwarten, ob ihr die Gunst einer weiteren Frage auch wirklich gestattet wurde, sprach sie weiter: «Gilt das Verbot auch für magische Wesen? Doch wohl nicht, wenn ich die Statuten richtig gelesen habe.»

Valentin spürte, wie sein Herz kurz aussetzte. Er hob die Hand und legte sie sich auf die Brust, erstaunt von dieser Empfindung. Er hatte nicht erwartet, dass sie ihr kleines nächtliches Intermezzo thematisieren könnte. Aus reiner Gewohnheit schickte er seine Macht auf Reisen.

Dr. Rosenberg zuckte einmal kurz und fast unmerklich zusammen, als die Energie sie traf. Mehr passierte nicht. Sogar Armand ließ sich auf diese Weise kontrollieren. Valentin betonierte vorsorglich seine Gesichtszüge ein und starrte weiterhin auf die roten Locken. Es gab kein Wesen, das sich seiner Autorität widersetzen konnte.

Aber es hatte sie einmal geben, vor langer Zeit ...

Dr. Rosenberg drehte den Kopf und warf ihm über die Schulter einen kurzen Blick zu. Ihr Blick war eine Rüge. Eine Rüge für seine zur ihr geschickte Macht. Verwundert atmete er tief durch. Er war lange nicht mehr gerügt worden.

«Es reicht jetzt!», fauchte Dupont.

Ganz offensichtlich verlor er genau in diesem Moment die Fassung. Der Ratsvorsitzende schoss aus seinem Ledersessel empor und riss Valentin damit aus seinen Gedankengängen. Wie aus dem Nichts stob seine aggressive Magie in Richtung der Ärztin. Aggressiv war in diesem Fall gleichzusetzen mit tödlich, und der Impuls, sich schützend vor die Frau zu werfen, war für einen Moment übermächtig. Aber Hornet war ihr näher und kam ihm zuvor. Der blonde Hüne stand plötzlich direkt vor ihrem Stuhl.

«Geh!», murmelte er leise, ohne Dupont aus den Augen zu lassen, und reichte ihr eine Hand. Sie griff zu und ließ sich auf die Füße ziehen.

Als die schwere Holztür hinter ihr ins Schloss gefallen war, hob Hornet seine Hand und schnüffelte einmal daran. «Altes Blut», murmelte er. «Kaltes Blut.»

Er leckte sich über die Handfläche, verdrehte kurz genießerisch die Augen und fuhr mit der Zunge über seine Lippen. Er seufzte. «Ich habe aber immer noch keine Ahnung, was sie ist.»

«Niemand interessiert sich für diese furchtbare Querulantin! Sie ist eine Ruhestörerin, lästig, aber eigentlich unwichtig. Es gibt weitaus Wichtigeres zu besprechen.» Armand Dupont wandte sich an Valentin: «Sire.»

Er benutzte die für den Umgang mit Valentin übliche Anrede. Die Etikette des Rates war genauso alt wie seine Mitglieder.

«Jenna de la Molin ist heute Morgen nicht erschienen.»

Der kleine Mann sprach mit hastiger Stimme. Seine Aggression war völlig verschwunden und Nervosität füllte den Raum.

«Wir hatten Jenna schon gestern Abend erwartet, und als sie heute zur Anhörung von der Frau», er macht eine wedelnde Handbewegung Richtung Tür, «noch nicht da war, haben wir einige Leute losgeschickt, um sie zu suchen.»

Valentin lehnte nach wie vor unbewegt am Fensterbrett, hob jetzt aber fragend eine Augenbraue. «Leute?»

Bei Armand Dupont konnte die Umschreibung «Leute» auf nahezu alle magischen und unmagischen Wesen zutreffen, die man nur ungern in die Welt der Menschen entsandte. Schon gar nicht, um nach Mitgliedern des magischen Rates und somit der obersten Instanz der magischen Welt zu suchen.

«Mitglieder unserer Garde, Wandler, fähige Soldaten», präzisierte Armand hektisch.

Valentin konnte das Blut des Mannes in den Adern rauschen hören. Armand war wirklich aufgeregt. Für einen fast siebenhundert Jahre alten Magier erstaunlich aufgeregt. Zuletzt hatte ihn der Zweite Weltkrieg dermaßen aus der Fassung gebracht. Und der Tod seiner geliebten Frau.

Die schwere Holztür öffnete sich. Valentin drehte den Kopf.

Ein Mann stand in der Tür, die Klinke noch in der Hand, als müsse er sich an ihr festhalten. Sein Brustkorb hob und senkte sich in einer hektischen Bewegung. Den Blick fest auf den Boden gerichtet murmelte er eine knappe Begrüßung. Caroline Heppner stand so plötzlich auf, dass sie den kleinen Beistelltisch neben ihrem Sessel umstieß und die darauf stehende Wasserkaraffe sich über das helle Holz und den Teppich ergoss.

«So sprechen Sie doch!»

Ihre Stimme war schrill und sie eilte mit weitausholenden Schritten auf den wie erstarrt dastehenden Mann zu. Sie schien zu wissen, wer er war.

«Ich habe eine Botschaft», raunte der Mann mit starkem slawischen Akzent.

Valentin spürte deutlich, wie sich bei diesen Worten Angst im Raum ausbreitete. Das Gefühl war undefinierbar und gut versteckt hinter ausdruckslosen Mienen, dennoch blieb diese Emotion seinen feinen Antennen nicht verborgen. Es wurde Zeit, die Situation aufzuklären.

«Caroline, was ist hier los?»

Sie fuhr zu ihm herum. Offensichtliche Panik hatte ihre Gesichtszüge verhärtet.

«Er ist ein Botschafter der Madronas.»

Ihre jetzt wieder leise Stimme durchdrang die Stille im Raum nur zögerlich. Valentin hob alarmiert den Kopf. Die Madronas waren eine Gruppe von weisen Seherinnen, die tief in Osteuropa lebten. Caroline war die Einzige, die bisher mit ihnen in Kontakt gestanden hatte. Ihre Weissagungen waren bis jetzt immer recht exakt gewesen. Was nicht bedeutete, dass der Rat das Unheil, das sie voraussagten, auch zuverlässig abwenden konnte. Es gab leider zu viele Beispiele, bei denen sie wussten, was passieren würde, aber tatenlos zusehen mussten. Manche Dinge ließen sich auch mit Macht nicht aufhalten. Die letzte Regung der Madronas war lange her.

Caroline nahm ein Blatt Papier entgegen, das ihr der Mann mit zittriger Hand reichte.

«Warten Sie draußen auf mich», murmelte sie leise.

Als die Tür hinter dem Botschafter ins Schloss gefallen war, entfaltete Caroline das Papier und starrte minutenlang schweigend auf die Worte und Sätze.

«Und? Was steht dort?»

Armands Stimme schien vor Anspannung zu vibrieren.

«Die Madronas haben ihre Botschaften bisher in einer alten Form des Ukrainischen übermittelt. Aber diese Worte scheinen Weißrussisch zu sein, irgendein alter und ich fürchte, recht seltener Dialekt. Ich werde Zeit brauchen, die Vorhersage präzise zu übersetzen. Bis jetzt konnte ich nur einzelne Worte erfassen, für die ich noch keinen Kontext habe.»

Caroline leckte sich nervös über die Lippen. Ihr Blick wanderte von der Decke über die schwere Holztür bis zu einem der Fenster neben ihm.

«Sie werden ja wohl in der Lage sein, uns wenigstens diese Worte mitzuteilen!», knurrte Armand angriffslustig.

Caroline drehte sich von ihm weg und hob abwehrend eine Hand. Ihre Magie flammte leise zischend auf.

«Was verstehen Sie bis jetzt?», kürzte Valentin das Ganze ab. Die aufkeimende Aggression gefiel ihm nicht.

«Es droht Gefahr», murmelte sie.

«Geht es ein klein wenig präziser?»

Hexen neigten dazu, niemals den wahren Punkt ihres Anliegens zu äußern. War vermutlich eine Berufskrankheit. Wer schon die Preisgabe des eigenen Namens für tödlich hielt, tat sich schwer damit, auf den Punkt zu kommen.

«Dem Rat droht Gefahr», sagte Caroline leise, offenbar tief versunken in die sich ihr bietende Aussicht. «Sehr viel mehr weiß ich noch nicht. Ich brauche für eine präzisere Übersetzung mehr Zeit.»

«Gefahr. Aha», mischte Hornet sich mit leiernder Stimme ein und ließ sich wieder auf seinen Sessel fallen.

Dem Rat drohte des Öfteren Gefahr, die Situation war also nicht ganz neu. Dass allerdings ein Ratsmitglieder nicht aufzufinden war, verschärfte die Sachlage.

Caroline schnellte herum und blickte Hornet starr in die Augen. Ihre Stimme war schneidend. «Es gibt keinen Vordruck, in den sie ihre Vorhersagen eintragen können, Hornet.»

Der so Angesprochene schloss mit einer abwertenden Grimasse die Augen. Mr. Gibbson schwieg wie immer, begann aber vor dem Kamin auf und ab zu gehen. Eduard blieb derweil bewegungslos in seinem Sessel sitzen. Eine seltsame Stille breitete sich im Raum aus.

Valentin verließ seinen Beobachtungsposten. Er setzte sich auf den Stuhl, auf dem Dr. Rosenberg zuvor gesessen hatte, und verschränkte die Arme vor der Brust. Das war alles nicht gut. Seine Sinne schärften sich. Die im Raum immer stärker werdende Verzweiflung hatte seine zweite Natur geweckt.

«Dann nehmen Sie sich die Zeit, aber tun Sie es jetzt», beschied Valentin und übernahm damit ohne ein weiteres erklärendes Wort das Kommando. «Armand, welche Wandler hast du geschickt, um nach Jenna zu suchen?»

Der Ratsvorsitzende sah ihn kurz an, senkte dann aber wieder den Blick. Auch wenn er von der ihm nach den alten Strukturen zustehenden Macht nicht allzu häufig Gebrauch machte, bestand kein Zweifel an Valentins Führungsanspruch in solchen Situationen. Er war älter und mächtiger als alle Ratsmitglieder, aber er liebte seine Freiheit und verspürte einen inneren Widerstand, von seine Macht nur für politische Zwecke zu nutzen.

«Clemens und seine Leute.»

Das war gut. Besser als jede Alternative. Clemens und seine schnelle Eingreiftruppe standen seit fast zwei Jahrhunderten in Diensten des Magischen Rates. Der Wandler ließ sich lenken und wusste sich in der menschlichen Welt zu bewegen ohne aufzufallen.

«Kontaktiere sie. Sie sollen uns laufend auf dem aktuellen Stand halten.»

Ungeschickt fummelte Armand ein flaches Handy aus seiner

Hosentasche und verschwand im hinteren Bereich, während Caroline zügigen Schrittes den Besprechungsraum verließ.

Mehr konnten sie erstmal nicht tun. Bewegungslos blieb er sitzen. Sein Kopf begann damit, die verschiedenen Informationen zu verknüpfen und nach Anhaltspunkten zu suchen, was hier auf sie zukommen konnte.

Aber zwei Gedanken torpedierten seine Bemühungen, sich zu sortieren. Der eine befasste sich mit der sonderbaren Angst, die durch den Raum zu schleichen schien. Der Magische Rat hatte bisher mit nahezu allen Bedrohungen gut umgehen können. Sie hatten effektive und über die Jahrhunderte ausgereifte Strategien. Aber hier war definitiv zu viel Furcht im Spiel.

Und der zweite Gedanke galt Dr. Josefine Rosenberg.

Kapitel 6

Valentin war auf dem Weg zurück in seine Suite. Sein Smartphone gab ein dezentes Klingeln von sich und er warf einen Blick auf das Display. Unbekannter Teilnehmer. Er klemmte sich das Telefon zwischen Schulter und Ohr, während er in seinem Jackett nach der Zimmerkarte suchte.

«Ja?»

«Hallo, Schatz!», flötete eine wohlbekannte Stimme in sein Ohr.

Valentin verdrehte die Augen. Er hatte es in den vergangenen dreihundert Jahren nicht geschafft, seiner Ex-Frau diese abartige Begrüßungsfloskel abzugewöhnen. Endlich fand er die kleine Plastikkarte in der linken Innentasche.

«Trinidad.»

Ihr Elfenname war für die menschliche Zunge schlicht nicht zu formulieren. «Trinidad» kam dem Knäuel an Silben und Umlauten noch am nächsten.

«Wir müssen reden.»

Ihre Stimme wurde bei diesen Worten etwas leiser, und er verspürte den Drang, seinem Handy einen fragenden Blick zuzuwerfen. Trinidad war nie leise. Die einzigen Situationen, in denen sie etwas schweigsamer war als sonst, waren die Geburten ihrer vier Kinder. Und das auch nur notgedrungen, weil sie ihre Luft anderweitig hatte nutzen müssen.

Er öffnete die Tür und wehrte zeitgleich Oskars stürmische Begrüßung mit einer Hand ab. «Was ist los?»

«Es könnte sein, dass es ein Problem gibt.»

Ihre Stimme war jetzt noch leiser.

Valentin setzte sich auf die Bettkantc. «Hab ich heute schon mal gehört. Also?»

«Es gibt ein Gerücht, nach dem ein Volk der Dunkelalben wieder auf der Bildfläche erschienen sei.»

Die Worte klangen flach.

«Das hat uns gerade noch gefehlt.»

Valentin kniff kurz die Augen zusammen.

«Ja, die Dunklen sind wie die Pest und Cholera der magischen Welt. Über ihren letzten Auftritt kann man ja in den Gesichtsbüchern nachlesen. Noch ein von ihnen angezettelter Weltkrieg oder eine menschenverachtende Diktatur fehlt uns gerade noch. Aber es ist nur ein Gerücht, verstanden? Keine verlässliche Quelle. Allerdings dachte ich, du solltest das wissen.»

In ihrer Stimme schwang Sorge mit. Eine Emotion, die sonst nicht zum üblichen Gefühlsrepertoire seiner Ex-Frau gehörte. Trinidad war sorglos und laut. Und abgesehen davon eine der mächtigsten Elfenköniginnen. Womit sie auch seine zuverlässigste Informantin der elfischen Welt darstellte. Das Elfenvolk war eigenbrötlerisch und ließ sich nicht gerne in die Karten gucken.

«Hast du mir zugehört?»

«Ja, meine Königin», sagte er leise und bediente sich ganz automatisch der alten Floskel, während er Oskar hinter dem verbliebenen Ohr kraulte.

«Lass den Quatsch. Du warst nie mein Untertan», fuhr sie ihn augenblicklich an. «Es wäre sehr schlecht für uns alle, wenn sie wieder da wären, richtig?»

Sehr schlecht war noch eine freundliche Untertreibung. Aber das war jetzt nicht der Moment, um negative Stimmung zu verbreiten.

«Mach dir keine Gedanken. Melde dich einfach, wenn du etwas hörst.»

Aus reiner Gewohnheit sandte er diesen Worten noch einen kleinen Schuss sanfter Seelenmanipulation hinterher. Sehr wirksam bei magischen Wesen nahezu jeglicher Couleur. Bei Trinidad löste der zarte Energieschub jedoch das glatte Gegenteil aus.

«Ich hasse es, wenn du das tust!», fuhr sie ihn an und schickte einen deftigen Fluch in ihrer unverständlichen Muttersprache hinterher.

«Sorry.»

Er musste unwillkürlich grinsen. Trinidads Seele ließ sich genau wie alle anderen Seelen betrügen, nur dass sie es häufig spürte. Was ein Grund war, warum die Verbindung zwischen ihnen überhaupt sinnvoll gewesen war.

Sie war eine der Wenigen, die nicht automatisch vor seiner Macht in die Knie ging. Diese Tatsache machte sie zu einem guten Sparringspartner, etwas, an dem es sonst in seinem Leben fehlte. Sie war sein Spiegel und reflektierte sein Verhalten. Unangenehm und lästig, aber durchaus dazu geeignet, die Bodenhaftung zu bewahren.

Aber auch der Grund, warum seine Manipulationsversuche meist ein ideales Mittel waren, jegliche Kommunikation zwischen ihnen sofort in einen eskalierenden Streit zu transformieren.

«Mistkerl», formulierte sie, jetzt wieder in bestem Deutsch, und legte kurzerhand auf.

Ja, die fünfundzwanzig Jahre Ehe mit ihr waren durchaus geeignet, mindestens eine posttraumatische Störung davonzutragen.

Er ließ sich rücklings aufs Bett fallen. Ein verschwundenes Ratsmitglied, eine verschlüsselte Weissagung der Madronas, das Gerücht, dass die Dunkelalben wieder aufgetaucht seien, und Dr. Josefine Rosenberg, die ihn vollends verwirrte. Schlechte Voraussetzungen, um zur Tagesordnung überzugehen.

Oskar gab ein leises Winseln von sich und Valentin warf ihm über die Schulter einen Blick zu. «Leg dich hin.»

Augenblicklich machte Oskar sich auf den Weg zu seiner Decke. Der Gehorsam seines Hundes entsprang keinerlei Manipulation. Der Hund tat das, was in seiner Natur fest verankert war: seinem Alpha gehorchen.

Ein Gedanke schoss Valentin durch den Kopf und im nächsten Moment saß er wieder aufrecht. *Verdammt, wie hatte er das nur vergessen können?*

Die Frage, wie Dr. Josefine Rosenberg vergangene Nacht in seine Suite gekommen war, hatte er zwischendurch gedanklich immer mal wieder gestreift, aber bis jetzt keine Kapazitäten gehabt, sich eingehender damit zu befassen. Diese Frau war wie aus dem Nichts aufgetaucht und aufgrund seiner schlechten Verfassung hatte er das so hinnehmen müssen. *Aber woher hatte sie gewusst, dass er Hilfe brauchte?*

Oskar war mittlerweile auf seiner Decke angekommen und drehte sich mehrmals schwerfällig im Kreis, um eine bequeme Liegeposition zu finden. Er warf dem Hund einen scharfen Blick zu, was Oskar veranlasste, sich mit der Pfote einmal über die Schnauze zu reiben.

Er beugte sich leicht nach vorne und fragte argwöhnisch: «Du bist doch wohl nicht etwa losgezogen, um diese Frau zu holen?»

Der Hund wackelte aus Ermangelung einer Rute beschwichtigend mit dem Hinterteil und winselte leise. Er mochte diese scharfe Begutachtung überhaupt nicht und tat das, was ein unterlegenes Rudelmitglied in diesem Fall nun mal tat: höchste Unterwürfigkeit demonstrieren.

«Du hast wohl einen Knall.»

Valentin war ernsthaft empört, und Oskar ließ sich leise hechelnd zur Seite fallen. Totstellen schien ihm das erste Mittel der Wahl, als Valentins Wut durch den Raum waberte.

Dr. Rosenberg hatte den Bann, mit dem er die Suite belegt hatte, anscheinend ohne Probleme passieren können. Er rieb sich nachdenklich die Schläfen. Er lebte schon so lange mit diesen Attacken, dass es ihm in Fleisch und Blut übergegangen war, sich vor der Welt zu verstecken. Es gab nichts, was diese Anfälle aufhalten konnte, insofern hatte er gelernt, sie so hinzunehmen. Aber diesmal war ihm einiges entgangen, was gerade nach und nach wieder in seinem Hirn auftauchte.

Oskar hatte Dr. Rosenberg im Treppenhaus des Hotels getroffen, während er selbst eine Etage höher auf ihn gewartet hatte. Der Hund brauchte ja meistens etwas länger. So weit so gut. Sein normales Verhalten einem fremden Menschen gegenüber war ihn zu ignorieren. Aber Oskar hatte diese Frau geradezu hysterisch freudig umrundet.

«Warum hast du das getan? Menschen haben dich fast zu Tode gequält und dann bist du plötzlich so zutraulich?»

Argwöhnisch betrachtete er seinen Hund, der wie er auch der letzte Überlebende eines Massakers war. Bestenfalls mied

Oskar den Kontakt mit fremden Menschen, schlimmstenfalls hatte er Angst vor ihnen. Aber er hatte diese Frau begrüßt, als würde er sie kennen.

Wieder landete er bei der Frage, warum sie sich seiner Dominanz so problemlos entziehen konnte. Er erinnerte sich schwach, sie letzte Nacht unter Aufbietung seiner restlichen Kräfte des Zimmers verwiesen zu haben. Erfolglos, wie der Verlauf des Abends gezeigt hatte.

Das konnte nicht nur an seinem schlechten Zustand gelegen haben. Es gab nun mal verdammt wenige Wesen, die sich seiner Autorität widersetzen konnten. Sie ließen sich locker an einer Hand abzählen. Trinidad gehörte diesem erlauchten Kreis an. Weil sie schon wenige Jahre nach ihrer Eheschließung seine Macht und sein Wesen ausgelotet hatte, und dazu noch von Natur aus über eine gewisse Immunität, die den Elfen nun mal zueigen war, verfügte.

Einige Hexen waren in der Lage ihn zumindest kurzfristig mithilfe von Schutzzaubern abzublocken. Das Ganze war allerdings eine Kräfte zehrende Prozedur und kein Vergleich zu der Lässigkeit, mit der die rothaarige Frau ihn ignoriert hatte. Verdammt, er hatte das Gefühl, dass ihm hier etwas sehr Entscheidendes entgangen war!

Wer um alles in der Welt war diese Frau? Oder sollt er sich besser fragen, was sie war ...?

Ein zaghaftes Klopfen an der Zimmertür ließ ihn den mühsam geknüpften Faden verlieren. Verärgert schüttelte er den Kopf. «Ja?»

Caroline öffnete die Tür, blieb aber im Flur stehen. «Ich bin noch nicht am Ende der Übersetzung, aber es gibt einige prägnante Worte, die Sie vielleicht wissen sollten», sagte sie leise zur Zimmerdecke.

«Kommen Sie rein.»

Keine freundliche Aufforderung, ein Befehl, dem Caroline umgehend Folge leistete.

«Ich kann es immer noch nicht im Gesamtkontext darstellen, dafür werde ich weiterhin Zeit benötigen.»

Carolines Blick heftete sich jetzt auf Oskar, der sich immer noch totstellte.

«Sprechen Sie.»

«Ich bin auf die Worte ‹dunkel›, ‹Drachen› und ‹Leid› gestoßen.»

Ein kalter Knoten saß plötzlich in seinem Magen. Es schien sich tatsächlich um die Dunkelalben zu handeln. Trinidad würde Recht behalten. Das Gefühl von Angst war ihm fremd, dennoch konnte er es identifizieren, als es leise begann, in seiner Seele zu kreisen.

Carolines Stimme zitterte, als sie fortfuhr. «Eine», stammelte sie und er konnte es förmlich schmecken, wie sehr sie sich zusammenriss, um nicht zu weinen. Ihr Entsetzen erfüllte jeden Winkel des Raumes.

«Eine was?»

Seine Stimme klang so kalt, wie er sich plötzlich fühlte. Die Eiseskälte löste einen weiteren Schub blanker Angst bei Caroline aus. Allerdings war es der Sache nicht wirklich dienlich, noch mehr Angst und Panik zu verbreiten, als es diese Nachricht ohnehin schon tat. Er stand auf und legte der Hexe vorsichtig eine Hand auf die Schulter.

«Es ist gut.»

Er schickte seine Energie auf Reisen. Sofort verlangsamte sich Carolines Herzschlag ein klein wenig.

«Das Wort taucht immer wieder auf. ‹Eine.› Ich weiß nicht, was es bedeutet. Eine Frau? Eine was?»

Verzweifelt zuckte sie mit den Schultern. Alle seine Gedanken kreisten um dieses Wort.

Eine.

Verdammt noch mal. *Eine was?* Diese osteuropäischen Frauen waren in den vergangenen fünfhundert Jahren immer kryptischer geworden in ihren Aussagen. *Was sollte er damit anfangen?*

Allerdings war es ziemlich sicher, dass es mit diesem Wort etwas anzufangen gab. Auch wenn sie präzise um den heißen Brei herumredeten, ihre Weissagungen trafen zu. Es galt wie immer herauszufinden, was sie eigentlich sagen wollten. Und das möglichst, bevor sich das erfüllte, was da umschrieben worden war.

Eine Tür knallte und Sekunden später stand Hornet im Raum. Mit einem Blick auf Caroline sagte er tonlos: «Es gibt Neuigkeiten.»

Valentin hob den Kopf und sah Hornet für den Bruchteil einer Sekunde direkt in die Augen.

«Wir sind fertig, Caroline. Arbeiten Sie weiter daran, Sie können gehen», murmelte er und wartete, bis die Tür hinter ihr ins Schloss gefallen war.

«Jenna ist tot.»

Der blonde Hüne wirkte äußerlich ruhig, aber seine angespannten Kiefermuskeln zeugten von seiner aufgewühlten Verfassung.

«Wie?», frage Valentin knapp.

«Clemens fand sie zu Hause. Bestialisch hingemetzelt. Viel Blut, wenig, was übrig blieb. Es ist offensichtlich, dass sie unter fremdem Einfluss gestanden haben muss. Sonst wäre es nicht dazu gekommen. Jenna de la Molin war stark.»

«Dann befindet sich der gesamte Rat in Lebensgefahr.»

Er musste als Allererstes seine Macht dazu benutzen, eine Welle der Ruhe über die magischen Wesen der Welt zu schicken, Kontrolle ausüben, bevor auch nur der Ansatz von Verwirrung auftauchen konnte. Die Alphas sollten zumindest vorübergehend in der Lage sein, ihre Gebiete allein zu kontrollieren. Dann musste er sich einer Situation stellen, die seit achthundert Jahren als latente Gefahr über seiner Existenz schwebte.

Sie waren zurück und er war allein.

Valentin lehnte sich kurzerhand gegen die Wand und presste eine Hand fest gegen die Stirn. Er fühlte sich wie in einer Achterbahn und brauchte ein paar Sekunden, um das alles zu verdauen.

Ein Mal hatte er sich der Bedrohung durch die Alben gestellt. Ein Mal war sein Plan, die Dunklen nicht direkt anzugreifen, sondern die magischen Wesen so massiv zu manipulieren, dass sie der Beeinflussung durch die Alben standhalten konnten, aufgegangen. Dieses Mal allerdings lagen die Karten anders. Dieses Mal würden sie sich sicherlich geschickter anstellen. Sie würden die Zeit im Exil genutzt haben, um sich einen noch teuflischeren Plan auszudenken.

Eine Berührung an der Schulter riss ihn zurück in die Realität. Hornet hatte ihm die Hand darauf gelegt.

«Sorg dafür, dass der Rat irgendeine Form von Schutz bekommt, bis wir wissen, wie es weitergeht.»

«Ich kümmere mich um einen Schutzzauber. Ich ruf dich an», murmelte Hornet und wandte sich zum Gehen.

Valentin nickte kurz. Eins stand fest: Dunkelalben benutzten keine Mobiltelefone. Diese Art der Kommunikation war sicher. Aber das war auch das Einzige, was jetzt noch sicher war. Er griff sich sein Smartphone und wählte Trinidads Nummer. Es klingelt lange. Schließlich erklang ihre atemlose Stimme am anderen Ende.

«Du willst dich entschuldigen?»

«Es ist kein Gerücht.»

Schweigen.

«Die Madronas haben sie vorausgesagt. Zieht euch zurück.»

Sie atmete scharf ein. «Das werden wir. Was werdet ihr tun?»

«Ich denke darüber nach.»

Er starrte aus dem Fenster, ohne etwas zu sehen. Das tief ihn ihm gefangene Ungetüm hob den Kopf und schien zu blinzeln, angelockt von seiner eigenen, ihm fast unbekannten Angst schlich es plötzlich durch seine Seele.

Trinidad würde ihr Volk in eine andere, nur ihnen vorbehaltene Dimension bringen. Käme es zum Äußersten, wären sie dort sicher. Den Vorzug einer anderen Dimension genossen in ihrer Welt nur die Elfenvölker. Leider auch die Dunkelalben, weswegen sie sich ganz offensichtlich im stillen Kämmerlein ihres fernen Aufenthaltsortes über Jahrzehnte von dem so erhofften Vernichtungsschlag erholt hatten.

Wenn sie ihn erledigten, war der Weg frei, der Weg in die magische Gemeinschaft. Sie konnten alles und jeden manipulieren, durch dessen Adern Magie floss. Seine Macht war theoretisch stärker, aber was nützte das, wenn ihm die mächtigste Waffe in seinem Arsenal fehlte?

Er musste die Alben besiegen, um jeden Preis. Nur wusste er nicht, wie es danach um diese Welt stand. Für einen kurzen Moment legte er die Stirn in die Hände, lauschte seinem eigenen Atem und sammelte sich.

Dann begann er übergangslos die Vorschriften des Rates für diese magische Katastrophe umzusetzen: Die Seelen der magischen Wesen durch geschickten Betrug davon zu überzeugen, dass nicht der ultimative Weltuntergang bevorstand.

Kapitel 7

Valentin stand auf der gemauerten Brüstung des Hoteldachs und starrte in die Tiefe. Acht Stockwerke Leere lagen nur einen Schritt entfernt vor ihm. Es wäre vermutlich angebracht gewesen, den zwanzig Metern unter ihm wenigstens einen Hauch von Respekt zu zollen. Jedes halbwegs vernunftbegabte Wesen war schließlich dazu in der Lage, eine gewisse Ehrfurcht vor der Höhe zu entwickeln. Nur er nicht. Die Höhe zog ihn an wie das Licht eine Motte.

Für den Moment blieb ihnen nur zu warten. Ein unerträglicher Zustand, dem er hier auf dem Dach des Hotels wenigstens für kurze Zeit zu entkommen versuchte. Trauer überflutete ihn, während er langsam in die Hocke ging und sich auf den Rand der kalten Steine setzte, den Blick auf die Tiefe unter sich gerichtet.

Es war alles verloren. Sein Volk, seine Freiheit und seine Flügel. Geblieben war diese unerträgliche Einsamkeit und das Wissen, um einen wichtigen Teil seiner selbst beraubt worden zu sein. Dem Teil seiner selbst, der jetzt das Zünglein an der Waage sein würde, wenn die Dunkelalben tatsächlich wieder in der Weltgeschichte mitmischen wollten.

Valentin starrte in die tödliche Finsternis zu seinen Füßen. Jede Faser seines Körpers sehnte sich danach zu springen.

Jetzt.

Aber er konnte nicht mehr fliegen.

Ausreichend Stoff, um die restliche Nacht auf der Brüstung sitzen zu bleiben, noch ein wenig zu grübeln und sich schlussendlich in die Tiefe zu stürzen. Mit dem Ergebnis, dass er vermutlich mit seinen fast hundert Kilo jemanden auf dem Fußweg erschlagen und spätestens in einer Woche eine verrückte Horde Dunkelalben die Weltherrschaft übernehmen würde. Er knurrte leise und merkte selbst, dass dieser Laut nicht mehr sehr menschlich klang.

Ein Geräusch hinter ihm lenkte ihn ab und er drehte den Kopf. «Bleibst du dort stehen?», fragte er leise.

Hornet nährte sich lautlos. «Sie hat es entschlüsselt.» Einige Meter vor der Brüstung stoppte der blonde Hüne abrupt. Hornet würde sich einem Abgrund nur im äußersten Notfall nähren, er hatte Höhenangst. Valentin blickte ihn aufmerksam an, dann hob er die Hand, um nach dem gefalteten Bogen Papier, den Hornet ihm entgegenstreckte, zu greifen.

Es fühlte sich rau an unter seinen Fingern und die nüchtern gedruckten Worte, die so gänzlich unpassend für eine Hiobsbotschaft der Madronas schienen, verschwammen für den Bruchteil einer Sekunde vor seinen Augen. Er blinzelte den Schleier beiseite und las die Prophezeiung.

«Die Dunklen kehren zurück. Ihr Kommen verdunkelt das Licht und in der Dunkelheit erwächst Leid und Schmerz für alles, was fühlt und lebt und atmet. Sie werden das Antlitz der Welt für immer verändern ... nur der Drache kann sie dieses Mal aufhalten, nur der Licht speiende Krieger. Der schlafende Drachenkrieger muss erwachen, sonst ist die Welt verloren.

Doch er schläft so tief und nur seine *mit den heilenden Händen kann ihn erwecken. Aber sie wird die Nächste sein.»*

Die Worte trafen ihn wie einen Blitz und schlugen direkt in seiner Seele ein. Regungslos verharrte er einen Herzschlag lang, versuchte der konfusen Ahnung, die sich aus seinem Innersten gelöst hatte, wieder Herr zu werden.

Er hob den Kopf und betrachtete die Sternbilder. Die Nacht war trotz der vielen Lichter der Großstadt heute recht dunkel und die Sterne funkelten, als wäre alles normal.

«Seine mit den heilenden Händen», er las diese Passage erneut. Sein Herz änderte den Rhythmus und wummerte hart gegen die Rippen seines Brustkorbes.

Sie hatte sich problemlos seinen Befehlen widersetzt und seine Abwehr ausgehebelt. Ihre Anziehungskraft war ähnlich, wie auf der obersten Kante des höchsten Hochhauses zu stehen und in die Tiefe zu starren. Mit nichts als Sehnsucht im Herzen endlich zu springen. Und immer noch war dieser Gedanke, dieser *eine* Gedanke, der die ganze Zeit in ihm herumschlich, ungedacht. Der eigentliche Grund, warum sein Puls sich beständig in die Höhe schraubte, seitdem die Worte ihn in ihrer vollen Bedeutung erreicht hatten.

Ihre kühlen Hände hatten seiner heißen Haut geschmeichelt und den Schmerz gelindert. Er rieb sich über das Gesicht.

Er wartete kurz.

Dann war er da. Der Gedanke, der immer wieder versucht hatte, sich in sein Bewusstsein zu schieben. Gegen den er mit schwindender Kraft gekämpft hatte. Weil er ihn einfach nicht hatte denken können. Weil der Schmerz, der mit diesem Gedanken einherging, in der Lage war ihn zu vernichten.

Ihre grünen Augen. Sie hatten ihn an etwas erinnert. Etwas, was lange zurücklag.

Seine Vergangenheit.

Seine letzte Gefährtin, seine Vesna, hatte ebensolche grünen Augen gehabt. Ihr ganzes Volk verfügte über diese strahlenden Augen und den stechenden Blick, der geradewegs in die Seele zu schauen schien.

Valentin holte stockend Atem. Der Schmerz in der Magengegend nahm zu, wurde zu einem ausgewachsenen Krampf, und er zog die Knie an die Brust, während er Hornets abwartenden Blick im Rücken spürte.

Es konnte nicht sein, dass ...

Es war unmöglich.

Aber ihre Hände auf seinem Körper hatten sich so richtig angefühlt. So verdammt richtig. In der Sprache seiner Mutter war dieses Volk das Volk der Vesna. Die Gefährten. Und einige von ihnen hatten die Gabe der heilenden Hände. Die Bestie in ihm wimmerte leise auf und Valentin hob die Hände vors Gesicht.

«Altes Blut», hatte Hornet gesagt.

Altes Blut floss auch in Valentins Adern. Es gab nur eine Sache, die er jetzt tun musste. Und das sofort. Hornet stellte keine Fragen, als er wortlos an ihm vorbeilief.

Kapitel 8

Das normale Leben hatte Josefine schneller wieder, als ihr lieb war. Sie war noch auf dem Parkplatz der Klinik, da klingelte bereits ihr iPhone. Im Laufen nahm sie das Gespräch entgegen.

«Wo bist du?», fragte Alexander sie.

«Auf dem Parkplatz. Bin in zwei Minuten da.»

Sie legte auf und umrundete im Laufschritt die wenigen Passanten, die um diese Uhrzeit vor der Klinik zu finden waren. Ihre Schicht begann zwar offiziell erst in fünfzehn Minuten, aber üblicherweise war sie mindestens schon eine halbe Stunde vorher auf der Station.

Heute Morgen hatte sie allerdings länger gebraucht. Weil sie schlicht gedankenverloren herumgetrödelt hatte. Was sie sonst nie tat, sie war schließlich Ms. Effizienz in Person, aber der Sonnenaufgang vor ihrem Fenster im neunten Stock ihrer neuen Wohnung war so spektakulär schön gewesen, dass sie sich mit einem Kaffee auf den Balkon gesetzt hatte.

Okay, es war nicht nur der Sonnenaufgang mit seinem prächtigen Farbenspiel gewesen, der sie fast die Zeit hatte vergessen lassen. Es war dieser Mann und seine sonderbare Anziehungskraft, worüber sie eine ganze Tasse Kaffee lang nachgegrübelt hatte. Über diese Stille, die sie in seiner Nähe empfunden hatte und die ihre immer in Aufruhr zu sein scheinende Seele beruhigt hatte.

Mist, und nun rannte sie über die Klinikflure, um es rechtzeitig auf die Station zu schaffen. Und dass es etwas zu schaffen gab, war offensichtlich. Alexander rief sie sonst nur im äußersten Notfall an.

Hinter der nächsten Ecke drosch sie förmlich auf den silbernen Türöffner zur Station ein, der nur widerwillig seinen Dienst aufnahm und sie in einen weiteren Flur ließ. Achtlos schmiss sie ihre Tasche in dem kleinen Personalzimmer auf einen Stuhl, bevor sie in den Nebenraum stürzte, um sich umzuziehen. Schwester Natascha streckte den Kopf durch die Tür herein und bedachte Josefines hektisches Umkleiden mit einer hochgezogenen Augenbraue.

Josefine pfefferte die Straßenschuhe in den Spind. «Bin gleich da.»

«Äh, alles okay bei Ihnen?»

Schwester Natascha versuchte sich an einem Lächeln. Ein fragwürdiges Vergnügen. Sie lächelte nie, und wenn sie es dann doch mal versuchte, missglückte dieses Projekt meistens gründlich und hinterließ ratlose Angehörige und Kollegen.

«Dr. Franke hat mich angerufen.»

Josefine war mittlerweile schon bei der weißen Hose angelangt und angelte hektisch ihren Schlüsselbund aus der Jeanstasche.

«Wieso?»

«Was weiß ich wieso? Weil's brennt?»

Sie warf der Schwester einen kurzen Blick zu, erschüttert von so viel Ruhe, und widmete sich dann ihrem widerspenstigen Oberteil.

«Hier ist alles ruhig. Keine aktuellen Notfälle, alle anderen sind stabil.»

Wieder erschien dieses ungeübte Lächeln auf Schwester Nataschas rundem Gesicht und Josefine stutzte. *Hatte sie vielleicht den Anruf falsch interpretiert?* Sie hatte Alexander immerhin keine weitere Redezeit eingeräumt, sondern einfach das Gespräch weggedrückt und war losgeprescht. Etwas langsamer zog sie sich nun ihr weißes Shirt über den Kopf.

«Dann habe ich das wohl falsch verstanden.»

«Hatten Sie denn eine gute Sitzung?»

Die Sitzung, genau. Josefine sah Schwester Nataschas sonderbar freundlichen Gesichtsausdruck im Spiegel, während sie versuchte, ihre roten Locken zu einer für eine Ärztin annehmbaren Frisur zu nötigen.

Die besagte Sitzung war in der Welt der Menschen eine außerordentliche Zusammenkunft einer gemeinnützigen Ärzte-Organisation, die überhaupt nicht existierte, aber die Macht des Magischen Rates deutlich machte. Schließlich brauchte die menschliche Welt eine passable Entschuldigung für ihre spontanen Fehlzeiten. Gemeinnützige Arbeit in Krisengebieten kam als Ausrede immer gelegen.

«Ja, war gut», antwortete sie einsilbig und wollte sich gerade an der sonst so muffeligen Kinderkrankenschwester vorbeischieben, als diese eine Akte hervorzauberte.

«Können wir ganz kurz darüber sprechen? Bezüglich dieser Verordnung habe ich noch eine Frage.»

Hier war etwas sehr seltsam. Dennoch griff Josefine nach dem Papierstapel und vertiefte sich kurz in den Bericht. Sie zückte den Kugelschreiber, der immer in der linken Kitteltasche zu stecken pflegte und dort herrliche blaue Flecke auf den weißen Stoff zauberte, und änderte einige Zahlen in der Dosierung ab.

«So passt es.»

Sie reichte gerade die Akte zurück, als es im angrenzenden Personalzimmer plötzlich voller wurde. Interessiert spähte sie über die weiß gewandete Schulter Schwester Nataschas, die sich schnell vor das kleine Sichtfenster des Türrahmens schob.

Im nächsten Moment hob ein gar schauriger Gesang an: «Happy birthday toooo youuu ...», und Schwester Natascha trat einen Schritt zur Seite.

Josefine musste einmal trocken schlucken. Ganz vorne, vor der nahezu komplett versammelten Mannschaft, stand Schwester Gaby und hielt ihr eine Torte entgegen. Eine echte Torte, mit Sahne und zweiunddreißig brennenden Kerzen. Josefine blinzelte, um die sofort parat stehenden Tränen unter Kontrolle zu bringen, und presste eine Hand fest auf den Mund.

«Liebe Josefine.» Alexander schob sich neben Schwester Gaby und schien gewillt, eine echte Rede zu halten. «Wir alle», er machte eine allumfassende Bewegung mit den Armen, «und alle, die auf Station geblieben sind, wünschen dir von Herzen alles Liebe und Gute zu deinem Geburtstag!»

Als ob das nicht ausreichte, holte er tief Luft und sprach ungerührt weiter: «Wir sind sehr froh, dich hier bei uns zu haben. Unsere Patienten sind häufig so schwer krank, dass sie sich nicht selbst äußern können. Es bedarf einer großen Fähigkeit, ihre Bedürfnisse einzuschätzen. Und genau das kannst du. Manchmal scheinst du die Gedanken der Patienten geradezu lesen zu können. Wir sind sehr froh, dass du hier bei uns bist.»

Zustimmendes Gemurmel erhob sich und Josefine ließ den Blick über die versammelte Gruppe schweifen. Da gerade die Nachtschicht zu Ende ging und die Dienstübergabe lief, befanden sich bestimmt zwölf Kollegen und Kolleginnen im Raum. Sie war mehr als gerührt. In ihrem bisherigen Leben war sie immer rast- und ruhelos gewesen, war wie getrieben von einem

Ort zum nächsten gezogen. Das war für zwischenmenschliche Bindungen nicht gerade förderlich. Ausgerechnet hier spürte sie das erste Mal ein Gefühl der Zugehörigkeit. Sie fühlte sich ihren Kollegen verbunden.

Schnell wischte sie sich über die Augen und nahm die Torte in Empfang. Die Kollegen drückten sie und sogar Schwester Natascha presste sie einmal fest an ihr sonst so steinhartes Herz.

Während die anderen Kollegen sich wieder an die Arbeit machten und der Raum sich schnell leerte, trat Alexander zu ihr und legte ihr einen Arm um die Schulter.

«Warum hast du gleich aufgelegt? Ich wollte doch nur wissen, wann wir die Kerzen anzünden müssen.»

Er grinste sie breit an und Josefine schnaubte einmal. «Weil ich sofort in den Notfall-Modus gesprungen bin, du Schlaumeier. Ich dachte, hier brennt die Luft.»

«So, so. Zum Glück konnten wir Schwester Natascha motivieren, dich aufzuhalten. Hat sie gut gemacht, was?»

Sein Grinsen wurde noch breiter und das verlieh ihm, zusammen mit den raspelkurzen braunen Haaren, ein freundliches Monchichi-Gesicht.

«Schwester Natascha hat sogar gelächelt», raunte Josefine und tunkte vorsichtig einen Finger in die Sahne. War ja schließlich ihre Torte.

«Das war vermutlich ... eher verstörend, richtig?»

Da Josefine gerade den Finger in den Mund gesteckt hatte, nickte sie erstmal nur.

«Unfassbar verstörend.»

Sie grinste ihn ebenfalls an. Der Raum war mittlerweile leer bis auf Alexander, sie und die Torte.

«Danke, Alex. Ich hätte meinen Geburtstag glatt vergessen.»

Sie drückte ihm fest die Hand und stellte die Torte auf den kleinen Tisch mit den Kaffeekannen. Nur sie wusste, dass dieser Tag nicht ihr wirklicher Geburtstag war. Es war der Tag, an dem sie vor dreißig Jahren nach Deutschland gebracht worden war. Das Datum, das dann einfachheitshalber in ihre nachträglich ausgestellte Geburtsurkunde eingetragen worden war. In Deutschland brauchte man ein Geburtsdatum, egal, wo es herkam und wie es dazu gekommen war.

«Das dachte ich mir. Geburtstage spielen keine allzu große Rolle in deinem Leben. Was hast du heute noch vor?»

«Arbeiten? Arbeiten. Und dann schlafen. Und dann wieder arbeiten. Das Übliche halt.»

Josefine spürte seinen tadelnden Blick im Nacken, während sie der Torte mit einem scharfen Küchenmesser zu Leibe rückte. Sie hatte kein Privatleben, weil ein Privatleben viel zu kompliziert war und es nach dem Unfalltod ihrer Adoptiveltern auch niemanden mehr gab, mit dem sie diesen Tag hätte feiern können.

Alexander störte diese Tatsache, seit sie sich kannten. Er war der Meinung, ein Privatleben sei zwingend notwendig für den Erhalt der psychischen Gesundheit, wie er sich ausdrückte. Aber er war ja auch nicht wie sie.

«Du solltest feiern gehen.»

Er tätschelte ihr noch einmal den Rücken, bevor auch er den Raum verließ. Josefine ließ dies unkommentiert, packte sich ein Stück Torte auf den Teller und setzte sich auf einen der höllisch unbequemen Stühle. Mit genussvoll geschlossenen Augen schaufelte sie die fette Sahne und den weichen Biskuit-

Teig in den Mund und labte sich an dem Gefühl, irgendwo doch dazuzugehören.

Denn sonst würde man doch nicht solch eine Torte zum Geburtstag bekommen, oder?

Kapitel 9

Er jagte den Aston Martin mit völlig überhöhter Geschwindigkeit über die linke Spur der Autobahn. Die Adresse der Hamburger Klinik, in der Dr. Josefine Rosenberg arbeitete, hatte er aus den Unterlagen des Rates. Die Navigation sagte ihm eine geplante Ankunftszeit von acht Uhr voraus, was sich mit seinem untrüglichen Instinkt für Entfernungen ziemlich genau deckte. Allerdings stand dieser Instinkt nicht mit den aktuellen Verkehrsmeldungen in Kontakt und so warf Valentin der kleinen Karte auf dem Display regelmäßig einen prüfenden Blick zu. Solang es ging, würde er das Gaspedal voll durchtreten und den 450 PS freien Lauf lassen.

Der Drang zu Dr. Josefine Rosenberg zu gelangen war auf so sonderbare Art mächtig, dass sogar sein ständiger Begleiter tief in ihm in angespannter Stille abzuwarten schien. Dafür spie sein Gehirn am laufenden Band Gedanken aus, deren Tragweite er für den Moment fast nicht greifen konnte, und so widmete er sich, dankbar für die Ablenkung, den Berichten der Alphas, die nach und nach per Handy bei ihm eingingen.

Es waren nach dem Aufstand der Alphas vor einigen Jahren nicht mehr viele, und sie alle unterstanden jetzt ihm allein. Aber das System war fragil, die Beanspruchung der absoluten Macht lag den Führern der Wandler schlicht im Blut. Umso wichtiger war deshalb die Einhaltung der Hierarchien. Er befahl und man erstatte ihm Bericht. So funktionierte diese Welt. Nur dass er nicht der war, für den man ihn hielt. Dass er es eigentlich seit über achthundert Jahren nicht mehr war.

Diesen Fakt kannte niemand. Er hielt dieses Detail fein säuberlich versteckt.

Die kalten Finger der Verzweiflung berührten seine Seele und der Gefangene in ihm stöhnte leise auf. Er konzentrierte sich auf die Dinge, die jetzt getan werden mussten, um dem Strudel an unerwünschten Emotionen zu entkommen.

Während der Rat fieberhaft nach dem Riss in der Atmosphäre suchte, durch den die Alben in ihre Welt eindringen würden, wenn er nur groß genug war, war es die Aufgabe der Alphas, Ruhe und Ordnung in den eigenen Reihen sicherzustellen. Bis jetzt waren die Rapports der Alphas unauffällig, aber er wusste, dass sich dies innerhalb von wenigen Stunden ändern konnte. Die Alben würden keine Zeit verstreichen lassen und das tun, wozu sich vermutlich bereits jetzt in der Lage waren: Magische Wesen gedanklich manipulieren und sie für ihre Zwecke benutzen.

Im nächsten Moment fing sein Handy neben ihm auf dem Beifahrersitz wieder an zu vibrieren.

«Ich bin es.»

Hornet. Dem Rauschen in der Leitung nach zu urteilen befand er sich in einem starken Kraftfeld. Einem Schutzzauber für den Rat, wie Valentin annahm.

«Wir haben den Riss in der Atmosphäre ausmachen können. Ayikos ist schon unterwegs, wie du es befohlen hattest. Die Koordinaten sind noch etwas ungenau, aber sie reichen aus, um wenigstens eine grobe Einordnung vornehmen zu können. Was wir sicher wissen, ist, dass der Riss sich direkt hier über Deutschland befindet», fasste Hornet alle Geschehnisse auf seine nüchterne Art zusammen.

Ayikos war der Einzige, den er zur Zeit beim Rat entbehren konnte und dem er zutraute, sich zur Wehr zu setzen. Ihm war nicht wohl dabei, aber sobald der Ort des Risses bekannt war, mussten sie alles daran setzen, ihn zu schließen.

«Man munkelt, dass sie bei ihrem letzten Auftritt nur einen Bruchteil ihrer Macht eingesetzt haben. Eine kleine Vorübung sozusagen, um das Terrain zu sondieren. Nachdem wir sie damals fast vernichtet haben, werden sie sich wohl diesmal nicht als Vorgruppe des Todes präsentieren, sondern aus dem Vollen schöpfen.»

Die Stimme des blonden Hünen klang so angespannt, wie Valentin sich fühlte, und seine Worte setzten augenblicklich das Emotionskarussell wieder in Gang.

«Die Bilder ihrer Taten sind ein Teil des kollektiven Bewusstseins geworden. Die Welt erinnert sich. Die Menschen werden erkennen, was vor sich geht. Aber sie werden es nicht aufhalten können», murmelte Valentin, während ein dumpfer Schmerz sich langsam in seiner Brust auszubreiten begann.

«Nur damit wir uns einig sind. Wir reden hier nicht von Millionen Opfern. Das war damals, jetzt reden wir vom Weltuntergang. Ragnarök. Licht aus.»

Ein minimales, kaum wahrnehmbares Zittern hatte sich in die letzten Worte Hornets geschlichen. Valentin atmete einmal tief durch, um zurück in seinen Alpha-Modus zu finden.

«Noch haben wir Zeit.»

Die unrühmliche Statistik der Alben ließ ihn vermuten, dass es noch ein wenig Spielraum bis zum großen Showdown gab. Wobei es sich nur um ein rein physikalisches Problem handelte. Sie mussten das Portal in diese Welt vergrößern, um hindurchzugelangen. Allerdings wären sie trotzdem in der Lage, ihnen ein Vorab-Kommando an manipulierten Seelen schicken. Ihre Auftritte waren geplant und durchorganisiert. Eine Choreografie des Todes.

Valentin setzte den Blinker links, um einen langsameren Mercedes von der linken Spur zu jagen. Das Gefühl der Dringlichkeit war schlagartig noch um einige Prozentpunkte angestiegen.

«Was ist mit der Weissagung?»

Hornet klang bei dieser Frage wieder normal, nüchtern und sachlich. Er befasste sich lieber mit Fakten als mit einer vagen Vorstellung des Weltunterganges. Und bei der aktuellen Sachlage zählte wohl schon eine unklare Prophezeiung zu den Fakten.

«Der schlafende Drachenkrieger muss erwachen, sonst ist die Welt verloren.»

Valentin umklammerte für ein paar Sekunden das Lenkrad so fest, dass es unter seinem Griff leise knarrte. Es war doch sehr offensichtlich, was das bedeutete. *Warum sah der Rat es nicht? Aber sie wussten es nicht, oder vielleicht wollten sie es auch nicht wissen?*

«Und was bedeutet ‹Seine mit den heilenden Händen›?», fuhr Hornet fort.

Valentin ahnte es, aber er konnte es nicht aussprechen. «Wir werden es herausfinden», murmelte er stattdessen.

Der blonde Hüne schwieg einen Moment. Er brummte etwas Unverständliches, aber Valentin machte sich nicht die Mühe nachzufragen. Er verabschiedete sich knapp und schmiss das Smartphone erneut auf den Beifahrersitz. Oskar setzte sich im Fußraum des Wagens abrupt auf und sah ihn an.

Valentin erwiderte seinen Blick. «Ich kann es ihnen nicht sagen.»

Oskar gab einen leisen Laut von sich und rollte sich dann umständlich wieder auf seiner Decke auf dem Boden zusammen.

Er war doch selbst auf der Jagd nach einem Strohhalm.

Erneut klingelte sein Handy. Valentin reduzierte die Geschwindigkeit etwas, da die Straße zunehmend voller wurde, und nahm das Gespräch entgegen.

«Ayikos ist tot!»

Duponts Stimme hatte bei diesen überraschenden Worten einen fast herrischen Unterton. Verwundert darüber drosselte Valentin erneut das Tempo und reihte sich in den dichten Verkehr auf der rechten Spur ein. Er hatte das Gefühl, dass dieses Gespräch seine volle Aufmerksamkeit erforderte. Ein weiteres totes Ratsmitglied war sehr schlecht ...

«Wie?», fragte er knapp.

«Wir sind vor wenigen Minuten von einem Mitglied der magischen Gemeinde, das bei den örtlichen Behörden arbeitet, informiert worden. Ein tragischer Autounfall. Er ist frontal gegen einen Baum gerast.»

«Wo ist das Wrack und die Leiche?»

«Clemens kümmert sich auch darum. Wir werden diese Tragödie so gut es geht vor den Behörden verschleiern. Aber es scheint sich tatsächlich um einen Unfall gehandelt zu haben.»

Bei diesem Satz schlugen Valentins Instinkte an. Er spürte sehr deutlich, dass hier etwas nicht stimmte. Auch wenn er noch nicht sagen konnte, was. Irgendetwas an Duponts Verhalten erschien ihm sonderbar.

«Sire, bei allem Respekt, Sie müssen hierher zurückkehren. Wir brauchen Ihre Macht hier.»

Schlecht versteckter Missmut schwang in diesen Worten mit.

«Hornet arbeitet zusammen mit Caroline am Schutz für den Rat.»

«Wohin fahrt Ihr?»

Die Frage schien förmlich aus dem Ratsvorsitzenden herauszuplatzen und passte bei Weitem nicht mehr zu dem respektvollen Umgangston, den er Valentin üblicherweise entgegenbrachte.

Es bereitete ihm keine Schwierigkeiten, seinen Worten einen gehörigen Schuss Dominanz mitzugeben. «Reißen Sie sich zusammen, Dupont!»

Der Mann am anderen Ende der Leitung schnappte nach Luft.

«Tun Sie, was getan werden muss, und überdenken Sie Ihren Tonfall!»

Seine Stimme war schneidend und ohne ein weiteres Wort drückte er das Gespräch weg. Der Rat musste für den Moment ohne ihn auskommen. Er hatte ein anderes Ziel. Und dieses Ziel könnte in der Entscheidung um Leben und Tod der maßgebliche Faktor zu sein.

Das waren die Fakten.

Was jedoch in seinem Innersten passierte, stand auf einem anderen Blatt. Seine hermetisch abgeriegelte Seele schien in Aufruhr und in seinem Herzen brannte nach wie vor das Bedürfnis, die ihm nahezu unbekannte Frau zu schützen. Und das mit einer Intensität, die ihm völlig unerklärbar schien.

Dr. Josefine Rosenberg brauchte ihn. Das war kein Gefühl, das war eine Gewissheit.

Im nächsten Moment leuchteten die Bremsleuchten der Fahrzeuge vor ihm auf und wenige Minuten später kam er endgültig zum Stehen. Er warf der Navigation einen wütenden Blick zu, entdeckte dann aber, dass er sie lautlos gestellt hatte. Sie hatte ihn also nicht rechtzeitig warnen können. Fluchend blickte er auf die sieben Kilometer Stau, die sich im kleinen Display abzeichneten. Er versetzte dem Lenkrad einen Hieb mit dem Handballen und starrte in die langsam verblassende Nacht. Bis zu seinem Ziel waren es noch knapp vierunddreißig Kilometer. Und er hatte keine Zeit. Rücksichtslos zog er den Wagen nach rechts auf die Standspur und gab Gas.

Die nächste Ausfahrt mündete in einer verlassenen, kurvigen Landstraße. Als rote Linie schlängelte sich die neu berechnete Route auf dem Display der Navigation durch das ländliche Hamburger Vorland. Die Kilometerzahl hatte sich auf fünfundsechzig erhöht und er würde die verlorene Zeit mit Geschwindigkeit wieder gutmachen müssen. Konzentriert trat er das Gaspedal voll durch und die 450 PS reagierten sauber und souverän auf die Beschleunigung.

Oskar winselte leise auf, als er eine viel zu enge Kurve mit weit über 160 Stundenkilometer nahm. Für einen kurzen Moment warf er seinem Hund einen Blick zu und so spürte er die wabernde Magie, die den Aston Martin plötzlich umgab, fast zu spät.

Im selben Moment fing der Motor an zu stottern. Valentin trat augenblicklich mit voller Wucht auf die Bremse, konnte aber nicht verhindern, dass der schwere Wagen ins Schlingern kam. Er lenkte gegen und spürte wie das ABS stotternd griff. Dann quittierte die Bremse schlagartig ihren Dienst.

Den Bruchteil einer Sekunde verspürte er Dankbarkeit, dass die Straße so leer war, als er endgültig die Kontrolle über die 1800 Kilo Stahl verlor. Er wurde in den Gurt geschleudert und rammte schmerzhaft mit dem Kopf gegen den Türholm.

Verdammt, er konnte nicht jetzt und hier sterben!

Mit einem lauten Quietschen griffen die Bremsen plötzlich wieder, aber der Wagen krachte mit einem schaurigen Kreischen in die rechte Leitplanke. Dort brachte er den Aston Martin endgültig zum Stehen. Er atmete einmal tief durch, dann beugte er sich zum Fußraum hinunter.

«Oskar? Alles okay?»

Zwei braune Augen starrten ihn angsterfüllt an.

«Alles ist gut, Kleiner.»

Beruhigend berührte er das zitternde Bündel am Kopf. Die Magie, die seine Bremsen auf dem Gewissen hatte, war verschwunden. Er stellte den Motor aus. Die Straße lag im sanften Schein des Morgens vor ihm. Er schickte seine Wahrnehmung auf Reisen, aber außer ihm und Oskar war kein Lebewesen in Reichweite.

Vorsichtig öffnete er die Fahrertür. Der Geruch von verbranntem Gummi überlagerte augenblicklich alle anderen Wahrnehmungen. Er stieg aus, aufs Äußerste gespannt.

In der Bewegung aus dem Wagen heraus tropfte ihm etwas hinten in den Hemdausschnitt. Er machte schnell einen Schritt beiseite und griff sich an den Nacken. Seine Finger glänzten feucht, als er sie ansah. Auch das Dach des Wagens schimmerte im matten Licht des Morgens vor Feuchtigkeit. Er bewegte einmal ruckartig den Kopf, um das unangenehme Gefühl im Kragen zu beseitigen.

Fragend blickte er zum Himmel, aber der hatte nicht plötzlich eine Regenwolke über den Wagen geschickt. Auch die Straße war trocken. Einzig und allein sein Autodach war so nass, dass es an den Seiten herablief.

Unwirsch schüttelte er den Kopf und ging um den Aston Martin herum, um einen kurzen Blick auf den Schaden zu werfen. Tiefe Furchen zogen sich über die gesamte Längsseite des Sportwagens. Resigniert schüttelte er den Kopf und setzte sich wieder hinter das Lenkrad. Es war lange her, dass jemand es gewagt hatte, Magie auf ihn anzusetzen. Was auch daran lag, dass er unter normalen Umständen problemlos in der Lage war, solche Attacken frühzeitig abzuwenden. Aber vermutlich waren das hier für seine Seele alles andere als normale Umstände.

Ohne Murren nahm der Motor seinen Dienst wieder auf. Valentins Instinkte blieben wachsam, aber er spürte nichts mehr, außer seinem eigenen Herzschlag, der sich aus irgendeinem Grund nicht mehr beruhigen wollte.

Kapitel 10

Valentin parkte seinen demolierten Wagen auf dem hinteren Parkplatz der Klinik und blieb für einen Moment regungslos und mit geschlossenen Augen sitzen.

Er fühlte sich zerschlagen, der Selbstheilungsprozess, um den klaffenden Riss an der Schläfe zu schließen, kostete ihn Energie. Dennoch waren seine Sinne geschärft und liefen auf Hochtouren. Um diese Klinik waberte der übliche Nebel aus Krankheit, Tod und menschlichen Emotionen. Ganz entfernt, tief in seinem Innersten blitzte immer wieder eine kleine Seelensignatur der Ärztin auf. Sie war ganz in seiner Nähe, direkt vor ihm im linken Flügel des großen Backsteingebäudes.

Hatte er ursprünglich vorgehabt, Dr. Josefine Rosenberg kommentarlos und notfalls auch gewaltsam mit sich zu nehmen, beschloss er jetzt, abzuwarten. Es gab keine Anzeichen von Magie oder einer anderen Form von akuter Bedrohung. Nur zu deutlich stand ihm noch vor Augen, dass er bei ihr nicht auf seine übliche Manipulation zurückgreifen konnte. Es würde bei einem Schnellschuss darauf hinauslaufen, dass er die Ärztin unter heftiger Gegenwehr ins Auto zerren musste. Nichts, was er an einem öffentlichen Ort mit vielen unbeteiligten Menschen gebrauchen konnte. Vorerst würde er sich damit begnügen, die Klinik im Auge zu behalten.

Oskar gab ein leises Winseln von sich.

«Komm her.»

Er griff in den Fußraum des Wagens und zog Oskar auf seinen

Schoß. Der Hund bebte nach dem Unfall immer noch am ganzen Leib und schmiegte sich fest an seinen Körper.

«Es ist alles gut», murmelte er in das gescheckte Fell des Tieres und spürte fast dankbar, dass das stetige Zittern des Hundes etwas nachließ.

Mit einer Hand zückte er sein Smartphone und rief Google auf. Während er hier saß, konnte er die Zeit wenigstens sinnvoll nutzen. Er entdeckte Dr. Josefine Rosenberg auf der Homepage der Klinik, vor der er stand, dem St.-Marien-Stift in Hamburg. Einen weiteren Eintrag fand er bei *Ärzte ohne Grenzen.* Kein Facebook, kein Xing. Die Frau schien ihr Privatleben nicht online zu führen.

Über einen kurzen Hinweis in den Immatrikulationsunterlagen der Medizinischen Hochschule Hannover gelangte er schließlich zum Lebenslauf von Dr. Rosenberg. Er brauchte keine zwei Minuten, um das irgendwo auf irgendeinem Server friedlich vor sich hin schlummernde Dokument auf sein Handy zu laden.

Dieser Lebenslauf gab ihm eine Adresse: Garbsen bei Hannover. Das Einwohnermeldeamt zeigte ihm die Namen Inge und Frank Rosenberg sowie die Sterbeurkunden, beide auf den gleichen Tag datiert. Über den Eintrag ihrer Eltern landete er schließlich beim Jugendamt. Dort gab es jedoch nichts zu holen, die alten Dokumente lagen in fest verschlossenen Papier-Archiven.

Aber er fand eine weitere Verknüpfung. Einen Zeitungsartikel. Ein Bericht über die Adoption eines kleinen Mädchens vor dreißig Jahren ... aus Rumänien.

Er hob den Kopf, kraulte Oskar die Brust und starrte für ein paar Minuten aus dem Wagenfenster. *Rumänien? Ein Zufall?*

Sein Smartphone klingelte und riss ihn aus seinen düsteren Gedanken. «Unbekannter Teilnehmer», verkündete das Display.

Er nahm das Gespräch an, meldete sich aber nicht. Wer diese Nummer wählte, wusste, wen er zu erwarten hatte.

«Valentin?»

«Ex-Frau», begrüßte er Trinidad. «Wen hast du erwartet?»

«Lass das», fauchte sie. «Ich bin in unserem Reich und habe es tatsächlich geschafft, dich mit einem stinknormalen Handy anzurufen. Das ist erstaunlich.»

«In der Tat.»

Das war es tatsächlich. Aber der technische Fortschritt ließ sich manchmal nicht auf diese Welt beschränken. Er warf einen weiteren prüfenden Blick auf das Klinikgebäude, aber alles schien ruhig.

«Seid ihr alle in Sicherheit?»

«Bis auf das sture Kind Nummer 2, die unbedingt erst irgendein Lala-Projekt abschließen muss, sind alle meinem Ruf gefolgt. Du musst dich darum kümmern!»

Valentin fluchte leise. Madeleine, Kind Nummer 2, war seit ihrem ersten Atemzug ein stures Gör. Leider war sie mittlerweile auch Professorin für Nuklearmedizin an der Universität Heidelberg und ging voll und ganz in der menschlichen Welt auf, sodass sie Schwierigkeiten hatte, ihre Prioritäten richtig zu setzen. So sah er das. Madeleine hatte natürlich ihre eigene Meinung dazu.

Zwischen Madeleine und ihm hatte es immer eine besondere Verbindung gegeben, vielleicht war das auch der Grund, warum sie sich mit größter Leidenschaft immer wieder hitzige Wortgefechte lieferten. Weil sie sich so nah standen, konnten sie sich auch sorglos anbrüllen, dass die Wände wackelten. Und das taten sie, seit Madeleine in der Lage war, Sätze mit mehr als drei Worten zu bilden.

Er lehnte kurz die Stirn gegen Oskars breiten Schädel, woraufhin ihn die Zunge des Hundes am Kinn traf.

«Ja, am besten bedrohst du sie mit einer hinterhältigen Attacke aus dem Internet, die sämtliche ihrer ach so wichtigen Aufzeichnungen zerstört. Das dürfte helfen.»

Trinidad klang leider völlig überzeugt von dieser Idee, sodass er sich nicht die Mühe machte, es weiter zu kommentieren. Für Trinidad war das Internet sonderbar, bestenfalls geeignet, um Schuhe zu bestellen. Er würde für seine sture Tochter eine andere Lösung finden müssen.

«Wo bist du?»

«Ich sitze im Auto und das steht vor dem St.-Marien-Stift in Hamburg.»

Trinidad schwieg, ein völlig untypisches Verhalten für seine Ex-Frau, deshalb fuhr er fort. «Ich warte auf eine Frau.»

«Du hast jetzt endgültig den Verstand verloren?», erkundigte sie sich interessiert.

«Noch nicht. Ich habe eine Frau kennengelernt, die vielleicht hilfreich sein könnte.»

«Wobei?»

«Die Welt vor den Dunkelalben zu retten?», knurrte er und Trinidad schwieg erneut.

«Valentin, ich habe Angst», flüsterte sie plötzlich und es gab ein kurzes Knacken in der Leitung, als habe jemand an dem übertragenden Satelliten gerüttelt. «Angst um die Welt. Angst um die Menschen. Blanke Angst.»

Valentin fixierte einen Punkt hinter dem kleinen Wäldchen, das an den Parkplatz grenzte. Diese Angst war mehr als berechtigt. Dass sie sie aussprach, stellte ihm die ganze Tragweite der Situation erneut vor Augen. Trinidad sprach zwar viel, aber selten brachte sie Dinge auf den Punkt.

«Ich muss hier funktionieren und meine Angst unter Verschluss halten», fuhr sie fort. «Das schulde ich meinem Volk. Wir sind hier zwar sicher, aber sie alle bangen um die Welt. Die ahnungslose Welt. Wusstest du, dass Mr. Gibbson vor einigen Stunden hier angekommen ist? Und er hat die Welt der Menschen seit fast acht Jahrhunderten nicht verlassen.»

«Trinidad, um es auf den Punkt zu bringen: Wenn das passiert, wovon wir zum jetzigen Zeitpunkt ausgehen, ist die Welt am Arsch.»

«Danke. Du bist immer so präzise und feinfühlig», antwortete sie mit unüberhörbarem Tadel, aber wieder festerer Stimme.

Er starrte abwesend aus dem Fenster. «Ich glaube, dass sie eine Vesna sein könnte.»

Trinidad schwieg. Fast länger, als er aushalten konnte.

«Wie kommst du darauf?»

Das Zittern in ihrer Stimme bildete er sich nicht ein. Sie war vielleicht die Einzige, die wusste, was diese Tatsache für ihn, für sie alle bedeuten konnte.

«Die Fakten deuten darauf hin.»

«Ich werde sie mir ansehen.» Trinidads Energie schien schlagartig zurückgekehrt. «Ich werde fühlen, ob sie eine Vesna ist, Valentin!»

Er antwortete nicht. Ihrer plötzlichen Dynamik hatte er für den Moment nichts entgegenzusetzen. Und vielleicht wäre es ja wirklich hilfreich, wenn Trinidad sich die Frau ansehen würde. Deshalb ließ er ihr Vorhaben unkommentiert, verabschiedete sich knapp und wählte Hornets Nummer. Es gab dringlichere Dinge zu tun, als seine Ex-Frau von etwas abzuhalten, was sie sich in den Kopf gesetzt hatte.

«Gibt's was Neues?»

Hornet musste neben seinem Handy gesessen haben, es hatte nur ein Mal geklingelt.

«Alle, die die Möglichkeit zur Flucht haben, sollen sich auf den Weg machen. Die anderen müssen sich auf einen Kampf vorbereiten.»

«Ich nehme nicht an, dass du Duponts Meinung teilst, dass uns das Schicksal der Menschen nichts angeht?»

«Das tue ich nicht. Der Rat soll nach Möglichkeiten suchen, sie vor allzu großem Schaden zu bewahren.»

Er kannte Duponts abwertende Meinung den Menschen gegenüber, und weder teilte er sie, noch billigte er sie. Ein ewiger Streitpunkt mit dem Ratsvorsitzenden. Valentin rang mit sich. Er musste seine Tochter aus dieser Welt schaffen. Er hatte schon einmal versagt, die Seinen zu beschützen. Das würde nicht noch einmal passieren. Und das Mittel dazu war ihm in diesem Moment relativ gleich. Hornet war immer noch besser als jeder andere dafür.

«Du kennst meine Tochter?», fragte er knapp.

«Du hast eine Tochter?», kam die erstaunte Gegenfrage.

Drei um genau zu sein, aber diese Tatsache ging niemanden etwas an. «Ja. Du hast die große Ehre, sie aus Heidelberg abzuholen und bis zum nächsten Portal zu begleiten.»

«Es klingt, als bräuchte ich dazu eine spezielle Ausbildung.»

Womit er nicht ganz unrecht hatte, aber das würde Hornet in den nächsten Stunden schon selbst herausfinden. Valentin gab ihm die Adresse der Universität und sicherheitshalber noch Madeleines Privatadresse.

«Ich kümmere mich darum.» Hornet senkte etwas die Stimme: «Valentin, bei allem Respekt, Sire. Aber wo bist du?»

Ja, wo war er. Er stand immer noch auf diesem verdammten Parkplatz einer Klinik in Hamburg und wartete auf eine Frau. Eine Frau, die es geschafft hatte, eine tief in ihm verborgene Saite zum Schwingen zu bringen. Eine Saite, um die er seit Jahrhunderten trauerte, weil er ihren Tod miterlebt hatte.

«Da, wo ich jetzt sein muss.»

Aus dem Nichts griff eine Unruhe nach ihm. Alarmiert wandte er den Blick suchend über das Klinikgebäude. Er konnte nichts sehen, aber nur einen Herzschlag später war aus der Unruhe ein heftiger Sturm geworden.

Etwas Dunkles hatte sich weit entfernt auf den Weg zu Dr. Josefine Rosenberg gemacht. Er musste zu ihr. Jetzt.

Er drückte Hornet weg, schob den protestierenden Hund zurück in den Fußraum und lief über den Parkplatz in Richtung des Klinikeinganges.

***

Josefine schlüpfte von den grünen Klinik-Crocs in die Sneaker. Es war bereits Mittag und sie hatte außer dem Stück Torte noch nichts gegessen. Das würde sie jetzt ändern und einen kleinen Abstecher in die Kantine machen. Sie eilte den Flur hinunter und dabei warf sie ihrem iPhone einen Blick zu, um nach der Uhrzeit zu sehen. Als sie wieder aufblickte, blieb sie wie angewurzelt stehen.

Wieder trug er einen gut geschnittenen Anzug in Dunkelgrau. Wieder war seine Präsenz fast überwältigend. Und wieder gab es diese Alarmmeldung in ihrem Kopf. Er wandte ihr das Gesicht zu, die im Moment dunkelbraunen Augen umrahmt von ungewöhnlich langen Wimpern. Schöne Wimpern und ebenso schöne Augen, wie ihr auffiel. Allerdings wusste sie auch, was dahinter lauerte.

«Wie sind Sie hier reingekommen?»

Dies war immerhin eine Intensivstation und keine öffentliche Cafeteria.

Er antwortete nicht. Stattdessen dreht er mit vor der Brust verschränkten Armen den Kopf und blickte durch die Glasscheibe in Zimmer 1. Dort kämpfte seit vierundzwanzig Stunden ein Mann um sein Leben. Josefine folgte seinem Blick auf die vielen Schläuche und Kabel sowie Schwester Andrea, die mit all dieser technischen Ausstattung hantierte.

«Seid ihr sicher, dass das Leben so erstrebenswert ist, um es mit allen Mitteln zu erzwingen?»

Seine Stimme war kalt, fast teilnahmslos, und in Josefine wallte Wut auf. *Was maßte dieser Mann sich an? Und was um alles in der Welt wollte er hier?*

«In meiner Welt zählt jedes Leben. Wenn es in Ihrer Welt anders ist, behalten Sie das an diesem Ort bitte für sich. Was wollen Sie?»

Er drehte wieder den Kopf in ihre Richtung. Sie registrierte die Müdigkeit in seinem Blick. Sie sah die Schatten unter seinen Augen, was in Kombination mit den ungewöhnlich hohen

Wangenknochen eine unerklärliche Anziehungskraft auf sie ausübte. Und erst jetzt bemerkte sie die dunkle Narbe einer frisch verheilten Verletzung an seiner Schläfe.

Sein Blick ließ sie nicht los und ihr wurde schwindelig. Sicherheitshalber blinzelte sie und starrte dann knapp an seinem Kinn vorbei die Wand an. Er brachte sie völlig durcheinander. Sehr unangenehm. *Vielleicht war sie aber auch einfach zu müde und leichter als sonst durcheinanderzubringen?* So musste es sein.

«Wir müssen gehen.»

Seine dunkle Stimme mit dem kaum wahrnehmbaren Akzent strich über ihre Haut wie eine Berührung. Ihre Hände fingen an zu zittern und sie steckte sie schnell in die Hosentasche. *Was war nur los mit ihr?*

Er war sicherlich das attraktivste männliche Wesen, das ihr seit langer Zeit über den Weg gelaufen war. Aber deswegen verlor sie doch nicht gleich die Fassung. Sie musste hier weg.

«Ich muss gehen. Ich habe nämlich Feierabend. Was Sie tun, bleibt Ihnen überlassen.»

Kam er vom Rat? War das hier eine neue Form der Vorladung?

«Wir gehen gemeinsam! Ich habe keine Zeit für Geplänkel!»

Sein Tonfall duldete keinen Widerspruch.

«Wenn es um meine Gabe geht, ist diesbezüglich alles gesagt. Der Rat kann mir nichts nachweisen und somit ist auch nichts passiert», zischte sie.

Als Reaktion darauf war wenige Sekunden später die Luft erfüllt von seiner Macht. Er war es definitiv nicht gewohnt, dass ihm widersprochen wurde.

Abwehrend wedelte Josefine mit der rechten Hand vor ihrem Gesicht herum. «Ich hab's Ihnen schon mal gesagt: Das funktioniert nicht. Also lassen Sie es!»

Er betrachtete sie jetzt mit Interesse. In seinen Augen blitzte es auf und sie fühlte sich unangenehm daran erinnerte, welch ehrfurchtsvolle Erstarrung sein Erscheinen beim Magischen Rat ausgelöst hatte. Er war irgendein ganz großes Tier der magischen Welt, dem vermutlich alle zu Füßen lagen. Was ihr allerdings herzlich egal war. Sie hasste es, manipuliert zu werden.

Als Antwort zog sie den Schulterriemen ihrer Tasche über den Kopf und begann demonstrativ nach ihrem Autoschlüssel zu kramen. Er bewegte sich nicht einen Millimeter von der Stelle, betrachtete sie aber weiterhin mit seinen sonderbar schönen Augen. In diesem Blick lag etwas Raubtierhaftes. Für einen kurzen Moment kam sie sich vor wie ein klitzekleines Beutetier, das gerade mal als Snack für zwischendurch durchging.

Plötzlich knallte etwas und im selben Moment gingen sämtliche Lichter aus. Erschrocken fuhr sie herum und versuchte sich in dem auf einmal stockdunklen Flur zu orientieren. Entfernt hörte sie einen Schrei. Im nächsten Augenblick war er über ihr, riss sie mit sich zu Boden. Seine Arme packten sie fest am Oberkörper. Der Feueralarm brach mit schrillen Tönen über sie herein.

Sie trat um sich, bekam aber keine Hand frei. «Meine Patienten», schrie sie die fesselnde Instanz in ihrem Rücken an. «Wir müssen sie rausbringen!»

Sie hörte weitere Schreie, Glas splitterte und regnete auf sie herab. Aber sie roch kein Feuer. Dafür griff ein fremdes Grauen nach ihrer Seele, tiefe Schwärze schien plötzlich überall zu sein.

«Die wollen Sie. Wenn Sie hier raus sind, wird niemandem etwas passieren.»

Seine Stimme drang wie durch Watte in ihre rasenden Gedanken. Sein Griff schnürte ihr die Luft ab und die altbekannte Panik der Klaustrophobie durchflutete sie.

«Sie müssen hier raus. Dann hört es auf.»

Jetzt erreichten seine Worte sie. Er hatte recht. Warum auch immer sie diese absolute Sicherheit verspürte, aber er wusste, was das war, und sie musste hier raus. Nur so konnte sie das Leben ihrer Patienten und Kollegen schützen.

Sie hörte panische Schreie aus den angrenzenden Zimmern. Aber das Auge des Orkans, der über ihnen tobte, lag direkt hier. Direkt über ihr. Augenblicklich gab sie jegliche Gegenwehr auf. Ihr Gesicht brannte von dieser fremden, bösartigen Energie, in deren Zentrum sie sich befand.

Schwarze Finger griffen nach ihr, sie spürte, wie schwarze Tentakeln durch ihren Körper tasteten, auf der Suche nach ihrer Seele. Dann war seine Macht wieder da. Diesmal durchdrang diese schützend Kraft anscheinend mühelos ihre Barrieren und zerstörte alles Böse. Seine Dominanz brannte wie Feuer durch ihre Adern.

Ein Schuss gelte durch den Flur, zeriss ihr fast das Trommelfell. Ein stechender Schmerz durchschoss sie, ebbte aber augenblicklich wieder ab und verschwand. In ihren Ohren piepte es lautstark und der nächste Schuss steigerte dieses Geräusch ins Unermessliche.

Im nächsten Moment flackerten die Leuchtstoffröhren über ihnen. Sie hatte erwartet, dass keine einzige mehr funktionstüchtig war, aber einige sprangen mit einem leisen Knacken tatsächlich wieder an und tauchten den Flur in ein unwirklichen Schimmer. Nach der Dunkelheit traf sie selbst dieses gedämpfte Licht wie ein Blitzschlag und sie blinzelte.

Die Scherben auf dem Gang glitzerten, einzelne Teile des beigen Wandputzes lagen direkt vor ihr auf dem jetzt staubigen Linoleumboden. Der Mann hinter ihr hielt sie immer noch fest in seinem Griff, dennoch konnte sie am Ende des Flures jemanden ausmachen. Sie hob ein wenig das Gesicht, um ihn besser erkennen zu können. Er trug grüne OP-Kleidung. Sie kannte ihn, er arbeitete irgendwo auf der Inneren. In seiner linken Hand hielt er eine schwarz glänzende Waffe.

Die direkt in ihre Richtung zielte.

Allerdings rührte er sich nicht vom Fleck, sondern starrte den Mann hinter ihr wie paralysiert an.

«Runter mit der Waffe!»

Die samtig weichen Worte galten dem Mann vor ihr, und gehorsam senkte er den Arm. In seinen Augen stand eine völlige Leere, die Josefine fast noch mehr Angst machte als die geladene Waffe, die auf sie gerichtet war.

«Sicher sie und dann leg sie auf den Boden.»

Mit steifen Bewegungen befolgte der Mann die Anweisung. Seine Macht wirkte zwar nicht bei ihr, aber bei ihm.

«Geh!»

Auf dem Absatz dreht der Mann sich um und verschwand hinter der Biegung des Flures.

«Und wir gehen jetzt auch», murmelte er ihr ins Ohr.

Seine Stimme durchdrang mühelos den Feueralarm und das stetige Piepen. Er zog sie mit sich auf die Beine. Seine Augen hatten das satte Braun verloren, hellgrüne Steifen schossen wie kleine Flammen durch seine Pupillen. Er strahlte plötzlich eine Andersartigkeit aus, die nicht mehr zu verschleiern war.

Er hielt sie fest, als er sie durch den Flur manövrierte, die Waffe an sich nahm und sie schlussendlich durch die Stahltür aus der Intensivstation schob. Sie ließ sich mitreißen von seiner Kraft. Fast dankbar für diesen Halt. Im letzten Moment griffen wieder die dunklen Tentakeln nach ihr, versuchten in sie zu dringen, doch diesmal konnte sie sich verschließen.

Im nächsten Augenblick standen sie im hell erleuchteten Flur der Klinik. Immer noch schrillte der Feueralarm, brannte tiefe Schneisen der Panik in die Seelen der Menschen, die hektisch dem Ausgang entgegenstrebten.

Der Mann ließ sie nicht los. Doch das Dunkle folgte ihnen nicht. Sobald sich die Feuerschutztür zur Intensivstation hinter ihnen geschlossen hatte, wurde die bösartige Energie förmlich abgeschnitten.

Sie folgten dem Gang, wichen immer wieder laufenden Menschen aus, bis er sie schließlich energisch in das Treppenhaus zum hinteren Parkplatz dirigierte.

«Ich bringe Sie hier weg», murmelte er im Laufen in ihre Haare, sein Griff immer noch fest um sie, als hätte er Angst, dass sie davonflog.

Dieses Mal widersprach sie nicht.

Kapitel 11

Er steuerte einen Sportwagen am Ende des Parkplatzes an und sie blieb wortlos dicht an seiner Seite. Ihre Hände zitterten, als sie die Beifahrertür öffnete. Sie musste Kraft aufwenden, weil der Wagen eine riesige Delle in der ganzen Seite hatte und die Tür offensichtlich klemmte. Schließlich glitt sie auf den Ledersitz, wobei sie ihre Füße vorsichtig neben dem Hund platzierte, der im Fußraum lag und zu ihr aufsah.

Sie beugte sich vor, ließ die Bulldogge kurz an ihrer Hand schnuppern und fuhr ihm dann über den Kopf. Der Hund schien genauso verstört zu sein, wie sie sich fühlte. Bebend schmiegte sich sein kräftiger Körper gegen ihre Beine.

«Ich muss zurück und helfen», murmelte sie und beobachtete aus dem Fenster, wie die ersten anrückenden Einsatzwagen der Feuerwehr auf den Parkplatz einbogen.

«Was Sie dort gespürt haben, ist weg. Es kommt aus dem Nichts und geht ins Nichts. Niemandem wird etwas passieren.»

Auch seine Augen ruhten auf den grellblauen Lichtern der Lkws. Er ließ den Wagen an und rollte vorsichtig an den umherlaufenden Feuerwehrmännern in ihren blauen Uniformen vorbei.

«Ich spüre sie vorher. Bevor sie da sind.»

In seiner Stimme lag ein beruhigender Unterton. Sie griff hinter sich, um sich anzuschnallen, dann verschränkte sie halt suchend die Arme vor der Brust und sah ihn an. Er erwiderte ihren Blick. Seine Augen waren jetzt ein gelbgrünes Flammenmeer. Sie spürte, wie ein Schauer über ihren Körper lief.

«Was war das?», fragte sie ihn eindringlich.

Das Zittern in ihrer Stimme setzte sich durch ihren ganzen Körper fort, und sie war froh, sich an Oskars breiter Brust festhalten zu können. Er lenkte den Wagen ganz unerwartet an den Straßenrand einer abgelegenen Seitenstraße und stellte den Motor ab.

«Wissen Sie, was Sie sind?»

«Nein.»

Im nächsten Moment war er ihr nah. Mit einer nicht wahrnehmbaren Bewegung hatte er sich zu ihr herübergelehnt und sah ihr direkt ins Gesicht. Sie wartete auf die Adrenalinproduktion, die aufgrund seiner plötzlichen Nähe hätte anspringen müssen, aber sie blieb aus. Im Gegenteil, die Anspannung schien langsam aus ihrem Körper zu weichen.

«Sie kommen aus Rumänien.»

Es war eine Feststellung, keine Frage.

Josefine blickte ihm weiterhin fest ins Gesicht. Sie musste sich seltsamerweise gar nicht bemühen, seiner Nähe nicht auszuweichen. Es war eher angenehm, ihn so dicht bei sich zu haben. Seine Macht umkreiste sie, drang jetzt aber nicht mehr, wie im Flur der Intensivstation, bis in ihr Innerstes vor.

«Ich komme aus Rumänien», stimmte sie nach ein paar Sekunden des Schweigens zögernd zu, verwundert über den sonderbaren Drang, ihn zu berühren, der in ihrer Hand zuckte. Das Zittern, das sie nach dem Angriff dieser bösartigen Macht fest im Griff hatte, ebbte immer mehr ab. Eine seltsame Ruhe schien sich über sie zu senken und die hektischen Schläge ihres Herzens ein wenig zu mildern. Seine intensiv gelbgrünen Augen waren ihr so nah, dass ihr nichts anderes übrig zu bleiben schien, als sie genau zu betrachten. Er sah wirklich besonders aus. Anders.

Sie ließ ihren Blick über sein markantes Gesicht wandern und zählte drei Narben. Eine offensichtlich neue an der Schläfe, eine direkt über den Nasenrücken und eine sehr lange, die die ganze linke Kinnlinie entlanglief. Als sie bemerkte, dass sie mit geradezu peinlicher Eindringlichkeit seine sehr elegant geschwungene Oberlippe betrachtete, blinzelte sie. *Vielleicht war er doch in der Lage, sie zu manipulieren?*

Schnell ließ sie den Blick durch den Innenraum des penibel sauberen Oberklasse-Wagens gleiten und versuchte sich abzulenken. Sämtliche Instrumente auf dem in einem Holzton schimmernden Armaturenbrett waren in glänzendes Gold eingefasst. Gold glänzte auch an seinem Handgelenk. Er schien dieses Edelmetall zu mögen.

«Wissen Sie etwas über Ihre Herkunft?», drang seine Stimme in ihre Gedanken und holte sie zurück in die Realität. Er schien noch ein kleines Stück näher gekommen zu sein.

«Nein, weiß ich nicht. Was war das eben?», wiederholte sie ihre Frage. Ihre Stimme klang wieder fest und klar.

«Man hat Sie erst spät in die magische Welt eingeführt.» Wieder keine Frage, nur eine Feststellung. «Wissen Sie etwas über Dunkelalben?»

Stumm schüttelte sie den Kopf.

«Sie haben bereits einmal versucht, sich diese Welt Untertan zu machen, und sie werden es jetzt erneut versuchen. Die Dunkelalben sind noch nicht wieder in dieser Welt angekommen, aber es gibt bereits einen Riss in der Atmosphäre. Noch ist er zu klein für sie, aber sie können bereits jetzt Menschen und magische Wesen für ihre Zwecke manipulieren. Ihre negative Kraft war das, was sie gespürt haben.»

War das der Grund, warum der ihr unbekannte Mann versucht hatte, sie zu erschießen?

«Warum wollten sie Sie töten?», fragte er übergangslos und sein Tonfall wirkte plötzlich merklich abgekühlt.

Es dauerte einige Sekunden, bis ihr Gehirn diese Frage verarbeitet hatte. «Himmel, was fragen Sie mich? Ich bin Unfallchirurgin. Verstehen Sie? Ich operiere Verletzte. Menschen. Ich wusste bis zu diesem Moment nichts von irgendwelchen Dunkelalben.»

Er antwortete nicht. Er sah sie nur an. In seinem Gesicht regte sich kein Muskel und sein Blick blieb kalt. Er war pure arrogante Macht, und sie spürte seine Energie im Wageninneren pulsieren. Seine offensichtliche Stärke verwirrte sie. Genauso wie die seltsamen Dinge, die er ihr erzählt hatte. Dennoch fühlte sich das, was er sagte, richtig an. Zu richtig, um einfach auszusteigen und es zu ignorieren.

«Die magische Welt hat den Dunkelalben nichts entgegenzusetzen», fuhr er fort. «Wir können sie bis zu einem bestimmten Punkt aufhalten, indem wir Alphas als Schutzschild vor den Menschen und magischen Wesen stehen, die den Dunkelalben absolut hilflos ausgeliefert wären. Aber schlussendlich ist jeder von ihnen manipulierbar. Was genau ihr Ziel ist? Sie wollen die magische Welt durchdringen und uns benutzen. Wenn dies geschieht, ist der Weg frei, den Menschen allergrößtes Leid und Schmerz zuzufügen.»

Josefine schwieg. Weil ihr beim besten Willen nichts einfiel, was sie darauf erwidern sollte. Ihr Kopf war wie leergefegt.

Unbewegt sah er sie an. «Um sie aufzuhalten, bedarf es der absoluten Macht. Die bin ich. *Der* Alpha. Durch meine Macht vermag ich, die magischen Wesen vor der Manipulation zu schützen.»

«Dann habe ich ja offensichtlich nichts damit zu tun.»

Sie rieb sich die kalten Hände. Sie fröstelte plötzlich.

«Ich bin ... ein Wandler und ich habe meine zweite Gestalt verloren.»

War sein Gesicht bis zu diesem Zeitpunkt kalt und unnahbar gewesen, sah sie jetzt unter dieser Maske ein Gefühl aufflammen.

«Ich weiß, dass Sie ein Wandler sind», murmelte sie leise. Nur was er war, wusste sie nicht. *Was um alles in der Welt konnte so mächtig sein?*

Sie kannte die Macht eines Löwen und die eines Wolfes. Zwei große, starke und potentiell tödliche zweite Gestalten. Aber keiner von beiden hatte auch nur annähernd seine machtvolle Aura. Was er war, musste deshalb weit außerhalb ihrer Vorstellungskraft liegen und direkt mit dieser Alpha-Geschichte in Verbindung stehen. Je machtvoller das Tier, desto machtvoller der Mensch. So war die ihr bekannte Regel der Wandlerwelt.

Aber ihr war nicht klar, ob sie der Antwort auf diese Frage gewachsen war, zumindest nicht hier und jetzt nach dieser Informationsflut, die er über ihr ausgeschüttet hatte. Deshalb schwieg sie.

Er lehnte sich in einer geschmeidigen Bewegung auf dem Fahrersitz zurück und betrachtete sie aus der dadurch entstandenen Entfernung. In seinem ebenmäßigen Gesicht stand jetzt offensichtlicher Schmerz. Das hier war nicht mehr nur das

Echo eines Gefühls, das sich aus Unachtsamkeit auf seinen Zügen widerspiegelte. Dies war echter, tiefer Schmerz. Ein eigenartiger Kontrast zu seinem sonst so kalten Gesicht.

Ihre Gedanken überschlugen sich, während ihr Körper sich immer noch vollkommen warm und entspannt anfühlte. Ein seltsamer Widerspruch, der sie noch mehr verwirrte.

Seine Atemfrequenz hatte sich erhöht und er sah sie jetzt nicht mehr starr an, sondern an ihr vorbei aus dem Seitenfenster. «Es gab vor langer Zeit ein Volk, die Vesna, das mit meinem Volk tief verbunden war. Es besteht die Möglichkeit, dass Sie das genetische Erbe dieses Volkes in sich tragen. Wenn das der Fall ist, können Sie mir helfen, meine zweite Gestalt wieder anzunehmen. Wenn ich richtig liege, ist das der Grund, warum sie versucht haben, Sie zu töten. Und es wieder versuchen werden.»

Das alles überstieg sie. Brachte ihren gut trainierten analytischen Verstand an die Grenze der Belastbarkeit. Ein Gefühl löste sich aus dem ganzen umherwirbelnden Wust in ihrem Kopf. Sie brauchte Ruhe. Musste allein sein. Musste das alles irgendwie verarbeiten und diesem mächtigen Wesen entkommen, das ihr nichts als die Wahrheit sagte. Denn das war es, was sie tief in sich spürte: Er sprach die Wahrheit.

Aber er konnte nicht sie meinen. Das war unmöglich. Sie war doch nur eine kleine Randfigur im Spiel der magischen Welt.

«Sie verwechseln mich. Ich bin Ärztin. So etwas kann ich nicht», flüsterte sie.

Er kniff die Augen zusammen und schüttelte leicht den Kopf. «Manchmal reicht es aus, stark sein zu müssen, um wirklich stark zu werden.»

«Wie heißen Sie?»

Plötzlich war es ihr wichtig, seinen Namen zu kennen. Erst schwieg er und legte wie in Gedanken eine Hand an die goldene Uhr in der Mittelkonsole. Sein schlanker Zeigefinger umrundete langsam die Einfassung.

«Valentin Lazăr.»

Seine Stimme klang bei diesen Worten samtig weich und er zog das N am Ende seines Vornamens sanft in die Länge. Genauso wie er es vorhin bei dem S in ihrem Namen gemacht hatte. Josefine, mit einem ganz sanften S in der Mitte.

«Ich will nach Hause», murmelte sie leise.

Er sah sie an und im ersten Moment hatte sie das Gefühl, dass er nicht reagieren würde. Doch dann lächelte er. Nur einseitig und nur ganz wenig, als wäre dies ein Gesichtsausdruck, den er fast vergessen hätte. Doch diese so menschliche Regung zauberte Lebendigkeit in sein Antlitz. Es traf sie völlig unvorbereitet bis tief in ihre Seele.

«Nach Hause?»

Seine Worte klangen unerwartet sanft.

Valentin folgte ihrer Wegbeschreibung und kurze Zeit später gelangten sie in einen der neuen Stadtteile Hamburgs. Er ignorierte den Schmerz des Streifschusses an der Schulter, seine Gedanken kreisten permanent um die Frau, die neben ihm auf dem Beifahrersitz saß. Er hatten ihren Wunsch, sie nach Hause zu fahren, tief in seiner Seele spüren können. Sie brauchte ein wenig Ruhe, um das Erlebte verarbeiten zu können.

Irgendeine sonderbare Instanz in ihm freute sich darüber, ihr diesen Wunsch nicht abschlagen zu müssen. Genau konnte er nicht ergründen, warum er so plötzlich Skrupel hatte, dieser doch fast fremden Frau seinen Willen aufzuzwingen. Er hatte achthundert Jahre die Wesen um sich herum nach Gutdünken manipuliert. Allerdings wäre es bei ihr nicht mit einer Dosis Gehirnmanipulation getan. Vermutlich bräuchte er bei Dr. Josefine Rosenberg brutale Gewalt, und das behagte ihm ganz und gar nicht.

Der Wunsch diese Frau zu beschützen ließ ihn nicht mehr los. Er würde in ihrer Nähe bleiben. Direkt neben dem mehrstöckigen Hochhaus, vor dem sie parkten, befand sich ein modernes Hotel, in dem er sich ein Zimmer nehmen würde. Dicht genug bei ihr, um sofort eingreifen zu können, wenn die Schergen der Dunklen wieder auftauchten, weit genug weg, um ihr Privatsphäre zu lassen.

Denn eines stand fest: Eine Vesna – er verbesserte sich in Gedanken –, seine Vesna, daran bestand nun kein Zweifel mehr, musste sich aus freien Stücken zu einer Verbindung entscheiden. Er konnte sie nicht zwingen.

Dieser Abstecher zu ihrer Wohnung ermöglichte ihm auch einen kurzen Blick in ihr Leben. Dr. Josefine Rosenberg zog ihn auf sehr sonderbare Weise an. Er hatte das intensive Bedürfnis, sie zu beschützen. So hatte er schon lange nicht mehr gefühlt. Er begriff noch nicht viel von ihr, nur dass sie eine wehrhafte und selbstbewusste Person zu sein schien.

Er war es gewohnt, sein Gegenüber ziemlich genau zu verstehen. Seine Manipulationsfähigkeit kam ihm dabei zu Hilfe, schließlich war er es oft genug, der das Handeln des anderen plante. Es war einfach kein gutes Gefühl, sie nicht zu verstehen. Jede Informationsquelle war deshalb wichtig, um sie besser kennenzulernen. Ihr Handeln ein wenig voraussehbarer zu machen, wenn er es schon nicht beeinflussen konnte.

Schließlich würden sie gemeinsamen einen verdammt steinigen Weg beschreiten, zumindest hoffte er das. Für diese Welt. Und für sich. Es war überlebensnotwendig, sich auf den anderen verlassen zu können. Wohnungen trugen immer den Stempel der Eigentümer, verrieten etwas über die Person, die dort lebte, weshalb er beschloss, sie bis zur Wohnungstür zu begleiten.

Die Häuser in der Hamburger Hafencity waren allesamt neu. Er folgte ihr durch die Eingangshalle des architektonisch gewagten und hochmodernen Neubaus bis zum Treppenhaus.

«Ich begleite Sie noch bis in die Wohnung, dann gehe ich.»

Er hielt ihr mit einer Hand die Tür auf und sie schlüpfte vor ihm hindurch.

«Und wenn sie wiederkommen?»

Sie betrachtete ihn mit einem solch intensiven Blick, dass Valentin tatsächlich für einen Moment Mühe hatte, den stechenden grünen Augen standzuhalten.

«Dann bin ich in der Nähe. Aber die Alben brauchen Zeit, um sich von den hier herrschenden physikalischen Gegebenheiten zu erholen. Sie können nicht sofort wieder losschlagen.»

Sie mussten abwarten. Abwarten, bis herausgefunden war, wo genau der Riss sich befand. Die Dunklen wussten, wer Dr. Josefine Rosenberg war, genau wie er es jetzt wusste, aber für den Moment war sie sicher.

Gemeinsam erklommen sie die Treppenstufen. Ab der vierten Etage wurde Valentin sehr deutlich bewusst, dass ein normaler Mensch für diese Höhe definitiv den Aufzug benutzt hätte.

Als hätte sie seine Gedanken gelesen, sagte sie: «Ich hasse Aufzüge. Außerdem mache ich eh zu wenig Sport. Da bietet sich das an.»

«Ich mag auch keine Aufzüge», murmelte er.

Er schmunzelte erstaunt von sich selbst, dass ihm dieses Defizit so freimütig über die Lippen kam. In der neunten Etage angekommen hörte er das Blut durch die Adern rauschen. Der Streifschuss pochte und für eine kurze Sekunde spürte er körperliche Schwäche nach ihm greifen. Er hatte der ersten Kugel auf dem Flur der Intensivstation nicht ausweichen können, weil Dr. Rosenberg in seinem Arm so gezappelt hatte. Aber weder tropfte ihm das Blut aus dem Ärmel, noch war der Schmerz so stark, dass er ihn nicht weiter ignorieren konnte. Es war ein Kratzer, nicht mehr, und er würde sich später damit befassen.

Ihre Wohnung war gut geschnitten und ihr Einrichtungsstil pendelte irgendwo zwischen «keine Möbel», «chaotische Zustände» und «stilvollem Ambiente».

«Ich wohne hier noch nicht so lange», murmelte sie fast entschuldigend, als sie mit dem Fuß einen Wäscheberg neben der Tür beiseiteschob.

Er sah sich um. Das Bett bestand nur aus einer Matratze und war mit rosa gepunkteter Bettwäsche ausgestattet. In der Ecke des Zimmers stand eine Le-Corbusier-Liege, daneben ein Eileen-Gray-Tisch, auf dem ein kleiner Strauß blassrosa Tulpen platziert war.

Genauso ging es weiter. Entweder tobte das Chaos auf dem blanken Holzfußboden oder es standen Designklassiker liebevoll arrangiert herum, garniert mit dem ein oder anderen ausgewählten und vermutlich geschmackvollen Deko-Objekt. Das alles war erstaunlich wenig hilfreich: Diese Wohnung war für ihn genauso verwirrend wie ihre Bewohnerin.

Unbemerkt hinterließ er eine Signatur seiner Macht, Hinweis an jeden, der sich dieser Wohnung nährte, dass er mit der Bewohnerin in engem Kontakt stand, dann lief er die neun Etagen wieder hinunter. Erneut pochte der Schmerz in der Wunde an seiner Schulter.

Aber etwas anderes überlagerte diesen Schmerz. War so intensiv, dass er es nicht ausblenden konnte. Allein durch ihre Nähe schien sich der Panzer um seine Seele gelockert zu haben. In ihm brodelten Gefühle, die er seit Jahrhunderten fest unter Verschluss gehalten hatte. Die jetzt mit aller Kraft versuchten, an die Oberfläche seines Bewusstseins zu gelangen.

Er fuhr sich durch das Gesicht, als würde das helfen, das Chaos in ihm zu beruhigen, und lief zu seinem Auto. Bis zum Hotel waren es nur wenige Meter, dennoch nahm er den Wagen, um ihn in der Tiefgarage parken zu können. Der Schaden am Aston Martin war unübersehbar, und er wollte vermeiden, dass der Luxuswagen zu viel Aufmerksamkeit auf sich zog.

Als er den Motor abstellte, fiel sein Blick auf die vergoldeten Instrumente in der Mittelkonsole. Eine kostspielige Sonderanfertigung. Er hatte ihren befremdlichen Blick auf den so offen zur Schau gestellten Luxus sehr wohl bemerkt.

Die Kreatur in ihm liebte Schätze. Sie bewachte und hortete sie. Aber sie teilte auch, sorgte gut für die Ihren. Er sammelte goldene Uhren, Schmuck und Edelsteine, weil Angehörige seines genetischen Erbes das nun mal taten. Doch seit es niemanden mehr gab, mit dem er sie hätte teilen können, hatte er keine Freude mehr daran. Die Geschmeide waren jetzt einzig und allein ein Attribut seiner zweiten Natur.

Er bezog mit Oskar im Schlepptau die größte und weitläufigste Suite des Hotels, damit die Beklemmung, die er mit geschlossenen Räumen verband, nicht die Überhand gewann. Nachdem er den Hund mit Wasser versorgt hatte, lief er langsam zum Badezimmer und knöpfte sich dabei das Hemd auf. Er brauchte eine Dusche. Vielleicht würde das seine kreisenden Gedanken etwas ordnen.

Er stellte das Wasser an und entledigte sich der restlichen Kleidung, die er ordentlich über den Badewannenrand legte. Die goldene Rolex ließ er vorsichtig zu den Manschettenknöpfen auf die Ablage des Waschtisches gleiten.

Er hatte seine Vesna gefunden.

Seine zweite Natur rebellierte, kämpfte seitdem um die Oberhand. Der Sieg, den er bis jetzt errungen hatte, fühlte sich nur vorläufig an, viel zu stark war die Anziehungskraft dieser Frau auf die Kreatur tief in seinem Innersten, die seither rastlos durch seine Seele strich.

Sein Kopf hörte nicht auf, ihren Namen zu kosten. Immer und immer wieder flüsterte er in Gedanken ‹*Josefine*›. Dieser Name war wie gemacht für seine Zunge. Josefine, mit einem ganz sanften S in der Mitte.

Offenbar problemlos hatte Josefine es geschafft, die antrainierte hermetische Abriegelung seiner Seele zu sprengen.

Jetzt fühlte er sich Leck geschlagen. Trauer und Qual, all das, was er sorgfältig hütete, zog durch ihn hindurch, bis ihm der altbekannte Schmerz in der Magengegend verkündete, dass er drohte, die Kontrolle zu verlieren.

Er trat unter den heißen Strahl des Wassers und lehnte die Stirn gegen den kühlen Marmor der Wand. Unter der Dusche konnte er Gefühle zulassen, die er sonst lieber unter Verschluss hielt. Das Wasser umfing ihn, hielt ihn zusammen, während er seine Seele öffnete. Ohne die prasselnden Tropfen auf seinem Körper war er nicht in der Lage, seine sonst so kontrollierte Seele frei zu lassen. Vielleicht lag es daran, dass sein Element das Feuer war und Wasser eine lindernde Wirkung auf seine Hitze hatte. Er wusste es nicht. Vertraute aber auch jetzt wieder auf seine heilende Wirkung und ließ alle Barrieren fallen, ließ seine kontrollierte Seele endlich frei.

Das heiße Wasser lief ihm über den verspannten Rücken und er spürte, wie sich die Knoten in den Muskelsträngen langsam lösten. Das Wasser zu seinen Füßen färbte sich rot und die Wunde an seiner Schulter brannte. Aber das war jetzt nicht wichtig.

Vorsichtig ging er in die Knie und seine Gefühle befreiten sich endgültig aus ihrem starren Rahmen. Behutsam lehnte er sich mit dem Rücken gegen die wärmer werdende Wand. Jetzt musste er nicht mehr mit aller Kraft verhindern, dass die Gefühle dichter an die Oberfläche trieben. Jetzt war die Zeit, es zuzulassen.

Die Wucht der Sehnsucht traf ihn dennoch unvorbereitet.

Kapitel 12

Frisch geduscht und völlig in Gedanken bog Josefine um die Ecke in ihr Wohnzimmer und sprang mit einen Aufschrei zurück.

Mitten auf ihrem Sofa saß eine Frau.

Die Frau, die bis zu diesem Moment offenbar gedankenversunken die Aussicht genossen hatte, blickte auf. Das Erste, was Josefine in ihrem ebenmäßigen Gesicht auffiel, waren ihre warm schimmernden Augen. Die Frau saß kerzengerade und hielt das Kinn leicht gehoben, alles an ihr strahlte eine natürliche und unumgängliche Autorität aus. Autorität hatte sie heute schon genug, und es war nur der urtümliche, warme Ausdruck ihrer Augen, der sie von einer sofortigen Flucht abhielt.

Die Frau nickte ihr hoheitsvoll zu und begann bei dieser Bewegung zu glitzern wie ein mit Swarovski-Steinen besetztes Schmuckstück. Dieses zierliche Wesen umgab so viel schwirrende Energie, dass sie fast Funken sprühte.

Sie lächelte freundlich und sagte dann mit unerwartet voller Stimme: «Dr. Josefine Rosenberg.»

«Wer sind Sie?», fragte Josefine knapp.

«Mein Name ist Trinidad. Ich war mit Valentin Lazăr verheiratet. Der Grobian, der Ihnen, vermutlich sehr uncharmant, heute Abend einen kleinen Einblick in den bevorstehenden Weltuntergang gewährte.»

Josefines Knie gaben nach und sie ließ sich kurzerhand auf den kleinen Sessel neben dem Sofa sinken.

«Josefine Rosenberg, Sie dürfen nicht an dem zweifeln, was er Ihnen erzählte. Er braucht Sie tatsächlich. Und das schnell.

Es bleibt keine Zeit, um über irgendetwas in Ruhe nachzudenken.»

Die schillernde kleine Frau hatte sich nach vorne gebeugt und sah sie jetzt eindringlich an. Ihre Worte brauchten ein wenig Zeit, bis sie Josefine in ihre Gänze erreichten. Dennoch blieb sie erstmal regungslos sitzen.

«Haben Sie mich nicht verstanden oder hat es Ihnen schlicht die Sprache verschlagen?», erkundigte sich die Frau, Trinidad, höflich.

Bei dieser Frage hatte sich ihre Stimme verändert und plötzlich klang sie sehr fremdartig in Josefines Ohren.

«Letzteres.»

Sie zog die Beine auf die Sitzfläche des Sessels. Ihr war plötzlich eiskalt. «Sie könnten doch auch eine der Bösen sein. Wieso sollte ich Ihnen glauben?»

Ein warmes Lachen war die Antwort auf ihre Frage. «Oh, die Dunkelalben können keine menschliche Form annehmen. Die sind so fernab der magischen wie auch der menschlichen Welt, dass Sie sich noch nicht einmal mit ihnen unterhalten könnten. Völlig fremde Wesen. Aliens, um in Ihrer Vorstellungskraft ein Bild zu erzeugen. Aber eigentlich haben wir für dieses nette Gespräch keine Zeit, Dr. Rosenberg. Auch wenn ich gerne mit Ihnen plausche. Ich kenne Ihren Traum.»

Trinidad wirkte plötzlich sehr energisch.

Josefine hatte mit einem Schlag einen staubtrockenen Mund. Das war unmöglich. Ihr Traum war neben ihrer Gabe ihr größter Schatz, und sie hatte ihn immer vor anderen Menschen gehütet.

«Bitte, was?»

«Ihren Traum. Des Fluges, der Höhe, der Geborgenheit. Ich weiß, dass Sie diesen Traum träumen.»

Die Frau sagte das so locker heraus, als wäre es das Natürlichste der Welt, über etwas zu sprechen, was nur ihr gehörte.

«Keine Sorge, ich habe nicht in Ihren Kopf geguckt. Das denken Sie jetzt doch, oder?» Ohne allerdings eine Antwort abzuwarten, sprach sie weiter: «Die Vesna oder der Vesna, es gibt beides, waren mit jeder Faser ihres Körpers dem Volk der Drachen verbunden, und das Ureigenste, nämlich der gemeinsame Flug, hat sich über Generationen in ihrem Unterbewusstsein eingebrannt. Die Legende besagt, dass eine Vesna genau davon träumt. Nacht für Nacht. Ihr ganzes Leben lang träumt sie davon, was ihr Leben eigentlich ausmacht. Nun, Dr. Rosenberg, Sie haben zurzeit ein etwas anders Lebensmodell, aber wenn Sie tatsächlich eine dieses Volkes sind, und danach sieht es im Moment aus, werden auch Sie diesen Traum haben. Was dann Beweis genug wäre.»

Josefine brauchte einige Sekunden, um diese Worte in ihrer gesamten Tragweite zu erfassen. Das Wort «Vesna» hallte in ihrem Kopf wieder, fremd und doch vertraut. Ihre Hände begannen unkontrolliert zu zittern. In ihrem Magen rumorte es. *Und hatte diese Frau eben Drachen gesagt?*

«Verdammte Scheiße», murmelte sie fassungslos.

Ihr verbaler Gefühlsausbruch schien Trinidad etwas verwirrt zu haben, denn für ein paar Sekunden herrschte absolute Stille im Wohnzimmer.

«Was muss ich tun?»

Josefine erkannte ihre eigene Stimme nicht wieder. Sie klang blechern und hohl. Gedanklich war sie noch bei ihrer kindlichen Vorstellung eines Drachen. Prinzessinnen raubende, Feuer speiende, grüne Monster. *Denn das waren doch Drachen, oder?*

«Es gibt ein Ritual. Wie das genau funktioniert, weiß ich nicht. Aber Valentin wird es wissen ...»

«Er ist wirklich ein Drache?»

Josefine musste einfach noch einmal nachfragen.

«Äh. Ja, ja, ein Drache.»

Trinidad war offensichtlich aus dem Konzept gebracht.

«Sie wollen mich verarschen?»

Die Frau hob hoheitsvoll eine Augenbraue. «Ich bin eine Elfenkönigin mit einem im Exil lebenden Volk, während die Welt gerade damit begonnen hat unterzugehen. Warum sollte ich Sie ... äh ... verarschen?»

«Dann ist das alles ein Witz?»

Sie hatte keine große Hoffnung auf ein «Ja» als Antwort. Ihr Gehirn weigerte sich nur gerade vehement, all diese Worte, die ihre Welt endgültig aus den Angeln hoben, zu glauben. Ihr Kopf hatte da seine Probleme, aber ihr Herz glaubte ihr auf unerklärliche Weise jedes Wort.

Die Frau schwieg einen Moment. Schließlich antwortete sie trocken: «Nein, das ist kein Witz, sondern eher ein magischer Super-GAU. Selbst das kommt der Wahrheit nicht nahe genug. Ihre Sprache hat nur einfach keine passenden Wörter. Deshalb noch mal für Sie: Er ist ein Drache.»

Was würde das für sie bedeuten? Wahllos griff sie den nächsten Gedanken auf, der ihr durch den Kopf schoss.

«Aber ich habe hier einen Job. Ich kann nicht einfach so weg.»

«Sie können, meine Liebe. Wenn Sie nicht können, haben Sie in einigen Monaten auch keinen Job mehr. Dann gibt es keine Menschen mehr, die Ihre Hilfe benötigen. So einfach ist das.»

Trinidad klang bei diesen Worten durchaus freundlich.

«Ich muss wenigstens jemanden finden, der für mich einspringt.»

«Schätzchen, haben Sie es immer noch nicht verstanden? Dann werde ich deutlicher: Nun, vielleicht liegt es daran, dass die menschlichen Zeitzeugen einfach aussterben und die magischen Wesen die Erinnerung sorgfältig aus ihren Köpfen tilgen. Es gab eine Zeit, in der ein schrecklicher Krieg über diese Welt tobte. Wir sahen, was passierte. Aber wir waren nicht in der Lage, uns zur Wehr zu setzen. Es wurden in dieser Zeit Taten begangen, die von solcher Grausamkeit waren, dass wir sie bis heute nicht aussprechen können.»

Ein Zittern lag in der bisher so vollen und selbstsicheren Stimme der Frau.

«Er kann das verhindern?»

«Er ist das mächtigste bekannte Wesen überhaupt und er kann alle magischen Wesen schützen. Aber noch viel wichtiger: Er kann es nur mit Ihrer Hilfe.»

«Wo ist er?»

«Ganz in Ihrer Nähe», stellte Trinidad dann nach einem Moment des Schweigens offensichtlich sehr zufrieden fest und schenkte ihr ein unerwartet herzliches Lächeln.

Kapitel 13

Jo lief zügig über die Straße und fuhr sich nervös durch die Locken. Das Hotel lag nur wenige Minuten entfernt. Was Trinidad ihr erzählt hatte, müsste theoretisch völlig durchgeknallt klingen. Selbst für ihre seltsame Welt. Aber sie hatte von ihren Träumen gesprochen. Was eigentlich nicht sein konnte, denn ihr Unterbewusstsein war eine reine Privatangelegenheit, und niemand wusste von diesen Träumen. Noch nicht einmal Alex hatte sie davon erzählt.

Und noch etwas hatte sie erst jetzt wirklich in seiner vollen Tragweite begriffen. Valentin hatte ihr das Leben gerettet. Zuvor hatte sie wohl der Schock fest im Griff gehabt. Jetzt erkannte sie auch, dass diese sonderbare, unpassende Ruhe, die sie in seiner Nähe verspürt hatte, einen anderen Hintergrund haben musste als bloße, körperliche Anziehungskraft.

Jede Frau mit Augen im Kopf würde diesen Mann optisch unwiderstehlich finden. Aber das reichte ihr nicht als Erklärung, warum sie ihn zwischendurch angestarrt hatte wie das achte Weltwunder. Er sprach irgendetwas in ihr an, das tiefer lag. Etwas, das mit dem Verstand nicht zu erklären war.

Tatsächlich erreichte sie das Hotel wenige Minuten später, durchquerte schnellen Schrittes die Eingangshalle und verschwand in Richtung des gut ausgeschilderten Treppenhauses. Sie joggte die fünf Etagen nach oben und machte sich auf die Suche nach Suite Nr. 501. Die indirekte Beleuchtung des breiten Flures warf ein goldenes Licht auf die gediegene Holztür, die sich am Ende des Ganges befand, fernab der anderen Zimmer.

Sie spürte einen Hauch von Magie, schob diese aber problemlos beiseite und drückte vorsichtig gegen das schwere Holz.

Wie bereits im Hotel in Berlin war auch diese Tür nicht verschlossen. Auch sie vermied es, Türen abzuschließen. Genauso wie sie Aufzüge verabscheute. Lautlos schlüpfte sie durch den Spalt in die Suite.

Der Schlag traf sie völlig unvorbereitet und raubte ihr den Atem. Sie rang nach Luft und hing wie festgenagelt an der Wand. Es war so schnell gegangen, dass sie nicht einmal Zeit gehabt hatte, Angst zu verspüren. Die überrollte sie dafür jetzt mit aller Macht. Sie versuchte erfolglos, einen Laut von sich zu geben. Es war stockdunkel im Raum. Verzweifelt riss sie die Augen auf, um sich zu orientieren.

Im nächsten Moment ließ der Druck auf ihren Brustkorb etwas nach und Sauerstoff strömte zurück in ihre Lungen. Gierig atmete sie ein und ein Licht flammte auf.

Sie blickte direkt auf seinen nackten Oberkörper. Eine seiner Hände klebte nach wie vor fest auf der Mitte ihres Brustbeines, die andere schwebte wenige Zentimeter vor ihrer Kehle.

Aus der Angst wurde umgehend blanke Panik. Vor ihr stand ein Killer. In seinen geflammten Augen war nichts als eiskalte Härte. Er war ein Raubtier und sie war unaufgefordert in sein Revier eingedrungen. Blöder und wahrscheinlich tödlicher Fehler.

«Ich werde Ihnen helfen», krächzte sie schwach, weil offenbar immer noch zu wenig Sauerstoff durch ihren Blutreislauf zirkulierte.

Vermutlich lag es an ihrer misslichen Situation, dass ihr seine Reaktionszeit so lang vorkam. Gerade als sie dachte, dass er sich gar nicht bewegen würde, ließ er sie schlagartig los. Sie krümmte sich japsend zusammen und rutschte die Wand hinter sich auf den Boden herab.

Er trat einen Schritt zurück, aber sie spürte seinen brennenden Blick weiterhin auf sich ruhen. Er war gefährlich. Das Bild des zivilisierten Mannes, der sich problemlos in der menschlichen Welt bewegen konnte, war nur ein Trugbild. Eine von ihm sorgfältig konstruierte und genauestens komponierte Illusion.

«Mistkerl!», murmelte sie, bevor ihr Hirn sie daran hindern konnte.

Vermutlich war es unklug, ihn jetzt auch noch mit verbalen Beschimpfungen zu provozieren, wo sie doch eben nur um Haaresbreite einem gewaltsamen Tod entronnen war, aber sie konnte nicht anders. Sie fühlte sich besiegt, und das war ein verdammt beschissenes Gefühl. Vorsichtig atmete sie tief ein, um zu testen, ob noch alles funktionsfähig war oder sich bei der Attacke doch eine Rippe in ihre Lunge gebohrt hatte.

«Verdammt schlechter Zeitpunkt für einen unangekündigten Besuch.»

Er machte einen Schritt zur Seite, um sich dann geschmeidig vor ihr auf den Knien niederzulassen. Entfernt registrierte Josefine einen Bruch in der eigentlich fließenden Bewegung. Ein kurzer Stillstand im Ablauf, der nicht in das Gesamtbild seiner Kraft passte.

«Merke ich mir für das nächste Mal. Aber musste es gleich ein Mordanschlag sein? Das hat sehr wehgetan.»

Sie fühlte sich jetzt sicher genug, um den Blick zu heben. Bis zu diesem Zeitpunkt hatte sie einfach abwechselnd auf einen roten Punkt des Teppichs und die kleine Nachttischlampe gestarrt, weil ihr Hirn sich aus einem Urinstinkt heraus beharrlich geweigert hatte, sich seinem stechenden Blick auszusetzen. Jetzt endlich schaffte sie es, ihm wieder in die Augen zu sehen. Was war das?

Sie blinzelte und war für einen Moment sogar von seinen flammend grüngelben Augen abgelenkt. Offensichtlich hatte er gerade geduscht, auf seinem Oberkörper glänzten noch vereinzelt Wassertropfen. Aber über seine Brust lief ein feines Rinnsal Blut. Direkt neben der linken Schulter war ein tiefer, klaffender Riss in der Haut. Der kleine tiefrote Strom zog sich über die muskulöse Brust und endete im Bund seiner Sporthose.

«Sie haben sich verletzt.»

In seinen ausgeprägten Gesichtszügen lag lauernde Wachsamkeit. Für seine enorme Körpergröße kam er äußerst elegant auf die Beine und trat einen Schritt zurück, um einen Blick in den goldgerahmten Spiegel neben der Eingangstür werfen zu können. Einen Moment betrachtete er das Blut, als sähe er es selbst zum ersten Mal, dann drehte er sich wieder zu ihr.

«Ihnen ist das», Josefine hob den Zeigfinger und deutete auf die blutende Wunde, «nicht aufgefallen? Das ist bedenklich.»

Ohne weiter auf ihren Kommentar einzugehen verschränkte er die muskulösen Arme vor der Brust. Weil er jetzt wie ein gespannter Pfeil vor dem Abschuss vor ihr stand und sie immer noch an der Wand gelehnt auf dem Boden hockte, hatte sie seinen gepflegten Sixpack direkt im Blick. Josefine starrte auf die stahlharten Muskeln und konnte nicht verhindern, dass irgendeine Instanz in ihr ihn in diesem Moment unverschämt attraktiv fand. Was sehr unpassend war.

Dennoch fühlte sie, wie es in ihrem Bauch zu kribbeln begann und ihr heiß wurde. Die massive Anziehungskraft seines männlichen Körpers konnte in diesem Fall nur an den Nachwirkungen des Schocks liegen.

«Warum sind Sie gekommen?»

Sie war fast dankbar, die sonderbaren Gedanken in ihrem Kopf verlassen zu können, um sich anderen Dingen zu widmen. Sie richtete sich mit der Wand im Rücken etwas auf und gönnte sich diesmal eine Sekunde des Nachdenkens, bevor sie antwortete.

«Ich hatte eine kleine Überzeugungshilfe, wenn man es so sagen möchte. Haben Sie eine Ex-Frau namens Trinidad?»

Er gab einen Laut irgendwo zwischen einem zustimmenden Grunzen und einem genervten Stöhnen von sich. Das hieß dann wohl ja.

«Allerdings kenne ich die Bedingungen noch nicht. Wir haben Redebedarf, bevor wir ... was auch immer tun werden.»

Ihr schoss bei diesen Worten ein unangenehmer Gedanke durch den Kopf. Diesmal gab es keine Sekunde des Nachdenkens.

«Kein Sex! Dass das klar ist. Ich habe keine Ahnung, wie das mit ihren Vespas oder was auch immer läuft, aber es muss ohne so etwas gehen, klar?»

«Vesna. Das bedeutet so viel wie ... Gefährte. Und nein: Sex ist nicht nötig. Den können wir weglassen.»

Er setzte sich abrupt auf das Bett. Seine Anspannung schien ganz plötzlich verschwunden zu sein. Er stützte die Hände links und rechts neben sich auf die Matratze.

Sie nahm die Entspannung der Lage zum Anlass, sich erst einmal im Raum zu orientieren. Direkt vor einem der mit dunkelrotem Stoff geschmückten Fenster entdeckte sie Oskar, der regungslos auf einer Decke lag. Seine Körperhaltung alarmierte sie, dennoch bleib sie erstmal an Ort und Stelle sitzen. Sie traute ihrem Gegenüber nicht von der Wand zur Tapete und hielt es für sicherer, keinen spontanen Ortswechsel vorzunehmen.

«Was hat der Hund?»

Valentin folgte ihrem Blick. «Ich weiß es nicht genau. Wir hatten auf dem Weg zu Ihrer Klinik einen Zusammenstoß mit irgendwelcher Magie. Das scheint ihm nicht bekommen zu sein.»

«Aha. Daher auch die frische Narbe am Kopf?»

Er nickte nur und wandte ihr das Gesicht wieder zu. Irgendwie schien es ihr Schicksal zu sein, den großen Mann in seinen Hotelzimmern heimzusuchen und ihm eine ärztliche Behandlung aufzunötigen. Seltsames Hobby.

Valentin hob eine Hand und berührte geistesabwesend seine Schulter. Er betrachtete das Blut an seinen Fingerspitzen. «Es sollte längst verheilt sein. Es muss sich beim Duschen wieder geöffnet haben.»

Josefine kam auf die Beine. Definitiv war das hier ihr Schicksal. «Die Kugel war für mich», stellte sie nüchterner fest, als ihr zumute war, und trat auf ihn zu.

«Sie fassen mich nicht an!»

Er stand plötzlich wieder aufrecht und sah auf sie herunter.

«Sie haben eine Wunde, ich bin Ärztin. Das kann ich nicht ignorieren. Hinsetzen. Ich muss mir das anschauen.»

Sie konnte sich gerade noch so daran hindern, ihm am Handgelenk zu ziehen.

Er hob abwehrend die Hände. «Das ist nichts und Sie lassen ihre Finger bei sich.»

«Das Nichts blutet aber noch.»

Sie reckte den Kopf, um wenigstens eine Ferninspektion durchführen zu können. Wandler heilten schnell. Auch wenn diese Wunde tief war, sollte sie sich doch nach über zwei Stunden bereits wieder geschlossen haben. Dass hier immer noch Blut lief, war seltsam. Zumal der Mann vor ihr ja vom lieben Herrgott oder sonst wem mit einer Überdosis an Wandlergenen ausgestattet worden war. Sie war einen Schritt näher getreten, um die Wundränder besser begutachten zu können.

Augenblicklich senkte er den Kopf. Seine Stimme war nur noch ein Flüstern: «Sie sind mir zu nahe.»

«Eben hatten Sie doch auch kein Problem mit Körperkontakt. Da konnte es gar nicht nah genug sein.»

Bei der Erinnerung, was er vor einigen Minuten noch mit ihr angestellt hatte, trat sie lieber einen Schritt zurück. Ganz offensichtlich wollte er sich ja nicht helfen lassen. Dann musste er halt weiterbluten.

«Danke.»

Ihre Beine machten ganz von allein noch einen Schritt zurück. Schlagartig wurde ihr wieder bewusst, warum sie überhaupt hier war. Sie zuckte die Achseln und wanderte zu einem der gemütlich aussehenden Sessel vor dem Kamin. Vorsichtig setzte sie sich hinein.

«Wischen Sie das wenigstens weg.»

Sie deutete auf das Blut an seiner Schulter, und achtlos fuhr er sich mit der Handfläche über die Wunde. Sie lehnte sich zurück. Die entspannte Sitzposition fühlte sich komisch an.

In ihrem Organismus kreiste so viel Adrenalin, dass ihre Nebennierenrinde vermutlich für sehr lange Zeit arbeitslos sein würde. Aber wenn er sich nicht helfen lassen wollte, konnten sie auch gleich zum Punkt kommen.

«Dann erzählen Sie mir mal etwas über meine Herkunft.»

Er antwortete nicht sofort, sondern ging erst zu Oskar, kniete sich neben ihn und streichelte unerwartet sanft die Flanke des Tieres, das daraufhin den Kopf ein wenig hob. Er hatte sich von ihr abgewandt und sie konnte sein Gesicht nicht sehen.

«Es ist fast achthundert Jahre her. Damals gab es die Vesna und mein Volk, das Volk der Drachen.»

«Vesna.» Sie probierte den Klang des Wortes auf ihren Lippen. «Sprechen Sie weiter.»

«Wir lebten mit ihnen über Jahrtausende in enger Symbiose zusammen. Nur durch sie konnten wir werden, was unsere genetische Bestimmung ist: ein Drache.»

Er erhob sich und setzte sich in den gegenüberliegenden Sessel. Auch er lehnte sich scheinbar entspannt zurück, aber sie konnte seine Anspannung förmlich auf der Zunge schmecken.

Sie verspürte einen leichten Schwindel und ganz unerwartet ein Ziehen im Unterleib. Er hatte definitiv zu wenig Klamotten am Leib und für den Moment hatte sie leider auch keinerlei Energie übrig, um sich gegen diese sonderbaren Empfindungen zu wehren, und so lehnte sie den Kopf gegen das Polster des Sessels und wartete ab.

Valentin hatte die Augen geschlossen und sich leicht nach vorne gebeugt. Als er weitersprach, klang seine Stimme heiser.

«Es gab keine schicksalhaften Verbindungen. Jeder Gefährte konnte sich theoretisch mit jedem Drachen verbinden. Aber es hatte Sinn, dass man sich sympathisch war. Denn diese Verbindung hielt bis zum Tod.»

Seine Worte waren durchzogen von diesem melodiösen Akzent, dessen Zuordnung ihr immer noch nicht gelungen war. Vielleicht war es auch eine Mischung aus all den Sprachen, die er im Laufe seines Lebens gelernt hatte? Das lenkte sie etwas ab, weswegen der letzte Satz sie verspätet erreichte.

Bis zum Tod?

Ihr wurde heiß und kalt gleichzeitig. Für einen Moment fühlte sie, wie die Situation ihr entglitt. Energisch riss sie sich zusammen. Alles zu seiner Zeit. Eines nach dem anderen. Jetzt galt es erstmal, die Basics zu verstehen.

«Wie kommt es, dass man in der magischen Welt so wenig darüber weiß?»

Sonderbarerweise hatte ihre innere Unruhe sich ganz plötzlich in Luft aufgelöst und somit Platz geschaffen für eine tiefe Erschöpfung.

«Es ist lange her und ein schauerliches Beispiel dafür, was mit ganzen Völkern, selbst mit mächtigen Völkern, passieren kann. Es gibt Legenden darüber. Spekulationen, Vermutungen, Annahmen. Aber niemand weiß, wie es zu unserer vollständigen Auslöschung kommen konnte. Vielleicht verdrängte man es deshalb lieber. Schlussendlich war außer mir keiner mehr da, der darüber hätte berichten können. Ich habe mich tunlichst zurückgehalten.»

Seine dunkle Stimme hatte eine fast hypnotische Wirkung auf sie. Sie fühlte sich auf sonderbare Weise wohl. Sehr unpassend, in Anbetracht der Situation. Denn wenn das alles stimmte, hatte auch ihr Leben, ihre Herkunft etwas mit dem zu tun, was er ihr da erzählte. Sie versuchte, sich erstmal nur darauf zu konzentrieren. Alles andere musste warten. Sie fühlte sich im Moment einfach noch nicht in der Lage, sich mit Drachen und dem drohenden Weltuntergang zu befassen.

«Ein Alpha braucht sein Rudel», murmelte sie.

Das war eine der sehr wenigen Informationen, die sie über die Welt der Wandler hatte. Er schwieg und nach einer Weile sah sie auf. Er wirkte jetzt ebenso erschöpft wie sie selbst und seine flammend grüngelben Augen waren zu einem weniger aufdringlichen Moosgrün verblasst.

«Ich ziehe diese Rudelenergie aus allen magischen Wesen dieses Planeten. Um den Job des Ober-Alphas habe ich mich nicht freiwillig beworben. Der Rat spürte mich vor über fünfhundert Jahren auf und bat mich um Beistand. Ich stehe aufgrund meiner Herkunft und meiner Macht außerhalb der Strukturen des Rates. Aber ich brauchte ihn, um zu überleben.»

Seine Züge waren hart bei diesen Worten. Aber sie spürte, wie schwer es für ihn war, darüber zu sprechen. Er hob den Blick und für eine Sekunde konnte sie hinter der unnahbaren Fassade den Schmerz brennen sehen. Er schwieg und für einige Herzschläge hörte sie nur seine Atemzüge. Er rang mit sich. Kämpfte darum, weitersprechen zu können.

«Ich war ihr König.»

Seine Stimme war kaum zu vernehmen. In ihrer Brust glomm ein kleiner Funken eines tiefen Schmerzes auf. *War es sein Schmerz?*

Sein Blick kehrte zu ihr zurück. «Allerdings ein erbärmlicher König, was die Tatsache, der Letzte seiner Art zu sein, eindrücklich beweist.»

«Wer hat euch das angetan?»

Ihre Stimme zitterte bei diesen Worten. Halt suchend umfasste sie die Armlehnen des Sessels. Sie fühlte sich, als sei sie plötzlich in eine andere Welt gerissen worden.

«Es spielt keine Rolle. Sie sind tot.»

Er blinzelte und blickte an ihr vorbei gegen die Wand. Aber offensichtlich hatte er beschlossen, sich den Höllenqualen der Erinnerung zu stellen, denn er sprach unerwartet weiter.

«Ein Drache ist im Vollbesitz seiner Kraft nicht zu überwältigen. Aber ein trauernder Drache ist verloren. Sie töteten das, was wir liebten. Hinterrücks und bestialisch wurden innerhalb einer Nacht alle Angehörigen der Vesna hingemetzelt. Sie waren Menschen und somit leichte Beute. Ich überlebte das Massaker, weil ein Alter meines Stammes mich fortschaffte, weg von dem tobenden Wahnsinn und dem blutgetränkten Boden meiner Heimat.»

In diesem Moment war er nicht der mächtige Alpha. In diesem Moment war er jemand, der alles verloren hatte. Der einen tiefen Schmerz erneut durchlitt. Er rieb sich über das Gesicht. Vielleicht um wieder zurück in die Realität zu kommen.

«Das alles ist vorbei.»

Seine Stimme hatte das gewohnte tiefe Timbre zurückgewonnen. Sie spürte, was er tat. Er ging wieder hinter der Maske der völligen Unnahbarkeit in Deckung.

«Die Dunkelalben bestehen nur aus Energie. Sie sind körperlos. Sie brauchen deshalb einen Wirt, durch den sie agieren. Der Drache kann sie dennoch töten, weil er, wie jeder Wandler, ebenfalls den Zustand der Körperlosigkeit kennt. Während jeder Wandlung durchlaufen wir eine Phase der Nichtexistenz.

Aber ein Löwe oder Wolf kann ihnen nichts anhaben. Nur wir konnten das. Weil wir die mächtigsten magischen Wesen der Welt waren.

Sie rekrutierten bei ihrem letzten Auftauchen in dieser Welt magische Wesen und benutzten sie, um schlimmste Dinge zu tun. Sie selbst können noch nicht hierher kommen, dafür muss der Riss erst groß genug sein. Aber es gibt andere Welten mit anderen Kreaturen, die sie für ihre Zwecke benutzen und die den Riss problemlos passieren können, und sie sind bereits jetzt in der Lage, andere Wesen zu manipulieren. Und ihr oberstes Ziel wird sein, mich auszuschalten.»

Josefine schwieg. Er hatte ihr seinen Schmerz gezeigt, um dann, nur wenige Sekunden später, wieder geschmeidig in seine angestammte Rolle des Alphas zu schlüpfen. Sie fühlte sich, als wäre sie irgendwann einmal falsch abgebogen. Ihre ganze Welt schien plötzlich auf dem Kopf zu stehen. Aber er war es. Ihre Seele wusste das. Warum auch immer. Dieser Mann berührte sie viel zu tief in ihrer Seele – und ihrem Herzen. Zweifel hatte sie keine, dafür aber Fragen. Viele Fragen.

«Valentin.»

Sie sprach den Namen etwas unbeholfen aus. Er klang fremd in ihren Ohren und sie räusperte sich. Sie musste immer wieder an die Worte «Die Verbindung hält bis zum Tod» denken. Sie wusste immer noch nicht, was diese Verbindung überhaupt für Konsequenzen hatte. Das einzig Hilfreiche gegen diese Verwirrung schien ihr, einfach alle Fragen zu stellen, die ihr in den Sinn kamen.

«Sie waren schon einmal auf dieser Welt? Was war damals anders?»

Sie verschränkte Halt suchend die Arme vor der Brust.

Er drehte leicht den Kopf, als habe er Schmerzen. «Ich brachte die magischen Wesen, die sie benutzten, um zu agieren, zur Vernunft. Es gab somit keine direkte Konfrontation mit mir. Nur deshalb funktionierte es. Aber sie haben gelernt. Sie lernen immer. Jetzt werden sie einfach schneller sein, noch mehr Wesen unter ihre Kontrolle bringen und mich vorher töten. Sie laben sich an Schmerz und Leid. Das ist ihr Lebenselixier, und vermutlich geht ihr angelegter Vorrat zur Neige.»

Seine Stimme blieb neutral, aber in seinem Gesicht sah sie Erschöpfung. Sie sah sie nicht nur in seinem Gesicht, sondern in seinem ganzen Körper.

«Die wissen also nicht, dass sie Sie einfach so», sie schnipste mit dem Finger», umbringen könnten, weil Sie zur Zeit gar nicht zum Drachen werden können?»

«Einfach so? In Verbindung mit meinem Tod und dem, was dann folgt, vielleicht nicht ganz die richtige Wortwahl, Dr. Rosenberg.»

Er rieb sich mit den Händen über das Gesicht und blickte auf seine vom Blut roten Handflächen.

«Verdammt.»

Er stand ohne ein weiteres Wort auf und ging ins Bad.

Kapitel 14

Das frische Blut auf seinen Händen zeigte ihm, dass dieser verdammte Streifschuss sich immer noch nicht geschlossen hatte. Was er eigentlich vor mindestens zwei Stunden hätte tun müssen. Außerdem hatte ein sonderbarer Schmerz in fest im Griff. Er musste für einen Moment allein sein. Da war der Ausflug ins Bad eine willkommene Möglichkeit. Aus dem Augenwinkel sah er, wie sie sich ebenfalls erhob und Anstalten machte, ihm zu folgen.

«Sie bleiben hier.»

Nachdrücklich schloss er die Badezimmertür hinter sich. Er wusch sich das Blut von den Händen und warf einen Blick in den Spiegel. Kein so richtig guter Anblick, wie er feststellen musste. Immer noch lief ihm ein rotes Rinnsal über den Oberkörper, folgte der Schwerkraft und tropfte auf den Boden.

Er setzte sich vor die Badewanne und starrte auf die dunkelroten Flecken auf den weißen Fliesen. Weitere Tropfen fielen lautlos herab und ergaben ein chaotisches Muster. Rote Unordnung auf blütenreinem Weiß. So sah es vermutlich auch in seiner Seele aus.

Josefine ließ ihn deutlich spüren, dass er noch am Leben war. In den vergangenen achthundert Jahren hatte er sich schwergetan, dieses Wort mit seiner Existenz in Verbindung zu bringen. Er atmete. Er kontrollierte sich. Er beherrschte den Drachen. Er fühlte sich stumpf und leer und war sich sicher, dass «Leben» sich so nicht anfühlen sollte.

Nun, gerade fühlte er sich zwar müde und ausgelaugt, aber auch unverschämt ... lebendig.

Die roten Tropfen auf den Fliesen begannen langsam ineinanderzulaufen. Er griff sich eines der Hotelhandtücher und drückte es sich gegen die Schulter. Im nächsten Moment klopfte es energisch an die Tür.

Seine Antwort war ein tiefes, dominantes «Nein».

Die Tür öffnete sich und Josefine stand neben ihm. *Seit wann war es möglich, dass sein «Nein» als «Ja» gedeutet wurde?* Es gab kein Wesen auf diesem Planeten, das mit der Definition seines Neins ein Problem gehabt hätte.

Ihre Hände waren schon auf seiner Schulter, bevor er auch nur ausgeatmet hatte, und unwirsch entzog er sich ihr durch eine Drehung des Oberkörpers.

Entrüstet stemmte sie beide Fäuste in die Hüften und funkelte ihn an. «Was wollen Sie eigentlich? Soll ich jetzt mit Ihnen zusammenarbeiten oder nicht? Dann sollte ich Sie schleunigst vor dem Verbluten bewahren. Jetzt stellen Sie sich doch nicht so an.»

Valentin biss die Zähne aufeinander, um das unwillige Knurren zu unterdrücken. Josefine tat permanent das Gegenteil von dem, was er wollte. *Waren alle seine Vesna so gewesen? Unkontrollierbar und entschlossen? Hatte er das einfach vergessen?*

Ein angenehmer Zustand war das auf jeden Fall nicht, aber er hatte wohl keine Wahl. Er brauchte sie. Dass sie ihn dermaßen aus dem Konzept brachte, musste er mit sich selbst ausmachen.

Diese ganzen abstrusen Gedanken spülten eine ordentliche Prise Wut in seine Seele. Wut auf sich selbst und Wut auf Josefine, die immer noch viel zu nah vor ihm stand und ihn jetzt herausfordernd anfunkelt. Dass er eigentlich nichts lieber wollte, als ihre kühlen Hände auf seiner Haut spüren, machte das Ganze nicht besser. Wenn er ehrlich war, war das sogar das Einzige, was er in diesem Moment wollte. Er war sich plötzlich selbst sehr fremd und er musste sich jetzt verdammt noch mal zusammenreißen. Es ging hier weder um Josefine noch um ihn.

Er setzte sich grade hin und hob auffordernd eine Hand. «Also bitte.»

Sie nickte, als habe sie keine andere Reaktion erwartet, und kniete sich mit konzentrierter Miene vor ihn, um an seiner Schulter herumzutupfen. Eine Strähne ihrer roten Locken streifte seine nackte Haut. Der Drache gab einen zufriedenen Laut von sich und drückte sich gegen seine Wahrnehmung. Konzentriert atmete er ein und aus, was jedoch nicht dagegen half, dass sein Herz anfing, schneller zu schlagen.

Er wollte, dass sie ging. Weit weg von ihm.

Er wollte, dass sie ihn berührte, festhielt.

«Ich brauche Pflaster oder Tape oder irgendetwas.»

Suchend blickte sie sich um, während sie das Handtuch mit festem Druck an Ort und Stelle hielt. Ihr Blick landete wieder auf ihm, eine klare Aufforderung in ihren grünen Augen.

Er hatte noch nie jemanden getroffen, dessen Gesicht immer in Bewegung schien. Nun stand ihr offensichtliche Ungeduld in die hübschen Züge geschrieben. Als er nicht sofort reagierte, kam sie ihm noch ein Stück näher. So nah, bis er die fein verteilten zarten Sommersprossen auf ihren Wangen sehen konnte.

Schlagartig war die Nähe nicht mehr auszuhalten. Er konnte aber auch nicht weg, weil er mit dem Rücken gegen die Badewanne gelehnt saß. Was nicht stimmte. Er konnte jederzeit weg. Er war größer und stärker als sie.

Er wollte nicht weg. So einfach war das.

«In der Tasche.»

Selbst seine Stimme klang plötzlich fremd.

«Sie führen tatsächlich eine Rolle Klebeband in Ihrer Reisetasche mit sich? Das ist ja ein sehr günstiger Zufall.»

Sie drehte sich um, ohne ihn loszulassen, und angelte mit einer Hand nach der schwarzen Tasche. Bestimmt nickte sie ihm zu. Er griff in die Seitentasche und zog eine Rolle Sportler-Tape hervor.

«Wo kleben Sie sich das denn sonst üblicherweise hin?», fragte sie, während sie mithilfe eines Waschlappens und eines Klebestreifens einen Druckverband improvisierte.

Er betrachtete ihre zarte elfenbeinfarbene Haut direkt vor seinen Augen, die wilden Locken, der konzentrierte Ausdruck in ihren grünen Augen. Der Wunsch, sie zu berühren, war beinahe übermächtig.

«Frage. Antwort?»

Sie riss einen weiteren Streifen des schwarzen Bandes mit den Zähnen ab. Sie schien offenbar völlig überzeugt, dass sie immer eine Antwort auf ihre Fragen bekam. Überhaupt sprach sie mit ihm, als wäre er einfach nur ein ganz normaler Mann. Das war ihm nun mal seit ... sehr langer Zeit nicht mehr passiert.

Trinidad sprach manchmal so mit ihm, und er machte sich oft nicht mehr die Mühe, sich auf einen Machtkampf mit ihr einzulassen. Doch wenn er wollte, hatte er auch seine Ex-Frau im Griff. Bei Josefine dagegen hatte er aber offenbar keine Chance. Er konnte ihre Seele nicht manipulieren.

«Hallo. Was machen Sie sonst damit?»

Sie wedelte mit der Rolle Klebeband vor seiner Nase herum.

«Wozu müssen Sie das wissen?»

Er drehte leicht den Kopf, um jetzt doch ein klein wenig Distanz zwischen sich zu bringen.

«Ich bin chronisch neugierig.»

Sie pfefferte die Rolle zurück in die Tasche, woraufhin er sich nach vorne beugte, das Tape griff, um es in der Seitentasche zu verstauen. Da, wo es hingehörte. *Wie konnte man nur so unachtsam sein? Sollte eine Ärztin nicht ein gewisses Maß an Ordnungssinn haben?*

«Außerdem muss ich ja irgendwie ein wenig mehr über Sie erfahren. Und wenn ich das weiß, werden Sie mir erzählen, was es mit dieser Verbindung auf sich hat.»

«Knie.»

Er musste seinen Kopf davon abhalten, sich ihr wieder zuzuwenden. Sie zog ihn an wie das Licht die Motte. Ob er es nun wollte oder nicht.

«Ihre Schwachstelle? Sollte ich ja kennen.»

Auffordernd nickte sie ihm zu.

Er zuckte die Achseln. «Ich bin schon ein etwas älteres Semester. Wie es meinem Drachen geht, weiß ich nicht. Vermutlich besser.»

Ohne den Drachen alterte er, wenn auch sehr langsam. Wunden heilten immer noch schneller als bei Menschen, aber ohne den Wandel blieben Narben.

«Okay, dann weiter zu dieser ominösen Verbindung.»

Sie ließ sich ihm gegenüber auf die Fliesen plumpsen und schmiss das blutige Handtuch in die Ecke unter das Waschbecken.

Er kämpfte kurz mit sich, konnte aber nicht anders. Langsam beugte er sich nach vorne, um das Handtuch wenigstens in die Badwanne zu legen. Auch kein guter Aufbewahrungsort, aber allemal besser als zerknüllt in der Ecke.

Er legte die Unterarme auf die Knie und ignorierte ihre amüsiert nach oben gezogenen Augenbrauen. Er musste sich freimachen von der Macht, die sie offensichtlich auf sein Gefühlsleben hatte. Es ging hier um so viel. Sie konnte noch nicht einmal ansatzweise erahnen, um wie viel. Sie war einfach zu jung.

Er schloss für einen Moment die Augen und versuchte sich zu sammeln. «Ich sehne mich nach dem Fliegen. So unfassbar, dass es wehtut. Seit Jahrhunderten.»

Oha, das hatte er gar nicht so sagen wollen. So viel hat er in den vergangenen Jahren nicht von sich Preis gegeben. Dennoch sprach er weiter.

«Die Verbindung eines Drachen und seiner Vesna erfolgt durch ein Ritual, das im Schutz des Rudels von den Ältesten abgehalten wurde. Ich habe das Ritual jedes Mal besiegelt. Insofern kenne ich es gut. Es gibt körperliche Nähe und manchmal auch eine sexuelle Verbindung. Die muss aber nicht sein.»

Sie sah ihn an, und er konnte es förmlich hinter ihrer Stirn rattern sehen.

«Jetzt der Teil mit bis zum Tod», murmelte sie.

Ihre sonst so facettenreiche Mimik wirkte erstarrt, was nicht weiter verwunderlich war. Immerhin würde er ihr gleich erklären, dass sie ihn bis ans Ende ihrer Tage nicht mehr loswerden würde.

«Die Verbindung hält bis zum Tod. Ihrem Tod. Eine Vesna, die durch das Ritual an einen Drachen gebunden ist, altert langsamer als ein Mensch. Aber auch sie stirbt irgendwann.»

Sie machte eine ungeduldige Bewegung mit der Hand, offensichtlich hatte sie nicht auf das ewige Leben spekuliert. «Was heißt das genau? Müssen wir dann auf ewig zusammenbleiben? Kann ich nie heiraten, Kinder bekommen und das alles? Weil ich mit Ihnen verbunden bin?»

Sie hatte sich bei diesen Worten nach vorne gelehnt. Er erkannte deutlich, welche Angst sie vor seiner Antwort hatte.

«Ich weiß es nicht. Weil es sonst immer ein Rudel gab. Jetzt sind wir die beiden Letzten. Ich habe keine Ahnung, wie sich das auswirkt.»

Das war die Wahrheit. Er beobachtete ihr Gesicht bei diesen Worten, wie sie in offenbar höchster Ungeduld die Stirn runzelte.

«Mann, wie hat es sich denn früher ausgewirkt?»

Ihre Stimme war nachdrücklich. Vermutlich hätte sie ihm die Worte am liebsten persönlich aus dem Mund gezerrt.

«Es gab nicht bei jedem Paar eine Ausschließlichkeit. Bei manchen war es ... na ja, Liebe. Bei anderen nur Zweckmäßigkeit. Aber ich weiß nicht, wie es jetzt sein wird. Letzteres vermutlich.»

Er wusste tatsächlich nicht, was passieren würde. All dies entzog sich seiner Kontrolle. Genauso wie es sich seiner Kontrolle entzog, dass er Josefine, wie sie dort mit finsterer Miene auf dem Boden kauerte, so attraktiv fand, dass es ihn schon beinahe schmerzte.

«Aber ich habe keine andere Wahl, richtig?» Das Ganze war mehr eine Feststellung als eine Frage. «Wie geht es jetzt weiter?»

Ihre grünen Augen wirkten plötzlich wieder müde, wie vorhin im Sessel, und sie zog die Knie vor die Brust, als würde sie frösteln. Allerdings waren das die einzigen äußerlichen Anzeichen dieser Informationsflut, mit der er sie gerade konfrontiert hatte. Ansonsten wirkte sie ruhig und überlegt. Müde zwar, aber es war ja auch mitten in der Nacht. Selbst er spürte die Erschöpfung nach sich greifen.

«Wir fahren an einen Ort, wo wir das Ritual durchführen können. Allerdings benötigen wir den Schutz der Dunkelheit, insofern haben wir noch ein wenig Zeit. Heute Nacht würden wir es nicht mehr schaffen und sie müssen schlafen.»

Sie sah ihn an, als wolle sie etwas sagen, nickte aber schließlich nur. Gut, immerhin hatte es diesmal keine Widerworte gegeben. Für den Moment war er bereit, schon das als Sieg zu werten.

Kapitel 15

Er hatte recht. Sie musste schlafen. Nach all diesen Offenbahrungen fühlte Josefine sich, als wäre ein Güterzug über sie hinweggedonnert. Zu allen Fragen, die über den Zeithorizont der heutigen Nacht hinausgingen, gab es nur ein Achselzucken von ihm.

Er hatte ihr zwar die grundsätzlichen Dinge erzählt, war aber nicht ins Detail gegangen. Leider betrafen genau diese Details ihre persönliche Zukunft. Ihr war nicht klar, ob er es selbst nicht wusste oder es ihr einfach nicht erzählen wollte.

Sie war eigentlich nie ein leichtgläubiger Mensch gewesen. Sie hatte die Dinge immer hinterfragt. Aber ihm glaubte sie. Ohne den geringsten Zweifel, ohne Wenn und Aber. Ja, es klang alles verworren, kompliziert und gefährlich.

Leider fühlte es sich richtig an.

Genau diese vorbehaltlose Hinnahme ihres Hirns machte ihr Sorgen. Es wäre ein Leichtes gewesen, ihm zu unterstellen, dass er sie manipulierte. Aber genau das tat er nicht. Das hätte sie ebenso gespürt, wie sie seine Macht bisher immer als aufbrausende Energie um sich herum fühlen konnte. Nein, er konnte sie schlicht nicht manipulieren.

Sie beschloss, nach ein paar Minuten des Schweigens, das große Kingsize-Bett in der Suite zu benutzen und zu schlafen. Ihr Geist brauchte dringend Ruhe und ihr müder Körper fühlte sich geradezu magnetisch von den weichen Kissen angezogen.

«Okay.»

Sie kam auf die Füße, zog sich die Schuhe aus, schubste sie in eine Ecke des Badezimmers und lief barfuß über die Fliesen zurück in das Schlafzimmer der Suite. Auf halber Strecke blieb ihr Blick an Oskar hängen, der schwach hechelnd immer noch auf der Seite lag.

«Soll ich ihn mir mal anschauen?»

Eine rhetorische Frage, sie würde sich das Tier auf jeden Fall noch genauer ansehen. Aber es schien hilfreich, wenigstens so zu tun, als würde er mitentscheiden.

Sie hockte sich vor den Hund. Valentin trat neben sie und ließ sich ebenfalls auf die Knie sinken. Den Druckverband hatte er wieder abgenommen. Die Wunde hatte endlich aufgehört zu bluten.

Er legte eine Hand auf die Flanke des Tieres. «Denken Sie, Sie können ihm helfen?»

Oskar war zwar kein Mensch, aber ihre Gabe sollte alles einschließen, was über ein funktionierendes Nervensystem und ein schlagendes Herz verfügte.

«Ich setze jetzt meine Gabe ein», warnte sie ihn.

Es klang sarkastischer, als es beabsichtigt war, aber er zog nur seine Hand zurück und ließ sich kommentarlos auf die Fersen sinken.

Sie legte ihre rechte Hand auf den Brustkorb des Tieres und die linke auf den obersten Punkt seines Schädels. Oskar blieb still liegen. Ein leichtes Zucken dort, wo eigentlich seine Rute hätte sein sollen, verriet ihr allerdings, dass er der Behandlung nicht ablehnend gegenüberstand.

Sie schloss die Augen und spürte der Wärme nach, die durch ihre Handinnenseite auf den Hund überging. Schon nach wenigen Sekunden konnte sie einen brennenden Schmerz ausmachen. Ihre Hände folgten der Fährte, bis sie am Schultergelenk des Tieres angelangt waren. Sanft umfassten ihre Finger den Vorderlauf, ohne ihn jedoch zu bewegen. Oskar gab ein leises Jammern von sich, und sie spürte sich noch intensiver in das komplexe Geflecht aus Knochen, Sehnen und Muskulatur ein.

«Ich glaube, das Problem ist die Schulter-Muskulatur. Vermutlich hat er sich etwas gezerrt. Dieser Schmerz hat ihn völlig durcheinandergebracht. Deshalb hat er so gezittert.»

Ihre Hände glitten weiter, berührten hier und da das Fell, aber nur noch an einigen Stellen. Ansonsten hielt sie zwischen ihren Handflächen und dem Körper des Hundes immer einige Zentimeter Abstand.

«Ein muskuläres Problem, ich bin mir sicher. Ich versuche, den Schmerz ein wenig zu lindern, damit er schlafen kann.»

Sie blickte das erste Mal auf, während ihre Hände weiter über der betroffenen Stelle schwebten. Valentins Gesicht war dem ihren so nahe, dass sie unwillkürlich zurückwich. Sie hatte nicht gespürt, dass er während der Behandlung dichter an sie herangerückt war. Seine Augen waren nicht mehr braun. Gelbe Flammen tanzten jetzt auf dem Untergrund der jadegrünen Iris.

Seine Augen konnten die Farbe wechseln, so viel hatte sie mitbekommen, aber dass sie von solch einer Farbenpracht waren, sah sie zum ersten Mal. Die Muster veränderten sich beständig, waren *keine* Muster, sondern willkürlich gezogenen Farbflammen. Es war wunderschön und ihr stockte der Atem. Lange sah sie ihn einfach nur an, bis er den Kopf senkte und die Augen schloss, als wolle er sie aussperren.

Sie war von dieser Reaktion überrascht. «Valentin?»

Wortlos stand er auf.

Okay, dann keine Kommunikation mehr. War ihr auch recht. Sie ließ die Energie noch ein paar Minuten fließen, bis sie spürte, dass der Hund langsam anfing, sich zu entspannen. Sie strich ihm ein letztes Mal über den Bauch.

«Schlaf gut», murmelte sie, erhob sich ebenfalls und steuerte die verlockenden Kissen des großen Bettes an. «Ich schlafe im Bett. Wo schlafen Sie?»

«Sessel.»

Seine Stimme war rau. Tatsächlich hatte er sich auf einen der großen, mit kostbarem Seidenstoff bezogenen Ohrensessel niedergelassen. Die Beine hatte er auf dem kleinen Tisch davor gekreuzt.

«Gute Nacht.»

Sie erwartete keine Antwort und bekam auch keine. Sie warf seiner großen Gestalt noch einen letzten Blick zu und schlüpfte komplett bekleidet ins Bett. Sie zog sich die mit herrlich glattem Stoff bezogene Decke bis unter das Kinn und rollte sich ein. Sie war komplett durcheinander und hundemüde. Aber seine Anwesenheit beruhigte sie. Was schon sonderbar war, schließlich kannte sie ihn kaum. Okay, wohl eher gar nicht. Trotzdem hatte das Wissen, dass er nur wenige Meter von ihr entfernt war, etwas sehr Tröstliches.

Die ersten Minuten sorgte sie sich noch, ob sie den bitter nötigen Schlaf finden würde, aber nur wenige Atemzüge später spürte sie, wie der warme Sog der Träume sie mit sich nahm.

Gott, was vermochte diese Frau mit ihm anzustellen?

Valentin hatte das Licht gelöscht, starrte aber mit weit geöffneten Augen in die Dunkelheit, in der er ihren Körper unter der Bettdecke ausmachen konnte.

Sie war so sonderbar. Sein «Nein» war in ihrer Welt ein «Ja». Sie war chaotisch und schien seinen Sinn für Ordnung belustigend zu finden.

Noch viel mehr verwirrte ihn allerdings ihre Stärke. Die Fähigkeit, eine Notwendigkeit zu erkennen und anzunehmen. Sie hatte sich alle Fakten angehört und dann eine Entscheidung getroffen. Ohne großes Lamento, ohne damit zu hadern. Das alles verwirrte ihn. Es war einfach zu lange her, dass er jemandem begegnet war, der sich ihm gegenüber völlig authentisch und normal verhalten hatte.

Das, was er heute Abend kennengelernt hatte, war eine echte Frau. Eine Frau, die Entscheidungen traf und nicht einmal im Traum daran dachte, sich von ihm am Umsetzen eben dieser hindern zu lassen. Vermutlich würde nur rohe Gewalt sie von irgendetwas abhalten, was sie sich in den Kopf gesetzt hatte.

Außerdem hatte sie ihre Gabe benutzt. Direkt vor seinen Augen. Und er hatte es akzeptiert, um Oskars willen.

Sie hatte ihn zwangsverarztet – schon zum zweiten Mal –, und auch das hatte er so hingenommen. Ganz nebenbei hatte sie auch noch die Suite verwüstet. Keine Stunde war sie da und im Bad befanden sich ihre Schuhe, ihr iPhone lag auf dem Teppich neben dem Bett und sowohl ihre Jacke als auch ihre Handtasche lagen irgendwo neben und hinter dem Fernseher herum.

In seinem Leben hatten die Dinge ihren Platz. Das mochte durchaus zwangsneurotische Züge haben, aber er brauchte diese Ordnung. In seiner Umgebung und in seiner Seele. Josefine aber offensichtlich nicht. Erschöpft schloss er die Augen. Irritiert von gleich zwei fremden Atemgeräuschen öffnete er sie allerdings sofort wieder.

Oskars Atemfrequenz hatte sich nach ihrer Behandlung normalisiert. Er war dankbar dafür. Auch wenn er die Sorge um ihn säuberlich unter Verschluss gehalten hatte, war sie seit dem Zusammenstoß auf der Landstraße doch permanent da gewesen und hatte an ihm genagt. Auch Josefines Atem ging jetzt langsamer. Sie hatte sich aus ihrer zusammengerollten Position auf den Rücken gedreht und hielt eines der Kissen fest im Arm. Die Decke bedeckte nur knapp ihre Hüfte.

Ehe er darüber nachdenken konnte, erhob er sich und ging leise zum Bett. Mit einer vorsichtigen Bewegung zog er die Decke etwas höher und blieb dann regungslos neben dem Bett stehen und sah auf die schlafende Frau hinab. Er hatte sie zugedeckt, damit sie nicht fror. *Warum tat er das?*

Sie murmelte etwas im Schlaf und drehte sich ein wenig zur Seite, und auf eine seltsame Art fühlte er sich ertappt. Langsam ging er zurück zum Sessel und setzte sich. Er hob die Hände vor das Gesicht und schloss die Augen, um etwas Ordnung in sein chaotisches Inneres zu bringen.

Er war erschöpft. Selbst für ihn legitim. Verwirrt. Auch okay, solange er es für sich behielt. Aber da war noch etwas. Etwas fast nicht Greifbares. Etwas, was sein kaltes Herz wärmte. Was auch immer es war, er hatte jetzt keine Zeit, sich damit zu befassen.

Er lehnte sich in den Sessel zurück, schloss die Augen und befahl sich einzuschlafen, als ein jäher Schmerz durch seine

Schläfen zuckte. Mit einem leisen Aufstöhnen presste er die Hände gegen die Stirn. Für einen Moment umgab seine Wahrnehmung der altbekannte Nebel, der üblicherweise einem Anfall vorausging. Lauernd beobachtete er das Innere seines Kopfes, aber es kam keine weitere Schmerzattacke. Vorsichtig schloss er die Augen und lauschte Josefines sanften Atemzügen.

Kapitel 16

Josefine brauchte einige Minuten, um bedächtig dem Zustand des Erwachens entgegenzudämmern. Ganz entfernt klingelte etwas, dann verstummte der Ton abrupt, um nur wenige Sekunden später wieder einzusetzen.

Schlagartig brach die Erinnerung der vergangenen Nacht über sie herein. Mit einem Ruck setzte sie sich im Bett auf. In der nächsten Sekunde wurde ihr bewusst, dass es Valentins Handy war, das immer weiterklingelte. Sie rutschte aus dem Bett und tastete sich durch das halbdunkle Zimmer, bis zu dem Sessel vor, auf dem Valentin sich wenige Stunden zuvor niedergelassen hatte.

«Valentin?» Sie ertastete seine Kontur und rüttelte vorsichtig an seiner Schulter. «Dein Handy klingelt.»

Warum wurde er nicht wach? Sie drückte seinen Oberarm so fest sie konnte. Selbst durch den Stoff des Shirts spürte sie eine Eiseskälte, die ihn umgab. Oskar tauchte neben ihr auf und stupste ihr leise winselnd gegen die Knie.

«Valentin!»

Jäh setzte er sich auf. Er schüttelte benommen den Kopf und blinzelte sie an.

«Dein Handy ...», begann sie erneut, da hatte er das Gespräch schon entgegengenommen, die Stimme rau vom Schlaf.

Am anderen Ende der Leitung hörte sie nur ein tiefes Murmeln. Valentin rieb sich mit einer Hand über das Gesicht, während er zuhörte.

«Beordere den gesamten Rat ein. Wir treffen uns in meinen Wochenendhaus. Und das so schnell wie irgend möglich.»

Er drückte das Gespräch weg und saß für ein paar Sekunden regungslos vor ihr. Dann blickte er auf.

«Sie haben den Riss geortet. Laut der genauen Koordinaten befindet er sich über dem Taunus. Ich habe in der Nähe ein Haus, wir werden uns alle dort treffen, um das Ritual für das Schließen des Risses vorzubereiten.»

«Was ist mit dir?»

Sein Zustand schien ihr in diesem Moment wesentlich dringlicher als dieser Riss. Sie setzte sich auf den kleinen Tisch vor dem Sessel und knipste die Leselampe an. Er war blass. Die Erschöpfung stand ihm deutlich in das attraktive Gesicht geschrieben.

«Sind wir zum ‹du› übergegangen?», fragte er stattdessen zurück.

Sie schnaubte. Fragen zu seinem Wohlergehen schien Valentin grundsätzlich nicht zu beantworten.

«Wir wollen doch die Welt retten. Da würde ich meinen Teampartner gerne beim Vornamen nennen.»

Der Sarkasmus in ihrer Stimme war ihm wohl nicht entgangen, denn er beugte sich leicht nach vorn, eine vermutlich bissige Erwiderung schon auf den Lippen, als er zusammenzuckte und scharf ausatmete.

Oh nein, das war nicht gut. «Dir geht es beschissen», stellte sie fest und streckte die Hand aus, um ihn erneut am Arm zu berühren, doch er wich zurück.

«Wir müssen fahren», murmelte er und stand auf.

Sie beobachtete ihn, wie er im Badezimmer verschwand, und es entging ihr nicht, dass er unsicher auf den Beinen war.

Als die Tür hinter ihm ins Schloss fiel, brummte sie unwillig: «Dann eben nicht.»

Aber es war nicht so einfach, seine schlechte Verfassung abzutun. In ihr saß von einem Moment auf den anderen eine tiefe, nagende Sorge. Sie war Ärztin, sie kannte dieses Gefühl nur zu gut, das sie dazu brachte, auch nachts um drei noch einmal in der Klinik anzurufen, um sich nach der Entwicklung eines kritischen Patienten zu erkundigen.

Doch diese Sorge war tiefer, brennender. Sie schien näher bei ihr zu sein. Dabei kannte sie ihn doch kaum, und er schien ganz offensichtlich ausgesprochen gut in der Lage zu sein, selber auf sich aufzupassen.

Rasch, um diesem kreisenden Gedanken zu entkommen, machte sie sich daran, ihre Handtasche zu suchen, und fand sie auf dem kleinen Tisch beim Fernseher. Dabei warf sie im Vorbeigehen einen Blick in den bodentiefen Spiegel, der an der Wand hing.

Sowohl ihre vormals elegante Stoffhose als auch der feine Kaschmirpullover sahen genauso aus, wie Klamotten nun mal aussahen, wenn man die Nacht in ihnen verbracht hatte. Zerknittert und zerdrückt. Der Zustand ihrer roten Locken war keinesfalls besser.

Sie zog ihre Haarbürste aus der Tasche und zähmte ihre Haarpracht, dann band sie sie mithilfe eines Haargummis zu einem festen Pferdeschwanz. Der Rest würde so bleiben müssen, für weitere Sorgen um ihr Äußeres hatten sie vermutlich keine Zeit. Sie sammelte die anderen Dinge zusammen, die sie am gestrigen Abend verteilt hatte, und war nur wenige Minuten später startklar.

Valentin erschien wieder, die dunklen Haarsträhnen glänzten feucht, als habe er sein Gesicht unter den Wasserhahn gehalten. Er schien sich ein wenig erholt zu haben und hielt bei ihrem Anblick inne.

«Ich mag es, wenn deine Haare offen sind», sagte er leise.

Als wäre er selbst überrascht von diesen Worten, wandte er abrupt das Gesicht ab und fing an, seine auf dem Tisch liegenden Papiere und den Autoschlüssel einzusammeln.

Natürlich, andere Probleme hatten sie ja auch nicht. Ihr lag eine bissige Bemerkung über Männer, die eine Meinung zu weiblichen Frisuren hatten, schon auf der Zunge, als er ihr einen sonderbaren Seitenblick zuwarf. Für den Bruchteil einer Sekunde zog die zwischen braun und grün changierende Farbe seiner Augen sie in den Bann. Und als wäre der Blick in Valentins Augen ein Geigenbogen, fing plötzlich eine Saite in ihr an zu schwingen, von deren Existenz sie nichts gewusst hatte.

Sie machte sich solche Sorgen um ihn, weil sie ihn mehr mochte, als sie es selber je für möglich gehalten hätte.

***

Er war es gewohnt, körperliche Schwäche zu verbergen. Das Leben, das er lebte, war nicht geeignet, um irgendeine Form von Erschöpfung zuzulassen. Allerdings war das vor Josefine nicht möglich. Sie saß vor ihm, die grünen Augen leicht zusammengekniffen, und stellte sehr pragmatisch fest: «Dir geht es beschissen.»

Im ersten Atemzug wollte er ihr widersprechen. Im zweiten war er ins Badezimmer geflohen. Es dauerte eine ganze Weile, bis er endlich begriff, dass sie seine Erschöpfung nicht nur in seinem Gesicht lesen konnte, sondern spürte. In ihrer Seele.

Weil ihre Seelen still und heimlich begonnen hatten, auf einer tieferen Ebene miteinander zu kommunizieren. Im Gegenzug spürte er ihre Sorge.

Sorge um ihn.

Er war nicht in der Lage, das zu verstehen. Was zum Teil wohl auch an seinem vernebelten Geist lag. Deshalb drehte er sich weg und gab vor, seine Sachen zu sortieren, während sie ihn beobachtete. Verdammt, er wollte nicht, dass sie ihn so ansah. Er hasste diese Sorge in ihrem Blick.

«Wir müssen fahren.»

Seine Stimme klang spröde, wie ausgedörrt. Dass sie seine Erschöpfung spürte, hieß ja nicht, dass er sie auch aussprechen musste. Er hatte schlicht keine Ahnung, was mit ihm los war.

«Wir müssen herausfinden, was mit dir ist!»

Empörung blitzte in ihren Augen auf. Energisch stand sie ebenfalls auf, so dass fast der kleine Tisch umfiel, auf dem sie gesessen hatte. Statt einer Antwort griff er ohne nachzudenken nach ihrer Hand. Ein Impuls, keine kontrollierte Handlung. Der Drang ihre Nähe zu spüren war übermächtig und begrub augenblicklich seine eiserne Disziplin.

Sie zuckte nicht zurück. Sie entzog ihm auch nicht ihre Hand. Stattdessen schien sie, genau wie er, den einsetzenden Wärmestrom zu spüren, der wie von allein durch ihrer beider Handflächen zu kreisen begann.

Ihre Augen weiteten sich, dann trat sie näher zu ihm heran, verharrte in dieser Position. Er hielt sich an ihrer Hand fest. Dieser Körperkontakt war beruhigend, löste seine Schwäche etwas und gab ihm Halt. Durchaus etwas, was ihn fast mehr verwirrte als eine ganze Horde angriffslustiger Dunkelalben.

Verstört murmelte er: «Es ist nichts», sich deutlich bewusst, dass sie wusste, dass er log.

Es war schwierig, sich von ihr zu lösen, und letztendlich war sie es, die murmelte: «Valentin, wir müssen gehen.»

Sie erreichten den Aston Martin in der Tiefgarage und er verstaute seine Reisetasche im Kofferraum. Josefine stand neben der Tür zur Fahrerseite und hielt ihm die Hand entgegen.

«*So* fährst du nicht.»

Ihre grünen Augen blitzten kampfeslustig auf und wortlos drückte er ihr den Schlüssel in die Hand. «Du kannst doch Auto fahren?»

Er ließ Oskar in den Fußraum der Beifahrerseite hüpfen und glitt auf den Beifahrersitz. Sie ließ den Schüssel in die Mittelkonsole gleiten und drückte zielsicher auf den Startknopf im Armaturenbrett. Dann drehte sie sich zu ihm herum, eine Augenbraue drohend in die Höhe gezogen.

«Ich arbeite hauptberuflich mit fremden Herzen und sehr scharfen Gegenständen, und ja, ich kann auch Auto fahren.»

Sie lenkte den schweren Wagen souverän über die nach oben führende Spindel aus der Tiefgarage und bog in die um diese Uhrzeit noch leeren Straßen von Hamburg ein.

«Erzähl mir von diesem Ritual.»

«Von welchem?»

Er lehnte den Kopf fest gegen das Sitzpolster. Ihm war plötzlich schwindelig.

«Von dem Ritual, wo sich der gesamte Rat trifft. Über das andere sprechen wir ... später.»

Er drehte den Kopf und öffnete die Augen wieder. Eine Spur

von Unsicherheit hatte ihre Züge verdunkelt, war aber sofort wieder verschwunden. Ganz entfernt meinte er einen Hauch Verwirrung wahrzunehmen. Ein Gefühl, das dem seinen durchaus ähnlich war. Das Schwindelgefühl war plötzlich wieder da.

«Bei jedem Ritual wird sehr viel magische Energie freigesetzt. Dieses Ritual ist allerdings elementarer, weil direkt in die atmosphärische Hülle eingegriffen wird, die unsere Welt von den anderen Welten trennt. Es bedarf eine massive Form magischer Energie, um den Riss wieder zu schließen. Und wie jedes andere Ritual auch wird durch die freigesetzte Energie der Riss erstmal vergrößert. Ich werde die Alben daran hindern, während dieser Zeit in unsere Welt zu gelangen.»

Sie schwieg einen Moment. Er hörte ihre Atemzüge in der Stille des Wagens überdeutlich.

«Valentin?»

Er drehte leicht den Kopf und blickte in ihre grüne Iris. Sie hatte ihm den Kopf zugewandt.

«Wenn du mir nicht sagst, was mit dir los ist, kann ich dir nicht helfen.»

Glaubte sie etwa wirklich, ihm helfen zu können? Er trug die Verantwortung. Auch für sie. Es konnte nicht andersherum sein. Dieser Gedanke riss ihn zurück in die Realität. Er griff nach seinem Smartphone und suchte mit steifen Fingern Duponts Nummer im Telefonbuch. Nach einem Klingeln drang die atemlose Stimme des Ratsvorsitzenden an sein Ohr. «Sire?»

Der Schmerz nahm aus unerfindlichen Gründen schlagartig zu. Für den Bruchteil einer Sekunde hielt er inne, damit er sich nicht in seine Stimme schlich.

«Hol Clemens als Alpha dazu.»

Armand Dupont atmete einmal hörbar ein. «Bei allem Respekt, ich halte das für keine gute Idee.»

Valentin kontrollierte seine Stimme ganz bewusst. «Aber ich.»

Sie würden nach dem Tod der beiden Ratsmitglieder jeden brauchen, der auch nur über einen Hauch von Magie und Macht verfügte. Es war sonderbar, dass Dupont noch nicht selbst auf den Gedanken gekommen war. Allerdings hielt er Wandler in jeglicher Spielart für eine Abart der Natur und somit nicht würdig, sich einem Ritual dieser Größenordnung anzuschließen. Ihm zollte er zwangsläufig Respekt, weil seine Macht über die eines Alphas weit hinausging. Er zollte ihm Respekt, weil Dupont schlicht und ergreifend Angst vor ihm hatte.

Dupont räusperte sich geräuschvoll. «Ich werde mich darum kümmern.»

Der Magier war klug genug, seine ablehnende Haltung dieser Entscheidung gegenüber für sich zu behalten. Ungeschickt drückte Valentin auf die plötzlich viel zu kleine Taste, um das Gespräch zu beenden.

Das Telefonat hatte ihn erschöpft. Müde legte er einen Arm über die Augen, um die Welt und auch Josefines steten Seitenblick auszublenden. Er musste den unvermeidlich entstehenden Riss in der Atmosphäre kontrollieren. Wenn er nicht in der Lage war, diese Schwäche abzuschütteln, war alles verloren.

Für einen Atemzug lang war die selbst geschaffene Dunkelheit wohltuend, doch dann begann sein Hirn seltsame Botschaften an seinen Körper zu schicken. Ein heftiger, wellenartiger Schmerz war die Antwort darauf.

«Ich habe Schmerzen.»

Und es kostete ihn viel, das zu sagen.

«Warum?»

Sie trieb den Wagen über die scharfe Kurve der Auffahrt auf die Autobahn und wechselte dort direkt auf die linke Spur. Die Schmerzen bohrten sich jetzt auch in seinen Kopf. Langsam ging ihm die Luft aus.

«Vor mir brauchst du dich nicht verstellen. Ich spüre deine Erschöpfung als wäre es meine eigene.»

Wieder flog ein Blick von ihr zu ihm, der ihn sogar für einen kurzen Moment den Schmerz vergessen ließ. In ihren Augen glitzerten Funken, die er nicht recht deuten konnte.

«Verdammt noch mal, ich kann spüren, dass es dir schlecht geht. Jetzt hör auf mit dem Theater. Ich frage dich jetzt noch einmal: Was ist mit dir los?»

Sie war plötzlich wütend. Sehr wütend. Ihre Wut beeindruckte ihn. Vermutlich war das auch der Grund, warum er völlig ehrlich antwortete: «Ich weiß es nicht.»

«Das ist schon mal eine bessere Antwort als ‹nichts›», fuhrt sie ihn an. Das Funkeln in ihren Augen war also Wut. «Hattest du schon einmal solche Symptome? Können sie irgendetwas mit dem Anfall im Hotel zu tun haben?»

Ihre Stimme war scharf, während sie starr auf die Straße blickte. Dennoch war sie ganz in seine Richtung orientiert, hatte all ihre Sinneskanäle eingeschaltet. Er spürte, wie sie ihre Fühler nach ihm ausstreckte, spürte, wie ihre sonderbare Gabe sanft durch seine Wahrnehmung huschte.

Er schüttelte den Kopf. «Nein. Damit hat das nichts zu tun.»

Er überlegte einen Moment, soweit das mit seinem in Mitleidenschaft gezogenen Hirn überhaupt ging. Irgendetwas blitzte auf. Er bekam es erst nicht wirklich zu fassen, doch dann fiel es ihm ein.

«Der Unfall.»

Danach hatte diese körperliche Schwäche begonnen. Die Platzwunde an seiner Schläfe war zwar verheilt, aber schon dieser Selbstheilungsprozess hatte ihn mehr Kraft gekostet, als es üblich war. Konzentriert schloss er die Augen, versuchte bewusst den körperlichen Schmerz auszublenden, um hinter den Schleier seiner verschwundenen Erinnerung zu sehen.

«Der erste Angriff auf der Landstraße. Danach war mein Autodach nass. Allerdings nur das Dach. Mir ist etwas von dem Zeug in den Kragen getropft, als ich ausgestiegen bin.»

«Hat es nach irgendetwas gerochen?»

Er zuckte die Achseln, froh, wenigstens diese wenigen Informationen aus seinem Kopf herausbekommen zu haben. Jedoch schien Josefine das anders zu sehen. Sie zog den Wagen in einer abrupten Bewegung nach rechts und donnerte mit nahezu unverminderter Geschwindigkeit über die Ausfahrt, die plötzlich aufgetaucht war. In der Kurve zum Parkplatz trat sie hart auf die Bremsen und drosselte die Geschwindigkeit. Die Räder quietschten unwillig.

«Bist du irre?», fragt er wirklich entsetzt, während sie den Wagen ungerührt an zwei parkenden Lkws vorbeisteuerte und direkt hinter einem dicht belaubten Baum parkte.

Wortlos ließ sie den Gurt aufschnellen, drehte sich zu ihm herum und presste ihm mit Nachdruck beide Hände auf die Brust. Mit einem letzten düsteren Blick schloss sie die Augen und biss sich in höchster Konzentration auf die Unterlippe.

Er hielt ganz still. Erst jetzt begriff er, was sie vorhatte. Ihre unbändige Energie kreiste durch seinen Körper. Er spürte ihre Wärme, die sich langsam in seinem Nervengeflecht ausbreitete. Spürte, wie sich sein Herzschlag erhöhte und der Drache ob dieser so plötzlich geschenkten Nähe zur Ruhe kam. Für einen Moment vergaß er den Schmerz. Für einen kurzen Moment vergaß er alles um sich herum. Er spürte in der sanften Wärme ihrer Berührung, wie auch ihr Puls sich erhöhte.

Gänzlich unerwartet öffnete sie die Augen, und er versank in der strahlenden Intensität ihres Blickes. Die Sekunden verstrichen, bewegungslos verharrten sie. Dann drehte sie den Kopf, entzog sich ihm und ging in Deckung hinter der kühlen Professionalität ihres Berufes.

«Dein Körper versucht, sich selbst zu heilen.»

Ihre nüchterne Stimme holte ihn zurück in die Realität. Sie löste ihre Hände von seiner Brust, dennoch fühlte er ihren Widerwillen. Er spürte, dass auch sie diese Nähe genossen hatte.

«So fühlt es sich an», stimmte er leise zu.

Der Nachhall dieses Momentes schwang noch in seinen Adern und er räusperte sich.

«In deinem Organismus ist irgendetwas, was da nicht hingehört. Was diesen Selbstheilungsprozess auslöst. Immer und immer wieder aufs Neue.»

Das war eine sehr präzise Erklärung für seinen Zustand. Ihre Gabe schien ihr recht kategorische Rückschlüsse zu ermöglichen. Unter anderen Umständen hätte ihn das vermutlich beeindruckt. Jetzt allerdings war es ihm fast egal, er wollte ihre Hände auf seiner Brust spüren. Sie hatten den Schmerz mit sich genommen.

«Ich weiß allerdings nicht, was das ist.»

Frustration stand ihr in das hübsche Gesicht geschrieben. Sie hatte die Lippen fest aufeinandergepresst und die Augen geschlossen, als spürte sie den Empfindungen in ihren Händen nach.

«Ich habe das schon einmal gespürt. Aber ich weiß nicht mehr wo, geschweige denn, was das war.»

Sie ließ sich wieder auf den Fahrersitz gleiten und griff zum Anschnallgurt. «Scheiße», murmelte sie und ließ den Wagen wieder an.

Das sah alles nicht gut aus. Für ihn und für diese Welt.

Allerdings fühlte er sich ziemlich umnebelt, und dass der Schmerz so plötzlich verschwunden war, brachte seinen Kreislauf ein wenig durcheinander. Deshalb hatten diese elementaren Dinge für diesen Moment gar keine so große Bedeutung. Denn da war jemand, der ihn erkannt hatte. Der ihm tief in die Seele geschaut hatte und nicht schreiend davongelaufen war.

Und da war noch ein weiterer Gedanke, den er aber nicht mehr zu fassen bekam, denn im nächsten Moment begrub ihn der Schmerz wieder unter seiner erbarmungslosen Wucht.

Kapitel 17

Ihre kreisenden Gedanken ließen sie nicht zur Ruhe kommen. Die Autobahn war frei und so gab der Verkehr wenig Möglichkeiten, sich abzulenken. Sie hatte etwas gespürt. Etwas, was ihre Gabe schon einmal beschäftigt hatte. Einen dunklen Schleier, tief in seinem Organismus, der zerstörerisch zu Werke ging. Aber sie wusste nicht, was es war. Und es war auch sehr fraglich, ob es sie weiterbrachte, wenn sie den Stoff, der sich dort eingenistet hatte, mit Namen kannte.

Valentin sprach, seitdem sie den Parkplatz verlassen hatten, nicht mehr. Er schien sich an einen Ort in seinem Innersten zurückgezogen zu haben und wirkte völlig unerreichbar für sie. Ihre Gabe schien den Schmerz, zumindest vorübergehend, gelindert zu haben. Jetzt war er wieder da. Sie trat das Gaspedal voll durch. Oskar winselte leise aus dem Fußraum, als die Tachonadel die zweihundert überschritt.

«Tut mir leid, Kleiner. Wir müssen uns beeilen», murmelte sie und hätte dem Hund gerne den Kopf gestreichelt, traute sich aber bei der hohen Geschwindigkeit nicht, eine Hand vom Lenkrad zu nehmen.

Valentin hatte die Augen geschlossen und den Kopf gegen den Sitz gelehnt. Dass er nicht schlief, erkannte sie daran, dass er sich immer wieder vor Schmerzen leicht zusammenkrümmte. Sie hatte seine Pein kurzfristig etwas lindern können, aber sie gab sich keinen Illusionen hin. Valentin trug etwas potentiell Tödliches in sich und sie hatte keine Ahnung, wie sie diesem neuen Feind entgegentreten konnte.

Seit sie Hamburg verlassen hatten, spürte sie einen festen Druck um den Brustkorb, als hätten sich eiserne Fesseln um sie gelegt und versuchten jetzt, ihr die Luft abzudrücken. Die Angst war ganz plötzlich da, als sie begriffen hatte, dass Valentin an der Grenze seiner Belastbarkeit stand. Ohne ihn wäre alles verloren. Die Welt. Aber auch sie.

Ihn auf diesem Parkplatz wieder loszulassen, sich ganz pragmatisch den notwendigen Dingen zuzuwenden, nämlich schnellstmöglich zu diesem Ort in den Taunus zu gelangen, hatte sie mehr Kraft gekostet, als sie sich eingestehen wollte. Mit dieser Brandung gegenseitiger Anziehungskraft hatte sie nicht gerechnet. Die Woge hatte sie fast mit sich gerissen und nur mit großer Mühe hatte sie sich von dem, was sie gesehen hatte, losreißen können.

Sie hatte unter seine jahrhundertealte Maske geschaut und seinen Kern erkannt. Was sie gesehen hatte, brachte ihr Herz aus dem Rhythmus. Verdammt, dieser Mann fühlte sich so richtig an. Sie hatte nie an Liebe auf den ersten Blick geglaubt. Das waren Märchen, die mit der Realität wenig zu tun hatten. Vielleicht fand man sich nett, attraktiv, aber dann folgte eine Phase des Kennenlernens mit der Chance, wohl auch so etwas wie Liebe für den anderen aufzubauen. Nun, sie musste über ihr bisheriges Modell sich Liebe zu erklären nachdenken. Um Gotteswillen nicht jetzt, aber irgendwann in Zukunft. Wenn es die denn gab.

In ihr brannte plötzlich eine unbekannte Angst. Die Angst, ihn zu verlieren. Angst, etwas zu verlieren, hatte man doch nur, wenn es wichtig war. So wie dieses Gefühl in ihr wütete, war er zur Zeit das Wichtigste in ihrem Leben. Er berührte sie auf unbekannte Weise.

Sie warf ihm erneut einen Seitenblick zu. Er hatte die Augen leicht zusammengekniffen. Sein Kiefermuskel war angespannt. Er biss die Zähne zusammen. Sie hätte am liebsten eine Hand ausgestreckt und wäre sanft über seine Wangenpartie gefahren. Doch war sie sich sicher, ihn dann nicht mehr loszulassen. Sie musste einen nüchternen Kopf bewahren. Dies war nicht der Moment, sich irgendwelchen sentimentalen Gefühlen hinzugeben.

Die Navigation lotste sie wenig später von der Autobahn. Sie folgte der kurvigen Landstraße und durchquerte urtümlich schöne Wälder. Das Land hinter den dichten Bäumen war sanft geschwungen. Diese Ecke Deutschlands war ihr völlig fremd. Sie war ein Kind des Nordens und liebte die Küsten mit ihrer weiten Einsamkeit. Diesen Landstrich hatte sie zuvor immer mit Kurkliniken in Verbindung gebracht.

Wenige Minuten später wies die Stimme der Navigation sie an, links abzubiegen. Nur das dort, wo sie abbiegen sollte, keine wirkliche Straße war. Sie fuhr langsam an dem schmalen forstwirtschaftlichen Weg vorbei, der offensichtlich die einzige Möglichkeit darstellte, die Landstraße zu verlassen, aber für den breiten Wagen viel zu eng wirkte.

«Du musst umdrehen.»

Valentins Stimme klang heiser, als er sie ansah. Das erste Mal, seitdem sie abgefahren waren, blickte er sie direkt an. Die menschliche Tarnung saß wieder ganz gut, wenn man von den kleinen gelben Sprenkeln in seinen braunen Augen absah.

«Das war keine richtige Straße», murmelte sie, wendete aber und bog dann in den ungeteerten, schmalen Pfad zwischen den dicht an dicht stehenden Bäumen ein.

Der Aston Martin rumpelte über den mit Schlaglöchern übersäten Weg und Josefine drosselte die Geschwindigkeit, bis sie nur noch im Schritttempo vorankamen.

Wie aus dem Nichts tauchte plötzlich eine mit hellgrauem Naturstein gepflasterte Einfahrt auf. Einige Hundert Meter weiter erhob sich ein weiß getünchter, zweigeschossiger Bau vor ihnen. Bodentiefe Fenster in einem satten Grauton, moderne Edelstahllaternen, die den Weg säumten, und eine elegante Buchsbaumreihe direkt vor dem Haus rundeten den sehr gepflegten Eindruck ab. Mit so etwas hatte sie nun wirklich nicht gerechnet.

Das von ihm gebrauchte Wort «Wochenendhaus» hatte ihr eine schlichte Holzhütte im Wald suggeriert. Aber dieses stattliche Anwesen würde selbst in der Hamburger Elbchaussee nicht weiter auffallen.

Das Haus glänzte strahlend weiß in der gleißenden Mittagsonne und kein noch so kleines Unkraut hatte sich in den Fugen der gepflasterten Einfahrt niedergelassen. Sämtliche Fensterscheiben spiegelten die Sonnenstrahlen und die Buchsbaumreihe musste erst vor kurzer Zeit frisch beschnitten worden sein. Er musste ganze Heerscharen beschäftigen, um dieses luxuriöse Anwesen vor einem umtriebigen Übergriff der direkt an das Grundstück grenzenden wilden Natur zu bewahren.

Sie lenkte den Wagen rückwärts neben die Wand eines der Nebengebäude und stieg aus. Valentin stieg ebenfalls aus und lehnte sich mit den Ellenbogen auf das Wagendach. Oskar scharwenzelte einmal freudig um ihn herum, dann verschwand er hinter einem mannshohen Bambus, der in

Verlängerung der Wand stand und den weitläufigen Garten abschirmte.

«Wer lebt hier noch?»

Sie drehte sich einmal um die eigene Achse, um das Anwesen in seiner ganzen Pracht auf sich wirken zu lassen. Das Haus war eine sehr gelungene Mischung aus moderner Architektur und traditionellen Elementen. Sämtliche Fenster waren mit Fensterläden im selben warmen Grauton wie die Rahmen versehen und die Eingangstür wies eine kunstvoll verschnörkelte Oberfläche auf, wie sie es sonst nur von alten Bauernkaten kannte. Trotz oder gerade wegen dieser offensichtlichen Widersprüche wirkte das Haus extrem elegant und dennoch heimelig und gemütlich.

«Matthias. Er sollte eigentlich hier sein.»

Valentin drehte witternd den Kopf. Sie erhaschte erneut einen kurzen Blick in seine Augen, das Braun war jetzt fast komplett verschwunden. Nun waren sie wieder grün und gelbe Flammen züngelten durch die Iris. Der Drache driftete an die Oberfläche.

«Wer ist Matthias?»

Seine Anspannung war plötzlich fast greifbar. «Matthias ist ein Wandler. Er kümmert sich hier um alles.»

Er drehte den Kopf nach rechts und schien in die Stille zu lauschen.

«Hier stimmt etwas nicht.»

Sie formulierte die Worte nicht wie geplant als Frage. Jetzt war es eine Feststellung, denn ihr Instinkt hatte ganz plötzlich angeschlagen. Sie atmete tief durch und versuchte sie sich von dem plötzlich nach ihr greifenden Gefühl des Grauens zu befreien. Vorsichtig trat sie einen Schritt neben das Auto.

Sie vernahm ein leises Klicken. Im nächsten Atemzug tauchte Valentin aus dem Nichts neben ihr auf und riss sie mit sich zu Boden. Ein Schuss krachte über sie hinweg. Ein zweiter zerschmetterte die Windschutzscheibe des Sportwagens.

Sie rollte sich, so gut es ging, unter Valentins schwerem Körper zusammen, aber ihr fehlte, so zwischen Boden und Valentin eingekeilt, Luft zum Atmen.

Oskars lautstarkes Bellen durchbrach die plötzlich eingetretene Stille. Jeder Muskel in Valentins Körper über ihr spannte sich an.

«Nein.»

Ein dritter Schuss gellte durch die Luft und schlagartig brach Oskars Gebell ab. Ihr Herzschlag setzte für den Bruchteil einer Sekunde aus. Sie verschluckte den Schrei, der ihr auf den Lippen lag. Oskar war dem Angreifer direkt vor die Füße gelaufen.

Valentin hielt sie weiterhin fest umklammert, sein Gesicht eine kalte Maske. In seinen Augen stand der Drache. Seine Macht brachte den Boden unter ihnen förmlich zum Erbeben. Er erhob sich und wandte sich der Gestalt zu.

«Nimm die Waffe runter!»

Die unermessliche Kälte in seiner Stimme jagte ihr einen Schauer über den Rücken. Seine Stimme war leise, fast unhörbar. Dennoch hatte sie keinen Zweifel, dass der Angesprochene tat, was ihm befohlen worden war. Valentin beherrschte seinen Willen mühelos, trotz seines geschwächten Zustandes.

Er reichte ihr seine Hand und zog sie auf die Füße. Der Mann stand mit hängenden Armen vor dem Eingang des Hauses. Sein Blick war leer.

«Die Alben hatten ihn in ihrer Gewalt. Ich hätte es wissen müssen.»

Valentins Stimme war brüchig, ein beängstigender Gegensatz zu der Macht, die ihn immer noch als pulsierendes Kraftfeld umgab.

Sie sah den blonden Mann an, der immer noch mit völlig abwesendem Blick die Waffe in der Hand hielt. Seine linke Hand hob sich langsam. Sie wollte schreien, doch im nächsten Moment zerriss der Schuss die Stille. Sie schloss fest die Augen, unfähig sich dem zweifelsohne schrecklichen Anblick zu stellen. Sie wusste, was ein Schuss aus nächster Nähe anrichtete. Zu oft hatte sie die Opfer seiner Gewalt unter ihren Händen sterben sehen. Erst ein gequält tiefer Atemzug von Valentin riss sie aus ihrer Starre.

Ein lebloser Körper lag zusammengekrümmt vor dem Treppenaufgang. Fassungslos stand sie einige Sekunden nur da, dann ging sie langsam zu dem Mann, unter dessen Kopf sich bereits jetzt eine große Blutlache ausgebreitet hatte.

Matthias war ein blonder hübscher Mann. Der Tod hatte die Gesichtszüge des Wandlers entspannt, seine blauen Augen starrten blicklos in die Ferne. Der Schuss, mit dem er sich selbst gerichtet hatte, hatte ihn mittig zwischen die Augen getroffen. Die Waffe, mit der er sie hatte töten wollen, lag jetzt nur wenige Zentimeter neben seiner ausgestreckten Hand, unter der akkurat gestutzten Buchsbaumreihe. Vermutlich Matthias letzte Handlung vor seinem gewaltsamen Ableben. Okay, bevor er versucht hatte, Valentin umzubringen.

Langsam drehte sie sich um. Valentin kniete neben Oskar. Sein Gesicht war grau vor Schmerz, den er hinter völliger

Ausdruckslosigkeit versteckte, aber das Zittern seiner Hände konnte er nicht hinter dieser emotionslosen Maske verbergen.

«Das ist es, was die Dunkelalben mit den magischen Wesen machen. Sie machen willenlose Marionetten aus ihnen. Matthias war mein Freund.»

Sie ging langsam in seine Richtung und hockte sich auf die Fersen neben ihn, fassungslos von der Brutalität, die sie in das wahre Leben zurückgerissen hatte. Oskars Flanken hoben sich in einer kaum sichtbaren Bewegung. Aber die riesige Blutlache auf dem grauen Stein unter ihm zeigte ihr deutlich, dass das Leben des Hundes nur noch an einem seidenen Faden hing. Ein warmer Eisengeruch hing in der Luft. Ihr Herz krampfte sich schmerzhaft zusammen.

Schnell legte sie dem Hund eine Hand auf den Brustkorb. Sie schloss die Augen und schickte ihre Gabe auf Reisen. Erst spürte sie gar nichts, außer der sich immer weiter ausbreitenden Kälte, dem steten Vorboten des bald eintretenden Todes. Langsam drang die subtile Kühle des erlöschenden Lebens in ihre Handflächen. Das zerfetzte Gewebe und die zerstörten Gefäße verursachten ein unangenehmes Kribbeln auf der Haut.

Oskars Herz schlug noch, wenn auch sehr schwach. In größter Eile ließ sie ihrer Gabe freien Lauf. Unkontrolliert und wild brach ihre Kraft aus ihren Handflächen, viel stärker, als sie es bis zu diesem Moment jemals erlebt hatte. Der Hund unter ihr zuckte zusammen, dann stabilisierte der Herzschlag sich augenblicklich und die Ohnmacht wich einem tiefen Schlaf. Ihre Handflächen fingen an zu glühen, als hätte sie sie in heiße Kohlen getaucht. Das stetige Pochen des kleinen Herzens pulsierte durch ihre Hände, ihre Arme, bis sie schlagartig die Hände zurückzog, weil die Empfindung übermächtig wurde.

Valentins leises Stöhnen riss sie aus dem Bann ihrer eigenen Gabe und sie fuhr zu ihm herum. Er kniete immer noch direkt neben ihr, aber er schwankte. Seine linke Hand wanderte zu seiner Brust. Der Schmerz war zurück. Ohne Verzögerung spürte sie das Echo der Flutwelle bis in die letzte Zelle ihres Körpers rasen. Und diesmal schöpfte er aus dem Vollen. Bevor sie ihn packen konnte, sackte er in sich zusammen.

«Ich ... geh nicht weg, bitte», seine Worte waren kaum zu verstehen.

Sie beugte sich über ihn, versuchte die Panik in ihrer Seele unter Kontrolle zu bringen. Mit beiden Händen auf seinem Brustkorb hockte sie dicht bei ihm. Die Bewegung seines Herzens war nur noch ein sanftes Klopfen in ihrer Handfläche. Verzweifelt versuchte sie ihre Gabe zu aktivieren, ihre Kraft in seinen Körper zu schicken.

Aber ihre Gabe schwieg. Wo Kraft und Stärke hätten sein sollen, war plötzlich nur noch Stille. Sein Herz hatte unter ihren Händen aufgehört zu schlagen.

Kapitel 18

Sie konnte das panische Wimmern nicht unterdrücken, das ihr über die Lippen kam. Ihr analytischer Verstand setzte ebenso aus, wie Valentins Herz direkt unter ihren Händen. Behandle niemals deine Angehörigen. Ein Leitsatz aus der Medizin. Erst jetzt, nachdem sie immer geglaubt hatte, ziemlich genau zu verstehen, warum ein Arzt seine nüchterne Professionalität zu verlieren drohte, wenn jemand, den er liebte, vor ihm auf dem OP-Tisch lag, erst jetzt verstand sie diesen Satz in seiner vollen Tiefe und wahren Bedeutung.

In diesem Moment war sie nicht stark. In diesem Moment drohte sie das einzige Wesen zu verlieren, zu dem sie gehörte.

«Bleib bei mir.» Sie presste ihr tränennasses Gesicht auf seine Brust, lauscht vergebens nach seinem Herzschlag. «Valentin, bleib bei mir.»

Sie konnte doch verdammt noch mal den Mann, den sie liebte, nicht in der Sekunde verlieren, wo sie ihn gefunden hatte. Die Qual riss sie aus ihrer Lethargie und sie schlug mit einer Hand auf Valentins Brustkorb. Übergangslos fanden ihre Hände den Druckpunkt direkt am Brustbein und sie stemmte sich mit aller Kraft auf seinen leblosen Körper. Der automatisierte Bewegungsablauf, den sie Hunderte Male trainierte hatte, der ihr in Fleisch und Blut übergegangen war, holte sie schlagartig zurück in die Realität.

Lautlos zählte sie mit, bei dreißig angelangt verharrte sie regungslos und lauschte erneut. Sie suchte seinen Puls an der

Halsschlagader und fand ihn. Sein Herz schlug wieder, zwar unregelmäßig und schwach, aber es schlug. Füllte sich mit Blut, transportierte Sauerstoff durch die Adern. Und auch sein Brustkorb hob und senkte sich wieder in einer kaum wahrnehmbaren Bewegung.

«Ihre Gabe ist nutzlos.»

Die Stimme schien aus dem Nichts zu kommen und Josefine erstarrte. Vorsichtig drehte sie sich um, immer noch auf den Knien hockend. Dupont stand direkt hinter ihr. Sein Gesicht schien neutral, doch in seinen Augen glomm Verachtung. Nach einem Blick in ihr Gesicht zog er eine Augenbraue hoch.

«Sparen Sie sich Ihre Tränen. Wir werden innerhalb kürzester Zeit sehr viel mehr Tote zu betrauern zu haben als nur ihn.»

Fassungslos starrte sie auf die gedrungene Gestalt des Ratsvorsitzenden, der mit jeder Faser seines Körpers Abneigung auszudrücken schien, während er sie weiterhin einfach nur anstarrte.

Schwere Schritte dröhnten über das Pflaster des Hofes und Hornet bog um die Ecke. Schützend rückte sie auf Knien dichter vor Valentins Körper. Als Hornet Valentins regungslose Gestalt erblickte, blieb er wie angewurzelt stehen. Sein Gesicht war regungslos, aber in seinen blauen Augen stand Bestürzung.

«Ist er tot?»

«Nein», antwortete sie fest.

«Tu was!», forderte er sie barsch auf und ging neben ihr in die Knie.

Ihre Stimme kratzte ihr im Hals. «Das habe ich!»

«Wenn er sich nicht selber retten kann, hat er es verdient zu sterben.» Duponts Stimme bebte. «Die Zeit läuft uns davon.

Der Riss weitet sich immer mehr, es gibt Opfer. Verdammt viele Opfer. Wir müssen handeln. Wir haben keine Zeit, uns mit ihm zu befassen.»

Das konnte Dupont doch nicht ernst meinen? Ohne Valentin waren sie alle verloren. Hornet saß regungslos neben ihr und sie sah ihn kurz an. In seinen Augen lag Verwunderung, aber er schwieg.

Ein weiterer Mann war plötzlich neben Dupont aufgetaucht. Seine verlebten Gesichtszüge spiegelten das Grauen wieder, das Josefine empfand. Sein Blick wanderte hektisch von ihr zu Hornet und blieb dann bei Valentin hängen. Für ein paar Sekunden herrschte absolutes Schweigen, dann senkte er abrupt den Blick. Der Mann schien zu glauben, dass Valentin tot war.

«Er lebt.»

Josefine hörte, wie ihre Stimme bei diesen Worten zitterte, als würde sie dieser Aussage selbst nicht ganz trauen. Hinter ihrem Rücken schob sie ihre Hände auf Valentins Brustkorb und spürte augenblicklich sein schlagendes Herz in den Fingerspitzen.

«Der Hund?»

Der Mann blickte auf Oskar, der direkt vor seinen schweren Stiefeln im Gras lag. Sie nickte, um deutlich zu machen, dass auch er lebte.

«Clemens?»

Hornets Worte rissen den Mann, offensichtlich ein mächtiger Wandler, so viel konnte sie jetzt von ihm empfangen, endlich aus seiner fassungslosen Erstarrung. Er blinzelte und fuhr sich mit beiden Händen über den militärisch kurzen Haarschnitt.

«Sie haben eine Militärbasis der Bundeswehr unter ihre Kontrolle gebracht und sie wissen, wo der Rat sich aufhält.»

«Was unmöglich ist», fuhr Dupont ungehalten dazwischen. «Woher sollten sie wissen, wo wir sind?»

«Was bedeutet das?»

Josefines Stimme wurde von Duponts Flüchen fast übertönt, aber Hornet verstand ihr Frage und antwortete leise: «Ein paar außer Kontrolle geratene Soldaten, die hier vermutlich in Kürze hochbewaffnet auftauchen werden.»

Josefine schluckte trocken. Sie musste Valentin hier wegbringen. *Nur wie?*

«Es sind vor wenigen Minuten acht Eurofighter in Fitzlar mit Kurs auf Königsstein aufgestiegen. Voraussichtliche Ankunftszeit in neun Minuten.»

«Also wird es auf eine magische Luftabwehr hinauslaufen», murmelte Hornet und erhob sich langsam.

Dupont schnaubte verächtlich. «Gegen Bomben?»

«Aber natürlich, Armand.»

Josefine entging nicht Hornets plötzlich überaus skeptischer Blick auf die Gestalt des Ratsvorsitzenden, der die Arme jetzt vor der Brust verschränkt hatte. Wortlos drehte Dupont sich um und verschwand, während Hornet scheinbar in aller Seelenruhe den Staub von der Lederhose wischte.

Josefine wagte nicht, ebenfalls aufzustehen. Das Gefühl Valentin beschützen zu müssen war mächtig. Dennoch spürte sie fremde Angst und Anspannung in der Luft liegen. Sie waren hier nicht mehr allein. Zwar blieb sie auf den Knien, kroch aber noch dichter an Valentin heran und drehte dabei den Oberkörper so, bis sie wenigstens einen Teil des Anwesens überblicken konnte.

In der Einfahrt standen mehrere dunkle Limousinen kreuz und quer, wie in allerhöchster Eile geparkt. Sie sah Menschen zwischen den Wagen und dem Haupthaus hin und her eilen. Sie hatte weder die Ankunft der Wagen noch die vielen Menschen mitbekommen.

Hornet wandte sich direkt an Clemens, der immer noch regungslos vor ihnen stand. «Ruf die Magier des Rates zusammen. Wir gehen in die Defensive und brauchen Deckung.»

Der Mann nickte knapp, griff völlig unerwartet nach Oskar und zog den schlafenden Hund vorsichtig auf seine Arme. Bevor Josefine protestieren konnte, verschwand er ebenfalls.

Augenblicklich ging Hornet wieder neben ihr in die Hocke. «Der Hund ist bei ihm gut aufgehoben. Was ist mit ihm?», fragte er eindringlich.

Sie ahnte, dass er ihre Angst deutlich in ihrem Gesicht lesen konnte. Valentin schien ihm zu vertrauen, also musste sie das jetzt auch tun. Ihr blieb keine andere Wahl.

«Valentin hat Vergiftungserscheinungen. In seinem Organismus ist Gift. Es kreist durch seine Blutbahn und wird ihn unweigerlich umbringen.» Sie dämpfte die Stimme. «Was auch immer es ist, es ist tödlich. Wir müssen irgendetwas tun.»

«Allerdings. Denn freundlich ausgedrückt: Wenn er stirbt, sind wir am Arsch. Alle.»

Aus dem Augenwinkel sah Josefine eine Frau mit zögerlichen Schritten auf sie zukommen. Erst als sie direkt vor ihnen zum Stehen kam, erkannte Josefines Caroline Heppners blasses Gesicht. Der Hexe stand das Grauen der Situation deutlich in die Gesichtszüge geschrieben. Sie starrte auf Valentin und für einen Moment zuckten ihre Arme, als wolle sie die Hände vor dem Gesicht zusammenschlagen. Dann straffte sie die Schultern und schien sich selbst zur Ordnung zu rufen.

«Hornet, wir brauchen Sie.»

Ihre Stimme zitterte. Der blonde Hüne zuckte unwirsch die Schultern, nickte aber.

«Wie? Ihr wollt tatsächlich magisch gegen Kampfflugzeuge vorgehen?», fragte Josefine ungläubig.

«Frau Doktor verrate mir eine andere Alternative? Es ist sogar relativ wahrscheinlich, dass das klappt. So ein Eurofighter funktioniert nach den üblichen physikalischen Gesetzen. Wenn er mit 1400 km/h in einen Schutzbannracht, fällt er vom Himmel. Einfache Physik. Muss reichen, wenn man gerade kein Bataillon von Abfangjägern zur Hand hat.»

Ein anschwellendes Donnergrollen verschluckte fast Hornets letzte Worte. Josefine erstarrte.

«Was ist das?», schrie sie gegen den plötzlichen Lärm an, aber Hornet war schon verschwunden.

Das Grollen ließ nicht nach, es schwoll immer mehr an, stieg an zu einem Kreischen und augenblicklich wurde ihr klar, was das war. Es war der Tod. Geschickt von den Alben. Hilflos kauerte Josefine sich über Valentin zusammen. Barg seinen Kopf in ihren Armen und fing wortlos an zu beten. Zu irgendjemandem, der sie erhören würde. Jemandem, dem das Schicksal dieser Welt nicht egal war.

Kapitel 19

Die erste Detonation klang weit entfernt, aber ihre Wucht ließ den Erdboden unter ihnen erbeben. Josefine presste ihr Gesicht gegen Valentins Brust, versuchte sich nur auf das sanfte Heben und Senken seines Brustkorbes zu konzentrieren. Alles andere hatte sie nicht mehr in der Hand. Sie würde Valentin nicht einen Millimeter von der Stelle bewegen können, an Flucht war nicht zu denken.

Das todbringende Geräusch war jetzt direkt über ihnen. Und doch schien es immer noch näher zu kommen. Diesmal erbebte die Erde, bevor der Druck der Explosion ihr Gehör fast zum Bersten brachte. Sie roch Feuer, beißender Rauch erfüllte plötzlich die Luft und brannte in ihrer Lunge. Menschliche Schreie hingen über dem gesamten Anwesen, wie dichter Nebel in einem Tal festhing. Schlagartig packten sie starke Arme. Sie schrie auf, wehrte sich dagegen, blind vor Angst. Erst als sie Hornets Stimme direkt neben ihrem Ohr hörte, gab sie die Gegenwehr auf.

«Wir müssen ihn wegbringen. Ihr Ziel ist der Ritualplatz. Dort steht der gesamte Rat.»

«Wohin?», fragte sie hastig.

Im nächsten Moment war das Surren wieder da. Hornet schloss die Augen und presste die Hände gegen ihre Ohren. Sie hielt still, viel zu überrascht. So plötzlich ihres Sinnes beraubt hörte sie nur noch ihr eigenes wie wild pulsierendes Blut durch die Adern rauschen. Doch die Detonation blieb aus. Hornet nahm die Hände von ihrem Kopf und schlagartig senkte sich Stille über den Ort.

Er drehte suchend den Kopf und Josefine folgte seinem Blick. Weit über ihnen sah sie einen verglühenden Feuerball in der Luft hängen.

«Ins Haus», antwortete er endlich. «Weg von hier. Der Bann hält die Bomben fern. Wie lange, weiß ich nicht. Aber *wir* sind ihr Ziel. Nicht er. Und wir stehen gut sichtbar mitten in diesem Garten. Also los!»

Ohne eine Antwort abzuwarten packte er Valentin am Oberkörper und zog ihn auf seine Arme. Anscheinend mühelos stand er mit dem großen Mann auf und drehte sich um die eigene Achse. Mit einem letzten Blick auf das Inferno wenige Meter über ihnen folgte sie ihm in die großzügige und sich über zwei Etagen erstreckende offene Eingangshalle des Hauses.

Hornets Schritte auf der breiten Steintreppe, die ins obere Stockwerk führte, waren sicher, trotz der schweren Last auf seinem Arm. Sie beeilte sich und rannte ebenfalls die Stufen nach oben. Zwei Türen weiter trat sie über die Schwelle in ein nüchtern, aber elegant eingerichtetes Schlafzimmer.

Fast sanft ließ der große blonde Mann Valentins immer noch völlig regungslosen Körper auf das breite Bett gleiten. «Ich muss wieder gehen. Ich weiß nicht, was Dupont vorhat, aber irgendetwas stimmt hier nicht. Dennoch ist er der Ratsvorsitzende, und ohne Valentin ist er derjenige, der den Ton angibt.»

Sie streifte sich die Schuhe von den Füßen und glitt neben Valentin auf das Bett. «Warte», rief sie.

Es gab etwas, was sie wissen musste. Etwas, was sie nicht verstand, wie so vieles zur Zeit. Aber wenigstens auf diese Frage würde sie eine Antwort bekommen.

«Warum hast du mir die Ohren zugehalten?»

Hornet war schon an der Tür, hielt aber für einen Moment inne, dann drehte er sich um. «Weil ich nicht wusste, ob das Schild hält. Es ist manchmal besser, nicht zu sehen und nicht zu hören. Er darf nicht sterben, Dr. Josefine Rosenberg.»

«Ich tue, was in meiner Macht steht», murmelte sie eine ärztliche Standardfloskel, weil ihr Brustkorb sich plötzlich sehr schmerzhaft zusammenzog.

Die Tür fiel hinter Hornet ins Schloss und sie waren allein. Augenblicklich presste sie wieder die Hände auf seinen Brustkorb und lauschte in seinen Körper. Die Rückmeldungen waren mehr als dürftig, aber wenigstens war die Kälte des Todes von ihm gewichen. Dennoch schien ihre Gabe wie blockiert zu sein. Je mehr sie sich bemühte, umso undeutlicher wurden die Signale, die sie empfing. Alles schien von einem undurchdringlichen Nebel überlagert zu sein. Sie spürte nur diesen undefinierbaren Schmerz durch seinen Körper rollen und das Aufflackern einer entfernten Erinnerung in ihren Handflächen.

Seine Lider flatterten und er atmete zitternd tief ein.

«Valentin?»

Sie sollte Erleichterung fühlen, dass er zu sich kam. Aber das tat sie nicht. Die Ohnmacht war eine Gnade gewesen. Der Schmerz wütete bestialisch in seinem Innersten.

Er blinzelte, als versuchte er, seine Sicht zu schärfen. Wie ein gleißender Blitz erhellte in diesem Moment eine weitere Bombe, die auf dem Schutzschild in Flammen aufging, das Zimmer. Er zuckte zusammen. Seine Augen glänzten fiebrig, im nächsten Moment krümmte er sich jäh zusammen.

Sie packte seine Schulter, versuchte ihm irgendwie beizustehen, spürte aber, wie hilflos ihr Versuch war. Ihre Gabe war völlig nutzlos. Er hatte ein Stadium erreicht, in dem sie noch nicht einmal mehr seine Höllenqualen lindern konnte.

«Wo hast du Schmerzen?»

Vielleicht half es ihr, wenigstens den Ort zu lokalisieren. Der Schmerz schien etwas abzuebben, denn seine Atmung normalisierte sich. Aber sie spürte die nächste zerstörerische Leidenswelle bereits lauern.

«Wo?», drängte sie ihn und umklammerte seine Schultern.

Er war viel zu kalt. Die Empfindung kam jetzt nicht mehr aus seinem Innersten, aber seine Körpertemperatur schien dennoch immer weiter abzunehmen. Mühselig langsam öffnete er die Augen.

«Überall», murmelte er und seine Stimme klang heiser.

Seltsam ungelenk griff er nach ihrer Hand. Angespannt legte sie die Finger ihrer freien Hand auf seine Halsschlagader und zählte die quälend langsamen Herzschläge. Verdammt, sie musste etwas tun. Seine Hand fest umschlungen starrte sie hilflos gegen die weiße Wand des Zimmers, als gäbe es dort eine Lösung.

Plötzlich machte es in ihrem Kopf klick. Sie fuhr zu ihm herum und umfasste sein Gesicht mit beiden Händen.

«Valentin. Der Unfall. Wie lange ist der her?»

Er brauchte einen Moment, bis er antwortete. «Zwei Tage», murmelte er dann.

Er klang unfassbar erschöpft, aber relativ klar. Noch.

«Dir ist die Flüssigkeit vom Wagendach in den Kragen getropft. Vor zwei Tagen», wiederholte sie und ging im Geist alle Puzzlestücke durch, die ihr durch den Kopf geschossen waren, versuchte sie zu sortieren, ein Bild zu schaffen, das ihr den Weg wies.

«Dein Wandlerorganismus ist träge, wenn es um die Aufnahme von Giftstoffen geht. Also wären die Symptome bei einem Menschen früher zu erwarten gewesen. Wenn wir davon ausgehen, dass das der Moment war, in dem du mit dem Gift in Berührung gekommen bist, wandert das Zeug seit achtundvierzig Stunden durch deinen Organismus. Dein Selbstheilungssystem hat es bis jetzt geschafft, es in Schach zu halten. Die Wunde an der Schulter, die sich wieder geöffnet hatte, war der erste Hinweis.»

Jetzt sprach sie mehr mit sich selber als mit ihm. Aber seine halb geöffneten Augen ruhten auf ihr. «Blutdruckabfall, Herzstillstand, Krämpfe, ein viel zu spät einsetzender warnender Schmerz.»

Schlagartig fiel es ihr ein. Eine Glashütte in Afrika. Es hatte einen schweren Chemieunfall gegeben, keiner der Arbeiter hatte überlebt. Es war genau die gleiche Empfindung in ihren Händen. Und leider wusste sie jetzt auch, womit sie es zu tun hatten.

«Flusssäure oder besser Fluorwasserstoffsäure.»

Das wenige, was sie über dieses Gift im Gedächtnis hatte, war nicht gut. Ein hoch ätzendes Kontaktgift. Das Zeug hinterließ auf der Haut keine Wunden, war aber in der Lage, Knochen zu zersetzen. Und es war tödlich.

Valentin sah sie an. In seinen Augen lag Resignation, und das war für einen Moment mehr, als sie ertragen konnte.

Zu begreifen, was das bedeutete, dauerte bei ihr ein wenig länger. Als es mit voller Wucht in ihrem Kopf einschlug, wusste sie: Sie konnte ihm nicht helfen. Es gab keine medizinische Lösung, auf deren Suche sie eigentlich gewesen war.

Fest biss sie die Zähne aufeinander. In ihren Augen brannten Tränen. Sie schluckte den Schmerz hinunter und richtete sich auf. Es war niemandem geholfen, wenn sie jetzt heulend zusammenbrach. Sie würde nach einer Lösung suchen, und wenn sie bis zum Untergang dieser Welt mit nichts anderem beschäftigt war. Sie würde nicht aufgeben. Weil dieser Mann alles für sie bedeutete. Und weil er diese verdammte Welt retten musste. Sie ließ ihn für einen Moment los, um in der Hosentasche nach ihrem iPhone zu suchen. Mit zittrigen Fingern blätterte sie im Telefonspeicher nach Alex Nummer.

Er meldete sich nach dem zweiten Klingeln. «Josefine, wo steckst du?»

«Alex, ich kann dir das jetzt nicht erklären, aber du musst mir helfen!»

Im Hintergrund hörte sie lachende Stimmen. Alex war nicht auf der Station, es klang wie eine Familienfeier.

«Wie kann ich dir helfen?»

Das Stimmengewirr war verschwunden. Er schien den Raum verlassen zu haben.

«Wie behandelt man eine Vergiftung mit Flusssäure?»

«Bleib dran.» Wenige Minuten später war er wieder da. «Ich frage dich nicht, was los ist, okay?»

«Okay», murmelte Josefine dankbar.

Dankbar, dass Alex die Dringlichkeit ihres Anrufes einfach so verstand und handelte.

«Also, inhaliert oder über die Haut aufgenommen?», fragte er sachlich.

«Letzteres.»

«Flusssäure ist schwierig zu neutralisieren. Man unterspritzt geschädigtes Gewebe üblicherweise mit Kalziumgluconat-Lösung, um ein tieferes Eindringen zu verhindern.»

Diese Chance hatten sie schon vor achtundvierzig Stunden vertan. Das Zeug war in ihm.

Alex fuhr fort: «Bereits eine handtellergroße Verätzung kann tödlich sein. Heimtückisch ist, dass der warnende Schmerz erst mit großer zeitlicher Verzögerung einsetzt. Sämtliche schmerzstillenden Mittel, selbst Betäubungsmittel wie Morphin und Fentanyl, sind wirkungslos.»

Okay, sie begriff endgültig, dass es keine medizinische Lösung geben würde.

«Jo, brauchst du Hilfe?»

Echte Sorge schwang in Alex' Worten mit. Sie versuchte ihre zitternde Stimme etwas unter Kontrolle zu bekommen, bevor sie antwortete: «Nein. Ich habe das im Griff. Alex, pass auf dich auf!»

Nach einem kurzen Zögern sagte er leise: «Du auch auf dich. Kommst du zurück?»

«Nein», sagte sie, ohne auch nur eine Sekunde darüber nachgedacht zu haben. Sie konnte nicht zurück. Es gab jetzt nur noch einen Ort, an dem sie sein konnte.

«Ich dachte mir, dass du nicht lange an einem Ort bleibst. Dafür warst du noch nie der Typ.»

«Weit gefehlt, Alex. Wenn es der richtige ist, bleibe ich eine Ewigkeit.»

Sie ließ das Handy neben sich auf die Matratze gleiten und blinzelte die Tränen weg, die in ihren Augen brannten. Valentin stöhnte leise auf und vorsichtig berührte sie ihn an der Wange. Umgehend sprang sein Schmerz auf sie über und sie riss die Hand wieder zurück. In ihm tobte ein Schmerzinferno, dem sie nichts entgegenzusetzen hatte.

Ihre Gabe hatte ihr bisher immer den Weg zu einer Lösung gewiesen. Und die waren nun mal oft medizinischer Art. Sie konnte wärmen, anregen und dadurch oftmals auch heilen, wie sie es mit ungewohnter Kraft bei Oskar getan hatte, aber meistens ging es um das Verstehen und darum, die richtige medizinische Behandlung einzuläuten.

«Josefine?» Er hatte die Augen geöffnet und den Kopf ein wenig in ihre Richtung gedreht. «Wenn ich sterbe, musst du hier weg. Weit weg. Verstehst du?»

Er atmete zitternd ein und seine linke Hand wanderte suchend über das Laken. Er suchte sie.

«Ich bin hier», murmelte sie beruhigend und griff nach seinen Fingern.

Mit unerwarteter Kraft zog er ihre Hand auf seine Brust. Sie spürte die Eiseskälte seines Körpers. In seinen braunen Augen tanzten grüne Punkte, aber er schwieg. Hatte keine Kraft mehr für Worte. Er kämpfte mit seiner Schwäche, seine Lippen bewegten sich.

«Schhh.» Zärtlich fuhr sie ihm durch die Haare. «Du wirst nicht sterben. Mir fällt schon was ein. Ruh dich aus.»

Unwillig schüttelte er den Kopf, focht einen Kampf mit seiner Erschöpfung und gewann ihn schließlich. Fast unhörbar flüsterte er: «Ich liebe dich.»

Plötzlich wusste sie es. Von einer Sekunde auf die andere wusste sie es. Sie hatte zu viel gedacht. Das Wissen, was genau in seinem Blut war, und die Angst, nichts dagegen tun zu können, hatten sie gelähmt. Sie hatte wissenschaftlich gedacht, dabei brauchte sie nur diese Liebe freizulassen, die sie für diesen Mann empfand.

Sie musste das Gift aus seinem Blutkreislauf bekommen. Die Kälte in seinem Körper würde das verhindern. Deswegen musste sie ihn wärmen, seinen Puls ankurbeln.

«Ich liebe dich auch. Aber jetzt musst du unter die Dusche. Und das schnell.»

Kapitel 20

Die Tür in ihrem Rücken fiel ins Schloss und sie fuhr erschrocken herum. Hornet stand plötzlich gegen das dunkle Holz gelehnt, die Hände in den Hosentaschen.

«Die Eurofighter, die übrig geblieben sind, haben vorerst wieder abgedreht», informierte er sie nüchtern. «Menschen zu manipulieren, während sie noch nicht auf dieser Seite sind, halten die Dunkelalben nicht lange durch. Das ist der Vorteil. Der Nachteil ist, dass sie sich recht schnell erholen werden, und dann kommt die zweite Runde. Allerdings kommen die da draußen auch ohne mich klar. Ich habe mich entschieden, meinem Alpha Tribut zu zollen und hier zu bleiben.»

«Dich schickt der Himmel.» Erleichtert setzte Josefine sich auf und rutschte etwas um Valentins zusammengerollten Körper herum. «Du musst mir helfen!»

Hornet trat einen Schritt nach vorne. Valentins Reaktion darauf war eindrücklich und kam für sie völlig unerwartet.

Valentin knurrte. Tief und dunkel. «Fass mich nicht an.»

Seine Stimme hatte jegliche menschliche Klangfarbe verloren. Offenbar waren bei Hornets Auftauchen all seine verbliebenen Überlebensinstinkte angesprungen.

«Aber ganz sicher!», fuhr Josefine ihn an, während sie ihn fest an den Schultern fasste. «Ich entscheide hier und jetzt, was passiert. Und du musst unter die Dusche und dafür brauchen wir Hilfe.»

Flammendes Grün leuchtete hinter den halbgeschlossenen Lidern hervor. Für einen Moment bleckte er die Zähne. Wut,

Schmerz und Panik wechselten sich in seinem Gesicht ab. Er versuchte sich herumzudrehen, doch Josefine konnte ihn festhalten, ohne ihren Griff zu verstärken. Diese Tatsache macht ihr mehr Angst als alles andere.

Hornet zögerte. Sie hob den Kopf und erkannte Widerwillen in seinem Gesicht. Egal, was er war, auch er stand unter dem Befehl des Alphas, und dieser hatte sehr deutlich gemacht, dass er das hier nicht wollte.

«Hornet, es ist notwendig, und zwar jetzt!»

Ihre Stimme klang fest und bestimmt. Um einen Patienten zu retten, musste man manchmal harte Entscheidungen treffen. Sie hatte jetzt entschieden.

Langsam trat Hornet näher. Er brauchte keine weitere Aufforderung. Er packte Valentin fest von hinten um die Schulter und balancierte ihn an seinem Oberkörper aus. Valentin brachte tatsächlich noch die Kraft auf, sich widerwillig zu schütteln, doch sie packte sein Gesicht und fauchte ihn an. «Verplempere hier keine Energie und steh auf!»

Ihr Tonfall war harsch, aber sie hatten keine Zeit mehr. Valentin blinzelte, stellte aber jegliche Gegenwehr ein. Entweder weil er nach diesem Aufbäumen endgültig keine Kraft mehr hatte, oder weil er beschlossen hatte, ihnen zu vertrauen. Ihr zu vertrauen.

Sie brauchten viel zu lange, um in das angrenzende Bad zu gelangen. Valentin sank in der Ecke der Dusche zusammen, mit dem Rücken gegen die Fliesen gelehnt. Hornet trat zurück und rasch griff sie zur Armatur, um den Hahn aufzudrehen. Sie kniete sich neben ihn unter das prasselnde Wasser. Allerdings rutschte sie nur wenige Sekunden später fluchend etwas zurück, denn es schien nahezu kochend heiß aus der Leitung zu kommen. Mit einer Hand langte sie nach oben, um die Temperatur ein wenig herunterzudrehen. So weit, dass sie die Hitze gerade noch aushalten konnte.

Kurze Zeit später war der Raum mit heißem Wasserdampf gefüllt, sodass sie Hornets Gestalt, der unbewegt an der Tür stand, kaum noch ausmachen konnte.

«Bitte warte draußen.»

Sie drehte den Kopf zur Seite und sah Hornet direkt an. Eine Sekunde später klappte die Tür hinter ihm zu. Sie legte Valentin beide Hände auf die Brust. Er öffnete die Augen einen Spaltbreit. Das lodernde Grün hatte jeden Schimmer verloren. Er war regungslos, bis auf die stahlhart angespannten Kiefermuskeln. Das Wasser hatte ihm Strähnen seines dichten schwarzen Haares in das Gesicht gespült. Sie hob eine Hand, um sie beiseitezuschieben.

«Ich weiß, wie ich dir helfen kann.»

Einen Scheißdreck wusste sie, aber das hier war ihre einzige Chance. Und es fühlte sich einfach besser an, wenn sie so tat, als wüsste sie, was jetzt half.

Ihre Hände senkten sich wie ferngesteuert erneut auf Valentins breite Brust. Sie schloss für einen Moment die Augen und aktivierte ihre Gabe. Schickte mit aller Kraft ihre gesamte Wahrnehmung in ihre Handflächen und begrüßte das sofort auftauchende heiße Kribbeln unter ihrer Haut.

Doch wenige Sekunden später ebbte das Gefühl wieder ab und verschwand dann völlig. Sie kämpfte die aufkeimende Panik nieder. *Vielleicht störte der nasse Stoff des Shirts ihre Empfindung?*

«Das Shirt muss weg.»

Valentin hob schwerfällig die Arme und sie zerrte den klitschnassen Stoff über seinen Kopf. Kraftlos sank er seitlich gegen die Fliesen.

«Valentin!»

Hastig senkte sie die Hände erneut auf seine nasse Haut. Für einen Moment geschah gar nichts. Sie spürte seinen Schmerz und etwas unerreichbar dahinter Liegendes. Ansonsten war völlige Funkstille.

Er gab ein leises Stöhnen von sich und sein Körper verkrampfte sich unter ihren Händen. Die Panik versuchte sie zu übermannen, sie niederzukämpfen, ihr sämtliche Kraft zu rauben. Sie würde ihn verlieren. Aber das durfte nicht passieren.

«Nein!»

Ihre Stimme brach sich an den Fliesen, hohl und verzweifelt. Ihr Nein galt allem. Der Welt, die drohte unterzugehen, Valentins schmerzgepeinigtem Gesicht und der Unfähigkeit, ihrer Gabe freien Lauf zu lassen.

Sie begann, sich auf ihren Atem zu konzentrieren, und versuchte, alles andere auszublenden. Sogar Valentins Schmerz schob sie gedanklich beiseite, erkämpfte sich Stück für Stück die Freiheit des Geschenkes ihrer Urahnen: ihren Drachen zu heilen.

Sie ließ die Liebe zu. Ließ es zu, dass die stärkste Emotion, zu der Menschen in der Lage waren, die Führung übernahm. Ganz langsam stellte sich das zarte Prickeln in den Handflächen wieder ein. Sie spürte hinter die betonharte Mauer seines Schmerzes und fand nur Sekunden später, was ihrer aller Leben bedrohte: die grauschwarzen Schleier des Giftes in seinem Blut.

Aus dem Nichts heraus wusste sie, was zu tun war. Schlagartig, als hätte es ihr jemand zugeflüstert, begriff sie, wie sie ihm helfen konnte.

«Hornet, ich brauche ...», rief sie durch die geschlossene Tür.

Weiter kam sie nicht, denn Hornet kniete bereits neben ihr, einen Dolch auf seiner geöffneten Handfläche balancierend. Sie packte Valentins Arm und presste, ohne weiter nachzudenken, den Dolch gegen seinen Unterarm.

Die Klinge glitt durch die Hautoberfläche. Im nächsten Moment färbten sich die weißen Fliesen zu ihren Knien rot. Ihre Hände pressten sich gegen seine Brust und diesmal gelang es ihr sofort, durch die Mauer des Schmerzes zu dringen. In fliegender Eile jagte sie ihre Kraft durch seinen Körper, zog die Säure aus jeder Zelle seines Organismus und konzentrierte sich so stark, bis sie den Druck selbst kaum noch aushalten konnte.

Sie schnappte nach Luft, vor ihren Augen drehte sich alles, aber verbissen kämpfte sie weiter. Sie hielt dem Druck stand. In dem Moment, als sie spürte, wie ihre eigene Kraft sie verließ, gelang es ihr endlich, die amorphe schwarze Masse in geordnete Bahnen zu lenken, hin zu der stark blutenden Wunde.

Als das Wasser sich schwarz zu färben begann, kroch sie instinktiv ein Stück zur Seite. Valentin begann zu zittern. Ihre Hände brannten, als hielte sie glühende Kohlen, und sie spürte seinen Puls flattern. Für einen unendlich langen Moment fühlte sie wieder den Hauch der Todeskälte in ihren Handflächen.

Doch das Gefühl verschwand und sein Puls normalisierte sich. Er sackte augenblicklich zusammen. Aber seine Atemfrequenz war normal und auch das Zittern war verschwunden. Für eine Sekunde lehnte sie die Stirn an seine Brust und lauschte nur dem Prasseln des Wassers.

Er lebte.

Seine Hand hob sich, fuhr von unten über ihren Rücken und blieb dann in ihrem Nacken liegen. Das Wasser nahm das beständig aus der Wunde rinnende Blut an seinem Arm mit sich und lief über seinen Oberkörper. Sie fasste nach einem Duschhandtuch, das in Griffweite über der Glasabtrennung hing. Fest presste sie den Stoff auf die Wunde, während sie jetzt ihre eigene Erschöpfung in sich hochkriechen spürte.

Die Finger ihrer freien Hand wanderten seinen Arm hinauf, offensichtlich auf der Suche nach der Oberarmarterie. Ihr war selbst nicht mehr ganz klar, was sie hier tat. Aber ihre Finger wussten es, denn sie fanden die heftig pulsierende Arterie. Ihr Zeigefinger suchte sich seine Position, um den Blutfluss durch starken Druck zu vermindern.

Er lebte.

Kapitel 21

Valentin hatte geglaubt, er müsse sterben. Davon war er fest überzeugt gewesen. Er hatte gekämpft, bis er keine Kraft mehr gehabt hatte. Und darüber hinaus, denn der Schmerz, Josefine zu verlassen und diese Welt ihrem Schicksal zu überlassen, hatte dem körperlichen Schmerz in nichts nachgestanden.

Aber sie hatte ihn gerettet. Seine Vesna hatte ihn nicht gehen lassen.

Vorsichtig öffnete er die Augen. Josefines rotes Haar war dunkel vor Nässe. Sie hielt seine Hand, saß dicht bei ihm. Er atmete einmal tief durch. Der Schmerz, der ihn mit sich gerissen hatte, war verschwunden.

Er suchte nach seiner Stimme und räusperte sich. «Wie hast du das gemacht?»

Selbst für ihn waren seine Worte kaum hörbar.

Josefine schwieg. Ihr Blick ruhte auf ihm und in ihren grünen Augen blitzte etwas auf. Etwas sehr, sehr Altes.

«Ich habe ... es ist einfach passiert.»

Sie strich mit dem Zeigefinger sanft über seine Wange. Schlagartig erwachte auch sein restlicher Körper aus der erschöpfungsbedingten Erstarrung. Er konnte sein Blut durch die Adern pulsieren spüren, als habe diese Berührung ihn endgültig wieder zum Leben erweckt.

«Vielleicht habe ich aufgehört zu denken und mich voll und ganz meiner Gabe und meinen Gefühlen hingegeben.»

Ein Lächeln erschien auf ihrem hübschen Gesicht, doch sofort wurde ihr Miene wieder ernst. «Es bleibt wenig Zeit,

Valentin.» Ihr Tonfall war plötzlich völlig geschäftsmäßig. «Die Dunklen wissen, wo der Rat sich aufhält, und sie haben ihn angegriffen.»

Er brauchte einen Moment, um diesen spontanen Themenwechsel hinzubekommen. Sein Geist war noch langsam und träge. Er hatte die Welt bis zu diesem Augenblick völlig ausgeblendet. Schlagartig wurde ihm die Dringlichkeit des Handelns bewusst. Verdammt, er hatte keine Ahnung, was passiert war, während er vor sich hingedämmert hatte und der Schmerz ihn fest in seinem Griff gehabt hatte.

«Wir müssen das Ritual vollziehen», murmelte er und setzte sich vorsichtig auf.

Was allerdings keine gute Idee war. Umgehend wurde ihm schwarz vor Augen.

«Leg die Stirn auf die Knie.»

Ihre Stimme kam wie durch Watte bei ihm an und er tat, was sie gesagt hatte. Der Schwindel ließ langsam nach und er wagte erneut die Augen zu öffnen. Er musste jetzt gottverflucht auf die Beine kommen. Erneut richtete er sich etwas aus und diesmal blieb der Schwindel aus. Dafür überfiel ihn ein anderer Gedanke.

«Was ist mit Oskar?»

Sie würde ihn für ein Weichei halten, in so einer Situation an seinen Hund zu denken, doch ihr Gesicht entspannte sich ganz plötzlich.

«Er schläft. Er ist bei Clemens, aber er wird überleben.»

«Dank deiner Gabe», murmelte er.

Sie zog eine Augenbraue in die Höhe und nickte knapp. Ein Gefühl der Dankbarkeit flutete ihn und er umfasste Josefines Hand. Dabei rutschte seine Uhr fast über sein Handgelenk, der

Verschluss schien sich geöffnet zu haben. Ungeschickt, weil seine Hände sich klamm anfühlten, löste er seinen Griff und ließ sie auf die Fliesen gleiten. Josefines Blick auf die tropfende Luxusuhr war so eindeutig, dass er den intensiven Drang verspürte, sich zu erklären.

«Der Drache liebt dieses ganze Gold», setzte er an. «Ich gar nicht so, aber ...»

Er faselte dummes Zeug.

«Dann sollten wir den Drachen mal befreien», war ihre Antwort.

Sie nickte einmal nachdrücklich. So fest, wie sie die Dinge im Griff hatte, wäre sie vielleicht auch in der Lage, die Welt allein zu retten.

«Möchtest du meine Vesna sein?», fragte er und spürte das Zittern in seiner Stimme.

Sie blickte auf, ihr Blick wirkte fast überrascht. Aber mehr, als wäre es sonderbar, dass er sie noch fragte. Ihre Finger berührten sanft seine Wange, eindringlich sah sie ihn an. «Natürlich möchte ich das!»

Es tat so gut. Er war nicht mehr allein. Er durfte wieder lieben. Und wie er diese Frau liebte!

Aufmerksam sah sie ihn an und fragte leise: «Was ist los?»

«Wieso?»

Ihre Stimme war nur noch ein Flüstern. «Du lächelst.»

Fast reflexhaft beugte er sich nach vorne. Ihre leicht geöffneten Lippen fühlten sich gut unter seinem Mund an. Nach einer Sekunde der Bewegungslosigkeit rückte sie näher.

Küssen ging gut, befand er. Deshalb startete er, ohne seinen Mund von ihrem zu nehmen, einen erneuten Versuch, wenigstens auf die Knie zu kommen. Energisch griff sie unter seine Achseln und half ihm, sich aufzurichten. Allerdings ohne ihren Mund von seinem zu nehmen. Sie war es, die sich wieder von ihm löste und ihm beide Hände anbot, um ihm aufzuhelfen. Etwas schwerfällig kam er auf die Füße und brauchte einige Sekunden, um die Balance zu finden.

Josefine griff ihm fest um die Taille. Vielleicht hätte er es allein bis zum Bett geschafft, aber er ließ es zu, dass sie ihn stützte. Normalerweise hätte er sich lieber in der letzten Ecke verkrochen und gewartet, dass seine Schwäche vorbeiging, als dass er Hilfe angenommen hätte. Aber bei ihr fühlte es sich richtig an.

Während sie ihn geschickt zum Bett lotste, legte er seinen Arm um ihre Schulter. Ihre feuchten Locken strichen zart über seine Haut. Im Gegensatz dazu wurde ihr Griff um seinen Oberkörper noch fester. Er erinnerte sich an ihre Kraft. Sie hatte ihm mit puren Willenskraft das Leben gerettet. Mit ihrer Stärke wäre sie vermutlich in der Lage, eine ganze Armee zu befehligen. Er brauchte diese Frau. Nicht nur weil sie offenbar in der Lage war, ihn am Sterben zu hindern, sondern weil er sie liebte.

Vorsichtig setzte er sich auf die Bettkante.

«Valentin.»

Er blickte auf. Hornet saß in einer der Fensternischen und hatte die schweren Bikerstiefel vor sich gekreuzt. In seinen blauen Augen glänzte Sorge. Nachdem was geschehen war, konnte er sich sicher sein, keinen loyaleren Freund zu haben. Das Wissen, dass er ihn hilflos und voller Schmerz gesehen hatte, löste dennoch Unbehangen aus.

«Begleite uns in die Berge. Sei in der Nähe, wenn wir ... wenn wir den Drachen aus seiner Gefangenschaft erlösen.»

Es gab niemanden sonst, der besser für die Aufgabe geeignet wäre, sie während der Zeremonie der Vereinigung zu schützen. Auch wenn dies nur ein symbolischer Akt war, es war gut, ihn in der Nähe zu wissen.

Wenige Minuten später fühlte Valentin sich so weit wieder hergestellt, dass sie aufbrechen konnten, und sie verließen das Haus durch den Seiteneingang neben der Küche. Über dem ganzen Anwesen lag die gespannte Atmosphäre von mächtiger Magie. Die Abenddämmerung hatte begonnen die Farben mit sich zu nehmen und tauchte die mächtigen Bäume in ein surreales Licht. Der Rat würde weiterhin daran arbeiten, den Schutz aufrechtzuerhalten, und sich auf die alles entscheidende Schlacht vorbereiten.

Josefine lief vorweg, ihren Rucksack geschultert, als kannte sie den Weg. Ihre Körperhaltung war aufrecht und energisch, dennoch wirkte ihre Seele gelöst. Fasziniert spürte er ihren Emotionen nach, die er jetzt so deutlich in seiner Seele empfing. Hornet lief schweigsam neben ihm, während sie eine kleine Anhöhe erklommen. Die frische Luft schien seinem Kopf gut zu bekommen, denn schlagartig fiel ihm noch etwas ein, was er völlig vergessen hatte.

«Was hast du mit Madeleine gemacht?», fragte er den blonden Mann neben sich.

Hornet dreht augenblicklich den Kopf zu ihm. «Was meinst du?»

In seinen Augen stand plötzlich eine sonderbare Wachsamkeit.

«Hast du sie in Sicherheit gebracht?»

«Äh ... ja. Natürlich.»

Hornet schien plötzlich großes Interesse an der Beschaffenheit des Waldbodens zu entwickeln. Er wich Valentins Blick geschickt aus und starrte auf seine Füße.

«Alles klar bei dir?», fragte Valentin argwöhnisch.

Das war definitiv ein höchst sonderbares Verhalten für Hornet.

«Sie ist also die ‹Eine› der Prophezeiung?», fragte er stattdessen, sah ihn aber immer noch nicht an.

Valentin hatte das unbestimmte Gefühl, dass Hornet bewusst das Thema wechselte.

«Ich wusste es immer. Dass du nicht zum Drachen werden kannst, meine ich. Der Rat nicht, aber ich. Ich habe das gespürt.»

Und gleich der nächste Themenwechsel.

«Ja, sie ist meine Gefährtin», stimme Valentin zu.

Völlig überraschend lächelte Hornet ihn an. Auf eine unerwartet verbindliche Art. «Sie ist sehr besonders», sagte er fest. «Genau wie Madeleine. Sie ist auch sehr, äh, besonders.»

Wurde Hornet etwa rot? Prüfend sah er seinen Freund an, als Josefine in die plötzlich entstandene Stille hinein sprach.

«Wer ist Madeleine?»

Sie war mitten auf dem Weg stehen geblieben und hatte auf sie gewartet. Und sie schien gute Ohren zu haben.

Valentin räusperte sich. «Madeleine ist meine Tochter.»

Sie zog fragend die Augenbrauen in die Höhe. «Du hast eine Tochter?»

War das etwas, was man seiner Gefährtin so nebenbei mitteilte? Vermutlich nicht, aber hier und jetzt blieb ihm wohl keine andere Möglichkeit.

«Vier um genau zu sein. Ich hätte dir vielleicht schon vorher von ihnen erzählen sollen.»

«Es war wenig Zeit.»

Sie zuckte die Achseln. Er setzte an, etwas zu sagen, aber sie winkte ab. «Später. Nicht jetzt.»

Kapitel 22

Josefine war eine ganze Weile vor Valentin und Hornet durch die wilde Natur marschiert, angetrieben von einem unerklärlichen und tiefen Vertrauen, das Richtige zu tun.

Seine Offenbarung, vier Kinder zu haben, hatte ihr einen kleinen Stich versetzt. Aber er war schließlich Hunderte von Jahre alt. Und er hatte ein Leben vor ihr. Ein Teil dieses Lebens hatte sie ja in Form von Trinidad schon kennengelernt.

Das alles waren Dinge, mit denen sie sich später auseinandersetzen würde. Jetzt hatte sie nicht die Zeit dafür. Jetzt schlug ihr das Herz bis zum Hals und sie spürte ihre eigene Aufregung wie einen ganzen Schwarm Bienen im Kopf.

Hornet war ihnen bis zur letzten Weggabelung gefolgt, dort blieb er zurück, um auf sie zu warten.

Nach wenigen Minuten erreichten sie eine Lichtung, weiter oben auf dem Berg. Dichte, haushohe Bäume säumten den Platz, der von schwarzen Felsen umgeben war. Sie betrat die Waldlichtung, blieb aber in respektvollem Abstand zu dem Kreis aus Steinen stehen, als die Wolkendecke aufriss und der Mond den Ort in ein fahles, kühles Licht tauchte.

Valentin war wortlos in die Mitte des von Bäumen und Felsen gesäumten Kreises getreten. Er stand dort bewegungslos, die Augen geschlossen, das markante Gesicht zum Himmel gehoben. Sie beobachtete ihn eine Weile, während sich seine Gesichtszüge langsam glätteten. Dieser Ort schien ihm sehr vertraut zu sein. Wenige Atemzüge später veränderte sich fast unmerklich seine gespannte Körperhaltung, er schien in die

Stille zu lauschen, als er sich langsam auf die Knie sinken ließ, sich entspannte.

Schlagartig und ohne Vorwarnung griff eine uralte Erkenntnis nach ihr.

Sie wusste, wo sie war.

Diese Einsicht ließ sie nach Luft schnappen. Einen Herzschlag später begriff sie, was die ganze Zeit schon da gewesen war, was sie einfach noch nicht gespürt hatte: Die Magie des Ortes umschmeichelte ihren Körper und hieß sie auf fast liebevolle Art willkommen.

Sie stand wie angewurzelt da, atmete wieder und wieder tief ein, um alles aufzunehmen. *Zuhause*, schoss es ihr durch den Kopf, und eine tiefe Stille breitete sich in ihrer sonst so unruhigen Seele aus.

Auch wenn ihre Gabe einen magischen Ursprung hatte, war sie niemals zuvor echter Magie begegnet. Dies war keine von Menschen genutzte Magie, dies war freie, wilde, unbändige Magie, wie sie wohl nur einem solchen Ort innewohnen konnte. Sie schloss die Augen und ließ sich von dem farbigen Strudel der Sinneseindrücke mitreißen. Schmeckte die Freiheit und Unabhängigkeit dieser Macht auf ihrer Zunge, lauschte ihrem leisen Klingen, das plötzlich über der Lichtung zu hängen schien.

Als sie die Augen wieder öffnete, stand Valentin direkt vor ihr. Auf seinen sonst so kontrollierten Zügen zeigte sich etwas, was fast ebenso wild wie diese Magie war. Ohne nachzudenken, aus einem übermächtigen Impuls heraus, hob sie die Hand und legte sie ihm auf die Brust. Genau dieser Impuls war es auch, der es zuließ, dass seine Macht sie flutete.

Ihre Gabe erwachte zum Leben. Ihre Handflächen fingen

heftig zu pulsieren an. Seine heiße Haut brannte wie ein Feuer in ihrer Wahrnehmung. Rau und samtig zugleich.

Wieder verschlug es ihr für einen Moment den Atem. Denn er war es. Er war es, der sie in ihren Träumen auf starken Schwingen in die Höhe trug. Es gab keinen Zweifel mehr, sie war am richtigen Ort. Gemeinsam mit ihm. Ihrem Drachen.

Die Farbe seiner Augen veränderte sich. Ganz vorsichtig hob sich seine rechte Hand und seine Finger schwebten wenige Millimeter vor ihrer Wange, als habe er Sorge, ob sie einer Berührung zustimmen würde. Sie drehte ganz leicht den Kopf, bis ihr Gesicht seine ausgestreckten Finger berührte.

Sein Lächeln war vorsichtig, als müsse er es erst suchen und behutsam ausprobieren. Aber es vermochte eine unglaubliche Veränderung in seinem so ernsten Gesicht herbeizuführen. Das Lächeln machte ihn zu einem Menschen.

Eine Unzahl an Emotionen huschte durch sie hindurch. Wieder war sie da, diese direkte Verbindung ihrer beider Seelen. Gefühle fluteten sie, seine Gefühle, sorgsam verborgen vor der Welt. Verborgen, aber niemals abgetötet.

Einen Herzschlag später spürte sie das endgültige Erwachen der Magie dieses Ortes, als habe sie nur auf sie beide gewartet.

«Bereit?»

Seine Stimme war dunkel.

Sie nickte langsam. «Bereit.»

Er ging in einer einzigen fließenden Bewegung vor ihr auf die Knie. Sie folgte ihm. Seine tiefe Stimme murmelte fremde Worte, seine gelbgrünen Augen ruhten weiterhin fest auf ihr. Zeit und Raum verloren ihre Bedeutung. Sie gingen auf in seinen leisen Worten und der kraftvollen Magie.

Valentin löste sich sanft von ihr und hatte im nächsten Moment ein matt schwarzes Jagdmesser in den Händen. Als er sich die Klinge fest über die linke Handfläche zog, zuckte sie unwillkürlich kurz zusammen.

Blut war eines der stärksten Siegel in der Magie, eine unauslöschbare Signatur. Das rote Rinnsal, das sich seinen Weg über sein Handgelenk suchte, überlagerte für einen Moment alle ihre Sinne.

«Mein Blut für dich, Josefine.»

Langsam hob er ihr seine Hand entgegen, bis sie auf Höhe ihrer Lippen innehielt. Sie umfing seine Finger mit den Händen, als wüsste ihr Körper, was zu tun war. Ihre Lippen berührten die Wunde und sie spürte das Beben seines Körpers. Der warme Eisengeschmack war fremd auf ihrer Zunge. Sein heißes Blut füllte ihren Mund aus. Sie schluckte es hinunter und klammerte sich fest an seine Hand.

Etwas bewegte sich in ihr, veränderte sich, raubte ihr für einen Moment fast die Sinne. Aber sie wartete und atmete weiter, mit dem tiefen Wissen, dass ihr nichts geschehen würde. Ihr Innerstes veränderte sich und in ihrer Seele begann sich ganz bedächtig eine neue Struktur zu formen. Schließlich hob sie den Kopf und streckte fordernd eine Hand aus.

Er legte den Dolch ohne zu zögern hinein.

Das Messer war scharf, und im ersten Moment tat der Schnitt nicht weh. Sie starrte auf das dunkle Blut auf der hellen Haut an ihrem Handballen. Ganz entfernt spürte sie den einsetzenden Schmerz, aber der war jetzt nicht wichtig.

Sie hob den Blick und seine Energie traf sie mit solcher Wucht, dass sie das Gleichgewicht verlor. Für einen Moment fühlte sie sich schwerelos, völlig losgelöst von dieser Welt, während sie auf den Waldboden sank. Valentins Griff war fest, als er sie an sich zog.

Sie hob ihre Hand. «Mein Blut für dich, Valentin.»

Seine Augen versanken in ihrem Blick, als er seinen Mund fest auf ihren Handballen drückte. Die Berührung seiner Lippen riss sie wie in einen Strudel. Sie spürte seine Arme, die sie festhielten und vor dem endgültigen Versinken im Chaos bewahrten.

Er murmelte Worte, die so unendlich sanft über seine Lippen kamen, deren Bedeutung sie nicht verstand, aber sie waren wie ein Leuchtturm in rauer See. Sie beruhigten ihre Seele, gaben ihr die Sicherheit, dass sie aus dem Chaos wieder auftauchen würde, dass sie es zurück in die Welt schaffen würde.

Für einen schwebenden, endlosen Augenblick gab es nur noch seine Stimme, und mit aller Kraft konzentrierte sie sich darauf. Sie hielt sich fest an ihm und presste ihr Gesicht stärker an seine Brust. Es gab keinen Schmerz. Das, was sie fühlte, ging über den physischen Zustand des Schmerzes hinaus. Es war ein neues Leben, in das sie in diesem Moment eintrat.

Sie wusste nicht, ob Stunden oder Minuten vergangen waren, aber etwas Warmes rann über ihr Gesicht. Sie versuchte, den Mund zu öffnen, und hatte erneut den kupfrigen Geschmack von Blut auf der Zunge. Sie musste einen leisen Laut von sich gegeben haben. Valentins Hand hob ihre Stirn, legte ihren Kopf gegen seinen Oberkörper. Sie roch Blut. Ihre Muskeln spannten sich an und eine Welle von Panik schwappte über sie hinweg.

Augenblicklich wechselte Valentin wieder ins Deutsche. «Es ist alles gut, Josefine. Atme einfach weiter. Alles ist gut.»

Sie wusste nicht, ob das stimmte, aber ihr Körper entspannte sich wieder und dann wurde es dunkel.

Sie hatte keine Vorstellung, wie lange sie ohnmächtig gewesen war, aber als sie langsam wieder zu sich kam, lehnte sie zwischen Valentins angewinkelten Beinen, gebettet an seine breite Brust.

Es war finster um sie herum. Die Nacht war endgültig gekommen. Sie zog einmal höchst unweiblich die Nase hoch und versuchte, den Kopf zu drehen. Was sich als schwierig erwies, denn Valentin hatte die Arme vor ihrem Körper gekreuzt und hielt sie fest an sich gedrückt.

Als er ihre Bewegung spürte, lockerte sich seine feste Umarmung etwas. Sie suchte nach Worten und fand im ersten Moment keine. Sein Gesicht war dicht neben ihr und sie drehte den Kopf etwas, um ihn ansehen zu können. Dennoch verschwammen seine Konturen vor ihren Augen. Beruhigend strich er ihr über das Haar und langsam klärten sich ihre Sinne etwas. Sie atmete tief durch und spürte seinen warmen Körper, der ihr so viel Halt gab.

«Bin ich jetzt deine Vesna?», flüsterte sie.

Er lächelte. Seine Silhouette hob sich schwarz vor dem dunklen Himmel ab. «Das bist du.»

Seine Stimme klang rau. Er musste es selbst gehört haben, denn er räusperte sich.

Sie fuhr sich mit einer Hand über das Gesicht und sah auf ihre vor Feuchtigkeit glänzenden Finger.

«Hatte ich Nasenbluten?»

«Ja. Es war aber nicht schlimm. Schlaf noch ein wenig.»

Er zog sie wieder enger an seine Brust und sie schloss die Augen, während sie seinem beständigen Herzschlag lauschte. Sie fühlte sich so unglaublich geborgen. Die stete Unruhe, die sie ihr Leben lang getrieben hatte, schien einfach verschwunden. Für immer ausgelöscht in der Verbindung mit ihrem Drachen.

Sie war zu Hause.

Kapitel 23

Josefine erwachte aus tiefem Schlaf. Für einen Moment musste sie sich orientieren, dann brach die Erinnerung mit voller Wucht über ihren verschlafenen Verstand herein. Sie setzte sich abrupt auf und lauschte in die Stille des Waldes. Einige Sekunden starrte sie verwirrt in das Zwielicht der Morgendämmerung.

«Valentin?»

Alles blieb still. Sie zog die Decke fester um den Oberkörper. Eine Welle der Einsamkeit überflutete sie. Gerade als sie sich aufrappeln wollte, um nach ihm zu suchen, spürte sie seinen Herzschlag dicht bei sich.

Plötzlich stand er auf einem der schwarzen Steine am Rand der Lichtung, nackt, wie Gott ihn geschaffen hatte, und mit einer Wildheit im Blick, die Josefine nach Luft schnappen ließ. Mit einer seltsamen, unmenschlichen Geschicklichkeit überwand er die drei Meter Höhenunterschied, bis er direkt vor ihr stand.

Fast zwei Meter pure Männlichkeit, eingehüllt in eine Aura der Andersartigkeit. Von Zivilisation keine Spur mehr. Wie er unbewegt mit bis aufs Äußerste angespannten Muskeln vor ihr stand, war er nur noch brutale Schönheit. Die Farbe seiner Augen wechselte beständig. Das tiefe Grün wurde immer wieder von flammendem Gelb durchbrochen.

Langsam und geschmeidig ließ er sich vor ihr auf die Knie sinken. Sein Duft war verführerisch. Er roch nach Luft und der Höhe. Sein Körper zog sie wie magnetisch an. Sie stellte das Denken ein, richtete sich stattdessen auf und legte die Hände auf seine Brust.

Erstaunen breitete sich auf seinem Gesicht aus. Offensichtlich war er es nicht mehr gewöhnt, dass man ihn berührte. Im nächsten Moment beugte er sich nach vorn, kam immer näher, bis sie schließlich seinen heißen Atem über ihren Hals streifen spürte. Er glühte und diese Hitze schien auf sie überzuspringen. Ein Schauer durchlief sie, der sich knapp unterhalb des Bauchnabels in ein völlig unbekanntes Feuer verwandelte, und doch zögerte sie. Sein Kopf senkte sich weiter. Sie spürte seine Lippen vorsichtig über die empfindliche Haut ihres Halses auf Wanderschaft gehen. Aber seine Berührung hatte erstaunlicherweise nichts Forderndes, sie war eine sanfte Bitte, mehr nicht.

Im ersten Moment war sie verwirrt von den beinahe überwältigenden Empfindungen, die sein Mund auf ihrem Hals entflammte. Sie brauchte ein paar Sekunden der Besinnung und bog das Rückgrat durch, um sich seinem Mund und der berauschenden Nähe zu entziehen.

Er ließ ihr diesen Raum, als spürte er ihre plötzliche Unsicherheit. Wenige Atemzüge lang verharrten sie bewegungslos. Sein Atem glitt heiß über ihren Hals und endlich formte sich das, was sie schon die ganze Zeit gespürte hatte, zu einem greifbaren Gedanken. Er war kein Fremder, vor dem sie sich in Acht nehmen musste. Sie kannte ihn. Ihr Blut war mit seinem verbunden, lange bevor sie das Ritual vollzogen hatten.

Sie vertraute ihm, tief und unerschütterlich. Ihr Körper wusste das schon lange, nur ihre Seele verharrte noch in den altbekannten Mustern. Ihr Leben war geprägt von Rastlosigkeit, von der verzweifelten Suche nach etwas, von dem sie nie wirklich geglaubt hatte, dass es existierte. *Aber hier war er.* Und ihr Leben war so verlaufen, weil er nicht bei ihr war. Das zu begreifen trieb ihr die Tränen in die Augen.

Er zog sich ebenfalls einige Millimeter zurück. Ein Hauch von Unsicherheit lag in seinen Gesichtszügen, während er ganz vorsichtig mit der Fingerspitze eine Träne auf ihrem Weg über ihre Wange verfolgte. Was für ein Kontrast zu seiner sonst so offensichtlichen Stärke. Vielleicht war es aber genau diese unerwartete Mimik, die so viel menschliche Regung widerspiegelte, die sie veranlasste, eine Entscheidung zu treffen.

Augenblicklich lösten sich die Fesseln um ihre Seele und sie war endlich frei. Frei für ihn und für die Gefühle, die sie überfluteten. Sie konnte und wollte ihn – und sich selbst – nicht länger warten lassen.

Sie ließ die Hände über seinen Bauch gleiten, erkundete mit den Fingerspitzen die deutlichen Linien seiner Bauchmuskeln. Er hielt ganz still, beobachtete sie genau. Es fiel ihm offensichtlich schwer, seine Hände bei sich zu behalten. Dennoch zog er sich noch ein paar Zentimeter mehr zurück, gab ihr den Raum und die Zeit, die sie brauchte.

Sie strich über die glatte, heiße Haut, die ihr so vertraut war. Schon bei dieser einfachen Berührung lief ein Schauer über ihren Körper. Sie konnte sich kaum vorstellen, wie es sein würde, ihn tatsächlich in sich zu spüren. Nur mit Mühe unterdrückte sie ein Stöhnen. Er mochte zwar keine Kontrolle über ihren Geist haben, aber sehr wohl über ihren Körper.

Er hob eine Hand und strich ihr mit dem Zeigefinger über die linke Wange. Die Berührung war anrührend zart, fast nur angedeutet. Aber sie reichte aus, um mit dem Teil in ihr Kontakt aufzunehmen, von dessen Existenz sie bis vergangene Nacht nichts gewusst hatte. Im nächsten Moment überrollte sie eine Woge der blanken Lust. Scharf sog sie die Luft ein, und Valentin knurrte leise. Ein nicht sehr menschlicher Laut. Ein Laut, der ihr deutlich machte, dass sie keine Chance hatte, ihr Verlangen für sich zu behalten, selbst wenn sie es gewollt hätte. Aber sie wollte es auch gar nicht. Sie wollte, dass er wusste, dass sie ihn begehrte.

Mit beiden Händen umfasste sie seinen Nacken, um ihn zu sich zu ziehen. Wenn ihn diese abrupte Bewegung überraschte, verbarg er es gut. Er kam ihr im Gegenteil schon auf halber Strecke entgegen, beugte seinen massigen Körper über sie. Doch sie fühlte sich nicht bedroht von seiner Größe. Alles, was sie wollte, war, dass er sie berührte.

Sie nahm seine Hand und legte sie auf ihre Brust. In der nächsten Sekunde waren seine Lippen auf den ihren und seine Zunge drang in ihren Mund. Es gab kein Zögern, keine Zurückhaltung mehr. Dieser Kuss machte es deutlich: Sie gehörte ihm. Sein Feuer brannte jeden Zweifel, den sie vielleicht noch hatte, sehr nachdrücklich aus ihrem Gehirn.

Mein, schoss es durch ihren Kopf, und sie wusste nicht, ob es ihr eigener oder sein Gedanke war.

Sie stöhnte unwillkürlich auf. Zu stark waren die Emotionen, die seine Lippen auslösten. Als könne er es spüren, zog er sich zurück. Während seine Lippen sich von den ihren lösten, empfand sie einen fast schmerzhaften Verlust.

«Nein. Bleib bei mir.» Ihre Stimme klang atemlos. «Nicht aufhören.»

Die Hitze seines Blickes verschlang sie. Im nächsten Moment spürte sie seine rechte Hand in ihrem Nacken. Aus der Geste sprach pure Dominanz. Es war eine fast aggressiv anmutende

Energie, die ihn plötzlich umgab. Aber sie würde ihm die Führung, die er jetzt so offenkundig für sich beanspruchte, nicht so einfach abtreten.

Ja, er war der Alpha, aber sie war seine ebenbürtige Partnerin. Nur so würde es gehen. Sie wusste, dass sie sonst in seinem Feuer verbrennen würde. Fest lehnte sie sich gegen den Druck seiner Hand.

Augenblicklich veränderte sich sein Griff, wurde sanfter. Er zog sie noch dichter an sich, bis sie auf seinem Schoß zum Sitzen kam. Durch den dünnen Stoff ihrer Hose spürte sie seine Erregung. Sie grub die Hände in sein Haar und presste sich fester auf ihn, genoss die glühende Hitze, die durch sie hindurchschoss. Bebend atmete sie ein.

Im nächsten Moment spürte sie seine Hand auf ihrem Po. Als wäre sie eine Feder, hob er sie an. Es gab einen scharfen Ruck und sie atmete erschrocken aus, als kalte Luft über ihre erhitzte Haut strich.

«Geschickt», keuchte sie.

Er grinste sie an. Dieses Grinsen würde sie ihm austreiben. Sie wollte ihn genauso zitternd und bebend vor Lust, wie sie es war. Sie entwand sich seinem festen Griff, stützte sich auf den Knien ab und ließ ihre Zunge über seine Haut gleiten. Sein Geschmack war betörend und sie musste all ihre Selbstkontrolle aufbringen, um sich nicht in ihm zu verlieren. Sie biss ihm in den Hals. Er erstarrte.

Der Herr Drache war es offensichtlich nicht gewohnt, dass ihn jemand biss, geschweige denn, dass die Gespielin die Oberhand übernahm. Sie ließ ihren Mund bis zu seinem linken Ohr wandern.

«Jetzt bin ich dran.»

Valentin wand sich bei diesen gehauchten Worten auf menschenunmögliche Weise, aber sie vergrub die Finger in seinem dichten schwarzen Haar, während sie ihre andere Hand langsam über seine Bauchmuskeln nach unten wandern ließ. Er atmete scharf ein. Seine Hände wollten nach ihr greifen, doch sie wich ihm aus. Nein, der Mann war es nicht gewohnt, die Führung abzugeben.

«Ich.»

Weiter, immer weiter ließ sie ihre Fingerspitzen über seine festen Muskeln gleiten, bis sie die Spitze seines Penis streifte. Er schloss die Augen und schien nicht mehr zu atmen. Sie umfasste ihn ganz und ein tiefes Knurren entrang sich seiner Kehle. Im nächsten Moment war er über ihr. Seine fremdartigen gelbgrünen Augen strahlten.

Das Vorspiel war vorbei.

Sie musste ihn in sich spüren. Jetzt.

Fest schlang sie die Beine um seine Hüften und schloss die Augen, als sie ihn genau da hatte, wo sie es wollte. Sie hob den Blick und sah sein Gesicht direkt über sich. Die Maske der Kälte war endgültig gewichen. In seiner Miene lag Hingabe. Aber da war noch etwas. Vielleicht war es Erstaunen?

Seine Stirn senkte sich auf ihre, seine Haut glühte. Sie hob sich ihm entgegen und er drang in einer einzigen geschmeidigen Bewegung in sie ein.

Es war, als habe ihr Körper, ihre Seele nur auf diesen Moment gewartet. Sie atmete tief aus und schlang ihre Beine um seine Hüften.

Seine Bewegungen waren selbstbewusst und sicher und ihr

Körper reagierte sofort und ohne Umschweife. Ein Zittern erfasste sie und sie presste ihre Schenkel noch fester um seine Hüften, zog ihn noch tiefer in sich.

«Valentin.»

Sie schloss die Augen und er riss sie mit sich. Sie verlor sich in seiner Nähe, verlor jegliches Gefühl für Zeit und Raum. Es gab nur noch diesen Mann, der sie voll und ganz ausfüllte. Der ihren Herzschlag zu spüren schien und der aus irgendeinem Naturgesetz heraus zu ihr passte, als wäre er nur für sie gemacht worden. Sie spürte den Drachen, der frei und wild durch seinen Körper streifte, endlich befreit aus seinem Käfig.

Sie öffnete die Augen und begegnete seinem unmenschlich flammenden Blick. In seinem Gesicht stand Verlangen. Verlangen nach ihr, seiner Vesna, seiner Frau. Es war dieser Ausdruck, der sie schlagartig an den Rand der Beherrschung brachte.

Abrupt veränderte sich seine Bewegung, drängte sie immer tiefer in den Sog, der sie erfasst hatte. Sie überließ sich ganz seinen kraftvollen Bewegungen und spürte den Höhepunkt der Welle auf sich zurasen. Die samtige Hitze seiner Haut brannte lichterloh unter ihren Handflächen. Ihre Finger umklammerten seinen Oberkörper, hielten ihn, während sie spürte, dass auch sein Puls die Frequenz verlor und in einem wirbelnden Stakkato in die Höhe jagte.

Als wüsste er, was ihr Körper brauchte, veränderte er seine Bewegung erneut und die Welle brach. Während sie sich wieder und wieder fest um ihn schloss, lief ein Zittern durch seinen Körper. Sein Atem wurde unregelmäßig und seine Bewegungen verloren ihren kontrollierten, gleichmäßigen Rhythmus.

Sie öffnete die Augen und sah ihn über sich aufragen, wild und schön, ein Wesen aus einer anderen Welt. Sein Blick verdunkelte sich und er warf den Kopf zurück, während der ungebändigte Schrei des Drachen durch den Wald hallte.

Kapitel 24

Valentin hatte das Gefühl, aus einem langen Schlaf erwacht zu sein. Er spürte das Tier in sich toben und konnte es nur schwer bändigen. Der Drache brüllte nach Freiheit, forderte sie fast aggressiv ein, aber Valentin rang ihn nieder, zwang ihm etwas Geduld auf.

Er erinnerte sich an die alles flutende Kraft der Verbindung und betrachtete Josefines zusammengerollten Körper. Seine Hand strich ihr eine Strähne aus dem Gesicht. Sie schlief tief und ruhig. Sie brauchte diese Erholung, das Ritual der Vereinigung war kräftezehrend. Er beugte sich vor und drückte seine Stirn gegen ihre Schulter.

Sie war so stark gewesen. So unfassbar stark und hatte die Verwandlung in ihrem Innersten mit stoischer Ruhe ertragen und willkommen geheißen. Seine Hand wanderte über ihre Schulter bis zu der Vertiefung zwischen ihren Schulterblättern.

Valentin legte seinen Kopf auf Josefines Hüfte und betrachtete den blauen Himmel über ihnen. Es musste früh am Morgen sein. Das Ritual mit seiner Vesna war endgültig besiegelt. Er hatte die Wahrheit gesagt. Sex gehörte nicht zwangsläufig dazu. Aber die Nähe, die durch das Ritual entstand, war oft einfach zu stark. Stärker als Vernunft und Ratio.

Sie beide hatten dieser Anziehungskraft nichts entgegenzusetzen gehabt. Weil ihre Verbindung auf Liebe basierte und nicht nur auf reiner Zweckmäßigkeit. Josefine berührte ihn. Seine Seele, sein Herz, sein ganzes Ich. Und sie hatte schon jetzt mehr Macht über ihn, als eine Vesna über ihren Drachen haben sollte. Es hatte nur etwas gedauert, bis dieses Gefühl sich durch seine mühevoll erbauten Barrieren gearbeitet hatte. Schließlich hatte er achthundert Jahre lang sein Herz gehütet wie einen seiner Schätze.

«Das war eindeutig gegen die Absprache.»

Sie war wach. Er konnte ihr Gesicht nicht sehen, aber er hörte das Lächeln bei diesen Worten. Wortlos hob er eine Hand und strich ihr über die Lippen. Sie hatte zuerst dagegen gekämpft, das hatte er sehr deutlich gespürt. Aber ihr Körper hatte sie überzeugt, dass sie ihm vertrauen konnte. Ihr Körper wusste genau wie seiner, was richtig war. Er schwor sich, sie würde es nicht bereuen.

«Wir müssen gehen.»

Dennoch blieb er unbewegt an ihren Körper geschmiegt liegen.

Sie brauchte eine Weile, bis sie antwortete, ihre Stimme klang schläfrig. «Was tun wir jetzt?»

Irgendwie machten sie beide gerade nicht den Anschein, als würde der Weltuntergang unmittelbar bevorstehen. Von hektischer Betriebsamkeit konnte wirklich keine Rede sein. Aber auch das gehörte zum Ritual. Auch er spürte die Ruhe, die die Zeremonie mit sich gebracht hatte.

Vorsichtig drehte Valentin den Kopf, um die Frau an seiner Seite besser betrachten zu können. Sie hatte die Augen geschlossen, den Kopf auf ihrem Rucksack gebettet. Die feinen Gesichtszüge waren entspannt. Still sah er sie an und immer wieder drängte sich der Drache an den Rand seines Bewusstseins. Aber es war kein Schmerz mehr in seinem Innersten. Er fühlte sich ganz.

Noch war er auf der Hut. Ließ diese Empfindung nur langsam und vorsichtig an sich heran, weil er befürchtete, dass sie seine Seele sprengen könnte. Aber der beständige Kampf gegen den Drachen war vorbei. Er konnte ihn sein lassen.

Sie waren wieder eins.

Josefine stupste ihn mit dem Zeigefinger gegen die Schulter. «Antwortest du heute noch?»

«Wir laufen zurück, schließen den Riss und schicken die verdammten Alben dorthin, wo sie hingehören.»

Es fiel ihm schwer zu antworten. Er wollte für einen Moment nicht an ihre ungewisse Zukunft denken. Er wollte nur hier mit ihr liegen und sich ganz fühlen. Seine Seele war schläfrig und für den Bruchteil einer Sekunde gab der sich dem übermächtigen Bedürfnis hin, die Augen zu schließen. Er spürte ihren trägen Herzschlag. Seine linke Hand ging auf Wanderschaft, fuhr sanft über ihren Bauch und verharrte in der kleinen Mulde auf ihrem Brustbein. Er wollte sich gerade über sie beugen, als etwas in seiner Wahrnehmung leise Alarm schlug.

Dem Ton folgte nur Sekunden später ein heftiger Ruck. Abrupt setzte er sich auf. Im nächsten Moment empfing sein empfindliches Ortungssystem eine Reihe von Gefahrenmeldungen.

«Spürst du das?»

Josefine brauchte einige Sekunden, bis sie antwortete. «Ja», murmelte sie.

Unsicherheit verdunkelte ihre grünen Augen. Er kam auf die Beine und reichte ihr auffordernd die Hand, um sie ebenfalls auf die Füße zu ziehen. Etwas widerwillig ließ sie sich aufhelfen.

Wie bei jeder magischen Handlung war durch die freigesetzte Energie die magische Atmosphäre, die Trennung zwischen den

Welten, erschüttert worden. Bereits vorhandene Schlupflöcher hatten sich vergrößert und waren tiefer einrissen. Das Ritual der Vereinigung lag auf der Skala der freigesetzten Energien vermutlich bei 9,5. Aber sonderlich viele Alternativen hatte es nun mal nicht gegeben.

Jetzt tickte die Uhr. Jetzt waren die Alben in der Lage, größere Geschosse aufzufahren, andere Wesen zu schicken, und mussten sich nicht mehr nur auf die Manipulation von Menschen verlassen.

Er ließ ihre Hand los und blinzelte einmal. Ganz entfernt hörte er ein leises Summen. Ein untrügliches Zeichen, dass die negative Energie der Dunkelalben jetzt wesentlich intensiver in diese Welt floss.

«Du hast meine Frage immer noch nicht beantwortet.»

Josefines Worte schoben all seine Überlegungen energisch beiseite.

Den geöffneten Rucksack in der Hand stand sie vor ihm und musterte ihn kritisch. «Was tun wir?»

«Der Rat schließt den Riss. Ich jage derweil jeden, der versucht, in diese Welt zu gelangen.»

«Und ich?»

Sie war noch einen Schritt näher getreten, hatte ihre Arme um seine Taille geschlungen und nötigte ihn so, sie anzusehen. Das fiel ihm unerwartet schwer und er hob den Blick zum Himmel. Weil der Drache nämlich höllisch laut aufstöhnte als ihre wunderschönen Augen ihn trafen, und weil das Gefühl, sie einfach nur an sich zu ziehen, um das, was sie vor einer Stunde getan hatten, zu wiederholen, nahezu übermächtig wurde.

Er starrte einige Sekunden in den blauen Morgenhimmel, um sich unter Kontrolle zu bringen, dann sah er sie wieder an.

«Du bist einfach da, wo ich bin. Und wenn es gefährlich wird, bringe ich dich in Sicherheit.»

Klang gut. War aber in der Realität vermutlich schwierig umzusetzen. Denn Fakt war: Er brauchte sie, um zum Drachen zu werden. Demnach musste sie in seiner Nähe sein. Wo sie sich ab sofort aber sowieso aufhalten sollte, denn jetzt war sie seine Vesna. Seine Gefährtin. Ihr bester Aufenthaltsort war somit ungefähr zwei Zentimeter entfernt von ihm.

Wenn es allerdings hart auf hart kam, wünschte er sie sich mindestens tausend Kilometer entfernt aus der Gefahrenzone. Womit er nicht mehr zum Drachen werden konnte. Da biss die Katze sich in den Schwanz. Oder der Drache. Wahlweise.

Sie hatte ihn immer noch nicht losgelassen. «Wir sind also ein Team?»

«Ja.»

Worauf wollte sie hinaus?

«Dann sind wir gleichwertige Partner.»

Okay, er hatte verstanden. Das hier war eine kurze Information an den Alpha in ihm.

«Ja, das sind wir.»

Ihm war nicht ganz wohl bei diesen Worten. Schließlich war es oft einfach lebensnotwendig, dass passierte, was *er* sagte.

«Ich wollte dich nur noch einmal ganz sanft an die Tatsache erinnern, dass du mich nicht manipulieren kannst.»

Sie lächelte. Geradezu liebreizend. Dann ließ sie ihn los und fing an, ihre Sachen zusammenzusuchen.

«Wie schließt man den Riss in der Atmosphäre?»

Leicht irritiert beobachtete er sie dabei, wie sie irgendeinen Gegenstand unter einem Busch hervorzog. Aber an ihre chaotische Art würde er sich wohl gewöhnen müssen. Endlich hatte sie alles beisammen, den Rucksack geschultert und sah ihn fragend an

«Mit Magie.»

«Und was, wenn das nicht funktioniert? Irgendetwas Unvorhergesehenes passiert?»

«Dann passen wir unsere Handlungsweise der aktuellen Situation an.»

So, Ende der Fragestunde. Er nahm sie energisch bei den Schultern und schob sie vor sich her über den schmalen Pfad, der sie über die kleine Hügelkette brachte, die den Ritualplatz umgab. Beim Abstieg erwies sie sich genauso trittsicher wie beim Aufstieg. Sie gingen dicht beieinander und hin und wieder berührten sie sich auf dem unebenen Weg. Jedes Mal durchzuckte ihn ein kleiner Stromschlag. An dem feurigen Blick, den er jedes Mal erntete, konnte er erahnen, dass es ihr ebenso erging.

Ihre Seele produzierte bei dem langen Marsch viele Gefühle, von denen er einige sehr deutlich identifizieren konnte. Sie war aufmerksam, nahm jede Gegebenheit ihrer Umgebung wahr. Das konnte er definitiv riechen. Genauso ihre Verwirrung, die eine leichte Zitrusnote zu haben schien. Am meisten aber berührte ihn ein anderes tiefes Gefühl, das ein warmes Zimtaroma verströmte: ihr tiefes Vertrauen in ihn.

Sie hatten bereits ein gutes Stück zurückgelegt, als ihn eine brutale Energie förmlich ansprang. Abrupt blieb er stehen und hob den Kopf.

Etwas war hier. Und es stammte nicht aus dieser Welt.

Kapitel 25

Es war ein eigenartiges Gefühl der Zusammengehörigkeit, mit dem sie den steilen Waldpfad in stiller Eintracht entlangliefen. Die Stille tat ihr gut. Die ersten Minuten spielten ihre Gedanken in ihrem Kopf noch Flipper miteinander. Jetzt übte sie sich in der Kunst des «Nicht-Denkens» und «Nur-Fühlens». Mit Logik würde sie der ganzen Sache hier eh nicht begegnen können, so viel stand fest.

Neben ihr lief ein Mann, der mit seiner Machtfülle die gesamte magische Welt beherrschte und sich ab sofort auch noch in einen Drachen verwandeln konnte.

Sie war auf ewig mit ihm verbunden. Sie hatte Sex mit ihm gehabt.

Das war ja nun einiges, um den Verstand zu verwirren. Aber ihre emotionale und chaotische Seite, die ganz aus ihrer Intuition gespeist wurde, schaffte es, die Überhand zu gewinnen, und es gelang ihr, alle Gedanken auszublenden. Die stärksten Gefühlte trieben daraufhin an die Oberfläche ihrer Seele. Verwirrung und Angst schwammen ganz oben, in Anbetracht der Situation durchaus angemessen.

Das andere Gefühl war tiefes Vertrauen. Vertrauen in ihn. Ein eigentümliches Gefühl. Bisher war es ihr immer schwer gefallen zu vertrauen. Diese Empfindung schien tief in ihrer Seele verborgen geschlummert zu haben. Jetzt war sie erwacht. Was auch passieren würde, allein seine Anwesenheit gab ihr Sicherheit und die Zuversicht, alles zu überstehen.

Sie beobachtete, wie die Blätter der Bäume in der aufgehenden

Morgensonne ihre Farbe zurückgewannen, und spürte seine Wärme direkt hinter sich. Ihre Füße liefen wie von allein und selbst die Riemen des Rucksackes spürte sie nicht mehr, als er sie plötzlich an den Schultern festhielt.

Sie blieb stehen. Er hatte den Kopf witternd gehoben, sämtliche entspannte Leichtigkeit, die er noch vor wenigen Minuten ausgestrahlt hatte, war einer brutalen Härte gewichen. Sein Anblick war für einen Moment beängstigend, wenn auch seine Hände auf ihrer Schulter weiterhin Sicherheit versprachen.

«Wenn ich es dir sage, suchst du dir ein Versteck. Im Dickicht. Bleib dicht am Boden.» Seine Stimme war ganz ruhig.

Sie ließ hastig den Blick schweifen, sah aber keinerlei Gefahr. Zu ihrer Linken öffnete sich der Abgrund, der den Weg bereits seit einigen hundert Metern säumte, und rechts von ihnen erstreckte sich undurchdringlicher Mischwald. Aber seine Anspannung war auf sie übergesprungen und ihr Körper produzierte massenhaft Adrenalin.

«Was?»

Sie trat instinktiv einen Schritt zur Seite, dichter zum belaubten Gebüsch zu Füßen der mächtigen Stämme. Der einzigen Möglichkeit in direkter Nähe, sich zu verstecken.

«Handlanger. Keine Dunkelalben, aber gefährlich. Luftwesen. Der Erdboden ist ihnen fremd, sie halten sich fern davon.»

Er drehte sich um und blickte auf den weiten Horizont, der sich vor ihnen über dem Abgrund auftat. Sie folgte seinem Blick. Aber außer tief im Tal hängendem Bodennebel und einem leichten Dunst in den höher gelegenen Ebenen konnte sie nichts entdecken. Allerdings spürte sie nur Sekunden später ein leises und unangenehmes Summen in der Brust.

Sein Blick ruckte zu ihr. «Immer wenn du das spürst, läufst du. Verstanden?»

Seine Worte waren scharf. Ihr stockte der Atem. Solange sie die Gefahr nicht kannte, würde sie tun, was er verlangte. Alles andere wäre töricht gewesen.

«Lauf!»

Ihr Körper schaltete augenblicklich in ein Überlebensprogramm. Sie rannte die wenigen Meter bis zum nächstgelegenen Dickicht. Ohne Rücksicht auf Dornen und andere Hindernisse stürmte sie tiefer hinein in die Dunkelheit aus Blättern und Ästen. Weg von diesem Summen. Sie hörte ihr eigenes Blut hektisch in den Adern rauschen.

Das Summen wurde mit jedem Schritt, den sie tat, stärker und Angst krampfte ihren Magen zusammen. Ein brachialer Schrei durchbrach die Stille des Waldes. Instinktiv ließ sie sich auf die Knie fallen und drehte sich so weit um, dass sie durch das wogende Blättermeer einen Teil des Weges erkennen konnte.

Valentin stand unerwarteterweise immer noch an Ort und Stelle, jetzt mit dem Gesicht zu ihr. Er hatte sein Shirt ausgezogen und den Kopf gehoben. Sie konnte ihn aus dieser Perspektive und mit Blättern im Sichtfeld nur schemenhaft erkennen, aber die tödliche Konzentration, die ihn umgab, konnte sie dennoch spüren.

Wieder ertönte ein Schrei. Weit entfernt davon, menschlichen Ursprungs zu sein.

Schatten. Sie sah Schatten, die an einem der gegenüberliegenden Berge plötzlich im Fels zu hängen schienen. Ihre Angst veränderte sich schlagartig. Was ihr folgte, drückte ihr vorübergehend die Luft ab. Irgendein uraltes Programm in ihren Genen löste eine ultimative Super-GAU-Warnung aus.

Im nächsten Moment sprang Valentin in die Tiefe. Die Arme zur Seite ausgestreckt, mit dem Rücken zum Abgrund ließ er sich einfach nach hinten kippen. In dem Augenblick, in dem er absprang, jagten die Schatten in rasender Geschwindigkeit auf sie zu. Das Summen breitete sich durch ihren ganzen Körper aus, wurde schlagartig ohrenbetäubend.

Sie versuchte, ihren Atem unter Kontrolle zu bekommen, und so dauerte es eine ganze Weile, bis sie begriff, dass neben dem Surren noch ein anderes Geräusch die Luft über dem Tal zum Schwingen brachte.

Im ersten Moment klang es wie der kraftvolle Steigflug eines großen Jagdvogels, hundertfach verstärkt. Unfassbar große Schwingen teilten die Luft. Das Geräusch fuhr ihr durch Mark und Bein. Ganz plötzlich überkam sie ein starkes Déjà-vu. Eine Erinnerung an ihre Träume schoss durch ihren Kopf und eine Sekunde später erhob der Drache sich vor ihren Augen in den Himmel.

Er hatte nichts mit den Mythen und Märchen gemein. Er war tiefschwarz und seine Haut glitzerte verheißungsvoll in der aufgehenden Sonne, als er für Sekunden still in der Luft zu verharren schien. Jadegrüne Augen stachen glänzend aus dem Schwarz seines Drachengesichtes hervor. Prachtvoll war das einzige halbwegs greifbare Wort, was ihr Geist bei diesem Anblick produzierte. Sogar ihre Angst vergaß sie für einen Moment. Niemals zuvor hatte sie etwas so Schönes gesehen.

Seine schier unermessliche Größe verdunkelte den gesamten Berghang. Er manövrierte sich durch einen einzigen weiteren kraftvollen Schlag mit den ausladenden Schwingen kopfüber tiefer in das Tal und verschwand aus ihrem Sichtfeld. Sekunden später verstummten die Schreie der Schatten.

Sie kauerte immer noch regungslos auf dem Boden, reckte aber den Kopf, um besser sehen zu können. Hatte sie vor Valentins Verwandlung nur wenige Schatten in den Hängen entdecken können, waren es jetzt offenbar auf einen Schlag unzählige mehr geworden. Viele von ihnen hatten sich ebenfalls in die Luft erhoben, wobei ihre Konturen verschwommen blieben. Sie spürte, wie Eiseskälte sich über ihren Körper ausbreitete. Sie wusste nicht, zu was diese Schatten in der Lage waren, aber sie wusste mit untrüglicher Sicherheit, dass diese schwarz flackernde Energie nichts als den Tod bedeuten konnte.

Sie starrte auf die durch die Luft jagenden schwarzen Wesen, als einer der Schatten sich löste und mit unglaublicher Geschwindigkeit über die Bäume hinwegschoss, unter denen sie kauerte. Er zog einen Schweif aus dunkler Energie nach sich, der ihr kurzfristig den Atem raubte. Ein zweiter Schatten folgte ihm. Die Luft knisterte vor elektrostatischer Aufladung.

Fest biss sie die Zähne aufeinander. Der Impuls zu handeln, irgendetwas zu tun, war für einen Moment fast übermächtig. Mit aller Kraft kämpfte sie ihn nieder. Sie konnte nichts tun, außer sich so gut es ging, zu verstecken.

Immer mehr dunkle Geschöpfe rasten viel zu dicht an ihrem Versteck vorbei. Sie blieben konturlos, aber offenbar waren sie zu allerhöchster Präzision fähig, denn sie folgten deutlich der Flugbahn ihres Vorgängers. Der Drache war nicht zu sehen. Sie reckte ganz vorsichtig den Kopf, aber das Einzige, was sie sah, waren weitere Schatten, die jetzt bewegungslos in der Luft vor der gegenüberliegenden Felsformation hingen.

Wo war der verdammte Drache?

Sie robbte ein paar Zentimeter über den laubbedeckten Waldboden. Von ihrer neuen Position aus konnte sie zwar den unteren Teil des Tals immer noch nicht überblicken, dafür hatte sie aber alle vier Bergwipfel im Blick. Die Schatten hatten sich formiert, offenbar waren sie gut organisiert und kommunizierten untereinander, denn sie bildeten ein gespanntes Netz aus tödlicher Gefahr. Lautlos hingen sie in der immer noch knisternden Luft. In einzelnen wabernden Energiequellen konnte sie hin und wieder eine festere Kontur ausmachen. Einen Flügel, eine Gliedmaße, aber jede Form verschmolz fast sofort wieder mit der übrigen Masse an blanker Bedrohung.

Das Böse wartete ganz offensichtlich darauf, zuschlagen zu können. Sie spürte bei diesem Anblick, wie sich wieder diese urtümliche Angst in ihr ausbreitete. Was da lauernd in der Luft hing, was so eindeutig in der Überzahl, dass der immer noch verschwundene Drache keine Chance zu haben schien. Ihr Herz schlug ihr hektisch gegen die Rippen. Sie musste sich beruhigen. Einen kühlen Kopf bewahren. Verzweifelt presste sie eine Hand gegen den Brustkorb, als könne sie seinem hektischen Schlagen so Einhalt gebieten.

Valentin war so schnell, dass sie ihn im ersten Moment ebenfalls nur als Schatten wahrnahm. Dann festigten sich seine Konturen schlagartig. Seine tödliche Kraft verharrte für den Bruchteil einer Sekunde in der Luft, direkt über einem der Berggipfel, bevor er ohne eine weitere Bewegung der gewaltigen Flügel über eine schroff aufragende Felsformation glitt und ins Tal stürzte. Die Schatten stießen ihren unmenschlich brutalen Schrei aus und jagten auf ihn zu.

Sie presste beide Hände vor den Mund, um ihren eigenen Schrei zu unterdrücken. Erst schmeckte sie den Rauch, dann roch sie ihn auch. Nur Sekunden später sah sie die grellroten Flammen. Das Feuer peitschte dröhnend wie eine Lawine durch das Tal. Der Drache stieg mit wenigen Flügelschlägen aus dem Flammenmeer auf und verschwand wieder in dem tosenden Inferno.

Doch wenige Augenblicke später war ihr klar, wer die Flammen beherrschte. Sie umgaben Valentin, füllten das Tal und jeden Winkel der Berghänge, während die Schatten lautlos starben. Zu hören war nur noch das Brüllen des Feuers und die kräftigen und sparsam eingesetzten Flügelschläge des Drachen, der weiterhin über dem Tal kreiste. Sekunden später sank er in seinem Flug tiefer. Die mächtigen Schwingen weit ausgebreitet glitt er ein letztes Mal elegant über die aufsteigenden Rauchsäulen und manövrierte sich dann in Richtung des Waldstückes, an deren Rand sie im Gebüsch kauerte.

Er landete genau dort, wo er sich zuvor verwandelt hatte. Für seine Größe unfassbar präzise sank er direkt vor dem schmalen Waldweg tiefer, den kraftvollen Körper angespannt, die Thermik nutzend. Seine Spannbreite musste weit mehr als zwanzig Meter betragen. Er nahm ihr die ganze Sicht, für Sekunden gab es nur diese Schwärze, dann sank das fantastische Wesen in einer einzigen geschmeidigen Bewegung auf die Hinterbeine. Noch in der Vorwärtsbewegung wurde er wieder zum Mann.

Sie hatte die Verwandlung nicht wahrnehmen können. Der Drache war vor ihren Augen gelandet, nur einen Atemzug später kauerte Valentin auf der warmen Erde. Ein Knie am Boden, den rechten Fuß aufgestellt, eine Hand zur Stabilisation neben sich flach auf den Boden gelegt. Sekunden hielt er den Kopf gesenkt. Die ihn umgebende Energie lud die Luft nicht weniger elektrostatisch auf, wie die Schatten es nur Minuten vorher getan hatten. Aber diese Energie bewirkte etwas völlig anderes in ihr. Zwar kauerte sie immer noch wie erstarrt in ihrem Versteck, aber ihre Seele tat bei seinem Anblick einen Seufzer der Erleichterung.

Dann hob er den Kopf und im selben Moment erwachte sie aus ihrer Erstarrung. Seine Augen leuchteten immer noch in dem flirrenden Jadegrün. Josefine erhob sich, getrieben von einem schier unkontrollierbaren Drang, ihn zu berühren. Sich zu vergewissern, dass ihm nichts passiert war. Wie in Trance setzte sie einen Fuß vor den anderen, bewegte sich durch das dichte Unterholz. Magisch angezogen von diesem mysteriösen Wesen.

Ihre Handfläche brannte, als sie ihn an der Schulter berührte.

Sie war bei ihm, noch ehe er sich aus dem der Verwandlung folgenden kurzen Phlegma reißen konnte. Ihre sanfte Berührung durchzuckte ihn wie ein Stromschlag. In ihrem Gesicht stand keine lesbare Regung, aber sie wirkte ganz ruhig.

Valentin suchte nach Worten. Ein einfacher Satz, der das hier alles erklärte, wäre so wundervoll. Aber sein Hirn war leer. Eine Nachwirkung der Verwandlung. Wenigstens daran erinnerte er sich, nach dieser verdammten Zeit ohne seinen Drachen. Also begnügte er sich für den Moment mit Schweigen, bis ihn ein scharfes Knacken und der Geruch von brennendem Holz aus seiner Apathie riss. Ihnen lief die Zeit davon.

«Wir müssen gehen.»

Etwas umständlich kam er auf die Beine. Der Kampf war heftig gewesen, er fühlte sich, als habe er gegen die gesamte Armee der Hölle gekämpft.

Josefine musterte ihn eindringlich, als er sich aufrichtete. Ihre unaufgeregte Anwesenheit lenkte ihn von seinen Gedanken ab. «Du hast den gesamten Wald in Brand gesteckt», bemerkte sie trocken, während sie über seine Schulter spähte.

Er folgte ihrem Blick. «Es wird sich nicht ausbreiten. Dafür habe ich gesorgt.»

Mit einer einladenden Geste bat er sie, vor ihm zu gehen. Er musste sie einfach im Auge haben.

Sie setzte sich nach einem weiteren musternden Blick in Bewegung, den steinigen Waldweg entlang. Er folgte ihr und schüttelte ein paar Mal vorsichtig den Kopf, um wieder ganz im Hier und Jetzt, wieder ganz in seiner menschlichen Gestalt anzukommen. Es war so lange her. Aber der Drache war so präsent, als wäre er nie weg gewesen. Sehr beruhigend war, dass sein Gehirn nach wie vor auch als Drache höchst präzise funktionierte.

Viele Wandler hatten Probleme mit den menschlichen Gehirnströmen, wenn sie sich in ihrer anderen Gestalt befanden. Selbst einige Drachen hatten damals damit zu kämpfen, ihr anderes Wesen unter Kontrolle zu halten. Etwas, was ihm zum Glück nie schwer gefallen war. Seine logische Struktur hatte ihn, weder als Mensch noch als Drache, jemals im Stich gelassen. Offenbar funktionierte dieses System auch nach achthundert Jahren noch sehr zuverlässig. Aber etwas war anders. Vor achthundert Jahren hätte er sich während eines solchen Kampfes bei der Vernichtung des Feindes wesentlich taktischer verhalten. Diesmal waren einige seiner Hirnkapazitäten ausschließlich mit Josefine befasst gewesen. Mit Josefine, die schutzlos in diesem Wald hockte und das erste Mal den Drachen zu Gesicht bekam.

Fakt war: Die Schatten waren intensive Beobachter. Hätte er auch nur den Anschein erweckt, als gäbe es in diesem Wald etwas oder jemand, den er zu schützen versuchte, hätten sie sich geteilt. Sie waren gute Strategen. Eine Formation hätte ihn in Schach gehalten, die andere hätte versucht herauszufinden, was sich im Dickicht des Waldes versteckte. So hatten sein Drache und er brutal und kompromisslos getötet. Sein Feuer war ein probates Mittel im Umgang mit Killern jeglicher Couleur. Er hatte es präzise kontrolliert, aber nicht verhindern können, dass auch einige Bäume Feuer fingen. Das musste bei einem solch schonungslosen Vorgehen zwangsläufig in Kauf genommen werden.

Er warf einen prüfenden Blick auf die letzten kleinen Rauchschwaden, die sich schon in der Weite des Himmels verloren, und wandte sich dann wieder Josefine zu, die mit weit ausholenden Schritten vor ihm herlief.

Bei ihrem Anblick begann sein Herz das Tempo zu erhöhen. Etwas, was es in den vergangenen Jahrhunderten höchst selten getan hatte. Sie waren heute Morgen übereinander hergefallen, als hinge das Heil der Welt daran. Selbst jetzt noch spürte er ein heißes Kribbeln im Unterleib, wenn er nur daran dachte. Okay, um es auf den Punkt zu bringen: Obwohl sie weiß Gott dringendere Dinge zu erledigen hatten, könnte er sie jetzt und hier zum nächste Gebüsch zerren und das Ganze in die Wiederholung bringen.

Er begehrte sie.

Aber auch das war nur die halbe Wahrheit.

Er liebte sie einfach.

«Valentin?»

Sie hatte sich im Laufen umgewandt und sah ihn an.

«Hm?»

«Werden sie auch den Rat angegriffen haben?»

Er zwang sich, ihr zuzuhören und zu antworten. Mit seinen so plötzlich befreiten Gefühlen würde er sich später auseinandersetzen. Jetzt musste er erst einmal dafür sorgen, dass es ein «später» geben würde.

«Ja, ich bin mir sicher, dass die Schatten auch dort waren. Aber der Schutzbann wird sie hoffentlich vor größerem Schaden bewahrt haben.»

Wenn sie ihn denn aufrechterhalten hatten. Ansonsten dürfte den Angriff niemand überlebt haben.

«Wie viel Zeit bleibt uns noch, bis dieser Riss groß genug ist?»

«Das war nur eine Söldnertruppe, die den Alben den Weg bereitet, indem sie den Rat und vor allen mich töten. Aber sie haben nicht mit dem Drachen gerechnet. Sie werden ihre Wunden lecken und sich neu formieren, sich sammeln. Vielleicht einige Stunden, vielleicht wenige Tage. Ich weiß es nicht genau. Allerdings kann alles, was Leid und Schmerz hier auf der Erde auslöst, dazu beitragen, dass es beschleunigt wird. Jedes menschliche Unglück trägt dazu bei, dass sie durch die Öffnung mehr Energie sammeln. Wenn es jetzt zu einer großen Naturkatastrophe kommen sollte, kann das Ganze wesentlich schneller gehen.»

Naturkatastrophen oder magische Rituale. Beide hatten eine verheerende Wirkung auf diesen verdammten Riss in der Atmosphäre.

Sie war mitten auf dem Weg stehen geblieben und betrachtete ihn eindringlich. *Kam jetzt eine weitere Fragestunde auf ihn zu?* Er sollte ihr befehlen weiterzugehen, stattdessen stand er hier herum und wartete ab, was sie als Nächstes sagen oder tun würde. Vermutlich würde nur rohe Gewalt sie von etwas abbringen, was sie sich in den Kopf gesetzt hatte, was natürlich als Handlungsoption ausschied. Sie war stur, so viel stand fest. Und er hatte keine Möglichkeit, sie unter Kontrolle zu bringen. Dies alles waren völlig neue Erfahrungen. Josefine handelte völlig losgelöst von seinen Absichten.

Und er liebte sie immer noch.

«Hast du keine Angst?»

«Doch, Josefine. Die habe ich. Aber ich kenne auch die Stärke des Rates und meine Stärke. Können wir uns endlich auf den Weg machen?»

Er griff sanft nach ihrer Schulter, um sie endlich wieder auf Kurs zu bringen.

Trotz seiner Hände auf ihrer Schulter drehte sie sich zu ihm herum. «Der Wald brennt aber immer noch. Müssen wir da nichts tun?»

«Das lass mal meine Sorge sein. Ich bin ein Drache, und wenn ich mich mit etwas auskenne, dann mit Feuer.»

Er hatte darauf geachtet, bei seinem letzten Flug eine Schneise in den Wald zu brennen, die es den Flammen unmöglich machen würde, sich weiter auszubreiten. Zusammen mit der Kessellage des Tales würde dies unweigerlich zu einer natürlichen Eindämmung des Feuers führen.

Hinter der nächsten Weggabelung kam Hornet ihnen entgegen. «Wie schön, dass ihr noch lebt!», stellte er trocken fest.

Kapitel 26

Sie erreichten das Anwesen von der rückwärtigen Seite. So sah sie die Zerstörung erst, als sie dem breiten Weg direkt am Haus vorbei gefolgt waren. Josefine musste für einen Moment stehen bleiben, eine Hand auf den Mund gepresst. Die gesamten Nebengebäude lagen in Schutt und Asche. Dichter Qualm hing über der vormals einladenden Auffahrt, überall waren Trümmerteile verstreut. Sämtliche Fenster des Haupthauses waren zersplittert, es knirschte unter ihren Sohlen, als sie Valentin folgte, der für die Verwüstung an seinem Haus offensichtlich keinen Blick übrig hatte.

«Oh Scheiße», hörte sie Hornet hinter sich leise Murmeln, als sie zum Haus einbogen und die Wucht der Zerstörung sich ihnen in ihrer Gesamtheit offenbarte.

Sie konnte nur hoffen, dass bei diesem Inferno niemand sein Leben verloren hatte. Zügig folgte sie Valentin und betrat direkt hinter ihm die großzügige Eingangshalle. Wie durch ein Wunder stand hier noch alles an seinem Platz, vermutlich weil dieser Raum fensterlos war. Die Flügeltüren in die angrenzenden Räume standen offen, sie hörte leise Stimmen aus dem Hintergrund, konnte aber nicht genau orten, woher sie kamen.

Direkt vor einer der prachtvollen Flügeltüren aus dunklem Holz stand Trinidad. Sie hatte die Hände in die Hüften gestemmt und blickte ihnen entgegen. Und wieder war ihr erster Gedanke beim Anblick von Valentins Ex-Frau, dass es trotz ihrer geringen Körpergröße vermutlich gefährlich war, anderer Meinung als der ihren zu sein.

Wortlos ging Hornet an ihnen vorbei, während Valentin unerwartet einen Arm hob und Josefine an sich zog. Fast unnachgiebig senkte sich seine Hand auf ihre Schulter. Eine eindeutig besitzergreifende Geste, die sie erstaunlicherweise nicht im Geringsten störte. Im Gegenteil. Sie genoss die Nähe und lehnte sich ein wenig gegen seine warme Handfläche.

«Hallo, Trinidad.»

Seine Stimme klang fremd. Kalt. Erstaunt drehte Josefine das Gesicht und sah zu ihm hoch. Er hatte gebieterisch den Kopf gehoben und strahlte Macht aus. Ganz der Alpha, der er war.

Trotz dieser Machtdemonstration lächelte Trinidad freundlich und sagte mit ihrer unerwartet vollen Stimme: «Valentin Lazăr.»

Die beiden wirkten in diesem Moment in etwa so kompatibel wie Microsoft Word und eine Kalligrafie-Feder. Doch Trinidads Blick war wohlwollend und für eine Sekunde huschte ein zufriedenes Lächeln über ihre Lippen.

Sie ist die Mutter seiner Kinder, schoss es Josefine durch den Kopf, und als habe Trinidad ihre Gedanken gelesen, blinzelte sie ihr kurz und fast unmerklich zu.

«Der Rat hat sich im Kaminzimmer versammelt. Es wurde niemand verletzt. Die Schatten waren vermutlich auch bei euch?»

Valentin neben ihr nickte. «Das waren sie», murmelte er.

Josefine schauderte bei der Vorstellung, welches Ausmaß an Zerstörung sie angerichtet hatten.

«Die Energie des Wandels war mehr als deutlich zu spüren. Eine Kraftwelle, die diese Welt seit fast achthundert Jahren nicht mehr gespürt hat. Es ist gut.»

Ein Lächeln huschte über Trinidads ebenmäßige Gesichtszüge.

«Sie haben ihre Kraft bei diesem Angriff verpulvert. Es wird Zeit brauchen, bis sie die nächsten Handlanger schicken können. Dementsprechend werden wir ihnen durch das Ritual zuvorkommen.»

«Der Rat ist vollzählig. Die Hexe Mareyha St. James ist als siebtes Mitglied dazugekommen. Clemens wird anwesend sein und um den Ritualplatz patrouillieren. Wir wartet auf dich, um weitere Weisungen entgegenzunehmen», ihre Stimme klang jetzt nüchtern. Fast respektvoll nickte sie Valentin zu, dann drehte sie sich um und verschwand durch eine der offenstehenden Türen.

Sie blieb mit Valentin allein zurück und er drehte sich zu ihr. Die geschlossene Haustür sperrte die helle Mittagssonne aus und so lag seine Mimik weitestgehend im Dunklen. Das, was sie erkennen konnte, war undeutbar.

Langsam hob er beide Hände und legte sie seitlich an ihr Gesicht. Sie hatte nicht damit gerechnet, dass er sie so zärtlich berühren würde, während das Haus voller Ratsmitglieder war. Aber sie genoss diesen unverhofften Augenblick der Nähe und schloss für einen Moment die Augen.

Seine warmen Lippen senkten sich auf ihre Stirn. Eine Geste, die ihre tiefe Verbundenheit so intensiv ausdrückte, dass es fast schmerzte.

«Ich liebe dich.»

Ihre Haut brannte an den Stellen, an denen er sie berührt hatte, und sie unterdrückte den Impuls, ihn in die Arme zu ziehen. Mit einer ausladenden Geste bat er sie, vor sich zu treten, und ihre Beine setzten sich automatisch in Bewegung.

Als sie die Türschwelle zum Wohnzimmer überschritten, senkte sich augenblicklich Stille über den Raum. Alle Blicke lagen auf ihr, und für einen Moment war sie irritiert, bis ihr dämmerte, dass dies für einen Alpha, *den* Alpha, eine unfassbar große Geste gewesen sein musste: ihr den Vortritt zu lassen.

Aber es war mehr als eine große Geste eines Anführers: Es war sein Bekenntnis zu ihr.

Sie betraten das Wohnzimmer gemeinsam. Was so allerdings nicht ganz richtig war: Er hatte ihr den Vortritt gelassen. Das Stimmengemurmel der Ratsmitglieder war daraufhin abrupt verstummt.

Magische Wesen registrierten jede Form von Dominanz und Unterlegenheit. Das hierarchische System war seit Jahrtausenden unverändert und wenn zwei der Ihren sich in einem Raum befanden, würde immer der Ranghöhere den Raum als Erstes verlassen ... oder einen anderen Raum betreten.

Das war sein Statement. Josefine war seine Vesna, seine Gefährtin, und wer ihr Schutz verwehrte, stellte sich direkt gegen ihn und musste mit einer drakonischen Strafe rechnen.

Der Rat war vollständig versammelt. Armand Dupont und Trinidad saßen auf den eleganten Ledersesseln. Hornet lehnte lässig am Kamin, neben ihm wartete mit unbewegter Miene Eduard Konnternontix. Die beiden Hexen standen etwas abseits. Alle Gesichter waren ihm zugewandt.

Er spürte ein sonderbar warmes Gefühl der Erleichterung durch den Raum wabern. Er war wieder zurück und souverän schlüpfte er in die Rolle des Anführers, während Josefine sich an der gegenüberliegenden Seite auf dem kleinen Hocker vor dem Konzertflügel niederließ. Er entdeckte Oskar, der neben dem Kamin auf einer Decke lag und offenbar tief schlief. Clemens hockte neben ihm an der Wand gelehnt und hatte eine Hand auf die Brust des Hundes gelegt.

Der Umgang mit Tieren war für alle Wandler etwas völlig Natürliches und er war sich sicher, dass der Alpha gut für seinen Hund gesorgt hatte. Sein Blick verweilt einen Moment länger auf dem Mann, der seinen kurz geschorenen Schädel bei seinem Eintreten respektvoll gesenkt hatte, bis dieser wieder aufblickte. Kurz war es an ihm, den Kopf zu senken und sich mit dieser Geste zu bedanken, dann verschränkte er die Arme vor der Brust.

«Wie viel Vorbereitungszeit braucht ihr für dieses Ritual?»

Den Hierarchien entsprechend antwortete Dupont und seine Stimme klang seltsam dumpf. «Ungefähr drei bis vier Stunden. Da dem Angriff der Schatten kein zweiter folgen wird, weil sie ihre gesamte Kraft erstmal verbraucht haben, scheint es in meinen Augen sinnvoll, den Schutzwall über dem Gelände aufzuheben, um unsere Energien besser konzentrieren zu können.»

«Auf keinen Fall», Caroline Heppner fuhr dazwischen. «Wir werden nicht ohne ausreichenden Schutz den Ritualplatz betreten.»

Die letzten Worte presst sie heiser hervor und in ihren Augen lag offensichtlich Angst. Zustimmendes Gemurmel erhob sich.

«Der Riss hat sich massiv geöffnet, aber noch ist er nicht so weit eröffnet, dass die Alben ihn passieren könnten. Es gibt zur Zeit keine weiteren Hiobsbotschaften aus der menschlichen Welt, weswegen wir relativ sicher sein können, dass wir unbehelligt sein werden. Die Alben werden ihrerseits ihre Kräfte bündeln und sich von diesem Rückschlag erholen müssen», antwortete Dupont hitzig.

Valentin spürte ein beginnendes Grollen tief in seiner Brust. Die Spannung im Raum hatte die Instinkte seines Drachen erwachen lassen. Mit einem sonderbaren, surrealen Gefühl der Dankbarkeit hieß er ihn Willkommen.

«Ihr lasst den Schutz weiterhin bestehen», befahl er kalt. «Sobald wir das Ritual beginnen, werde ich mich in der Nähe von euch aufhalten, um so weiterhin für euren Schutz zu sorgen. Wenn allerdings der Riss durch eure Energie die Dimensionen angenommen hat, die die Alben für ihr Eindringen in unsere Welt benötigen, muss ich mich so dicht wie möglich an der durchlässigen Stelle der Atmosphäre aufhalten, um sie an einem Eindringen zu hindern. Spätestens dann werdet ihr den Schutzwall wieder benötigen.»

Stille senkte sich über den Raum. Er sah einen nach dem anderen durchdringend an. Und einer nach dem anderen erwiderte seinen Blick. Das Schließen von durchlässigen Stellen in andere Welten war ein gefährliches Ritual. Eines der gefährlichsten, stand doch die gesamte Weltordnung auf dem Spiel. In diesem Fall ging es um alles. Vor ihm befanden sich die mächtigsten Magier und Hexen. Ihre Erfahrung ging über Jahrhunderte zurück. Sie konnten jetzt nichts mehr tun, außer gewissenhaft sämtliche Vorbereitungen zu treffen.

Josefine hatte sich mit dem Rücken gegen die Tasten des alten Flügels gelehnt und starrte auf den Boden. Er spürte ihre Anspannung bis tief in seine Seele.

Er würde sie allein lassen müssen. Er hatte keine Angst vor dem Kampf, aber der bloße Gedanke, sie hier zurücklassen zu müssen, produzierte einen kalten Stein der Furcht in seinem Magen. Er hatte schlicht und ergreifend blanke Angst um sie.

Er hatte fast achthundert Jahre nie etwas zu verlieren gehabt. Er war allein gewesen. Hatte seine Entscheidungen frei treffen können, war nur dieser Welt verpflichtet.

Plötzlich hatte er etwas zu verlieren. Was weit mehr wert war als nur sein Leben.

Ihre Augen trafen sich für einen kurzen Moment. Ein minimales, fast nicht wahrnehmbares Lächeln erschien in ihren Mundwinkeln. Er spürte, wie augenblicklich aus dem leisen Knistern in ihm eine aufwallende Stichflamme wurde, als hätte ein Windstoß die glimmenden Kohlen erneuten zum Erwachen gebracht. Er hatte sie zu verlieren. Aber er würde sich von ihr verabschieden. Wie ein Drache sich vor einer Schlacht von seiner Vesna verabschiedete.

Ihr Nicken war das Einverständnis auf seine ungestellte Frage.

Kapitel 27

Josefine war vor ihm die breite Treppe zu seinem Schlafzimmer hinaufgelaufen, während der Rat das Haus verlassen hatte. Der Drache drängte ihn zur Eile, trieb ihn mit weitausholenden Schritten an, immer zwei Stufen auf einmal zu nehmen. Das Feuer in seinem Innersten brannte lichterloh, als sie die Zimmertür nachdrücklich hinter ihm schloss.

Sie war bei ihm, noch bevor er etwas sagen konnte. Ihre Finger wanderten über seine Arme und hinterließen eine Spur aus purer Hitze auf seiner Haut. Ihre vollen Brüste zeichneten sich deutlich unter dem weichen Stoff des Shirts ab. Offensichtlich trug sie keinen BH.

«Es ist verrückt, jetzt an so etwas zu denken, oder?»

Ihre Stimme klang rau.

«Nein», murmelt er und seine Stimme klang ebenso heiser. «Es ist völlig normal.»

Denn es gab in diesem Moment nichts Wichtigeres, als mit ihr zusammen zu sein. Er wollte die letzten Minuten und Stunden mit ihr verbringen. Sie auskosten, sie spüren, mit jeder Faser seines Körpers.

Der Drache strich durch seine Wahrnehmung, drängte ihn, sie zu berühren, aber er zögerte. Sein erster Impuls war, ihn niederzukämpfen, wie er es Jahrhunderte getan hatte. Eine fast schon automatische Handlung, die sie allerdings abrupt beendete, indem sie ihre Lippen auf seinen Mund senkte. Ihre Zunge eroberte ihn, bevor er auch nur einatmen konnte. Er packte sie und trug sie zum Bett. Und auch hier kam sie ihm zuvor. Energisch drückte sie ihn auf die Matratze. Er wollte etwas sagen, aber sie schnitt ihm vehement das Wort ab, als ihre Hand sich in Richtung seiner Hose aufmachte.

Kaum hatten ihre Finger den Reißverschluss erreicht, war er auch schon gewillt, über sie herzufallen. Zum Teufel mit seiner Selbstkontrolle!

Sie schob sich auf ihn, ihre Augen ein Spiegel seiner eigenen Lust. Er hob die Hände und schickte sie auf Wanderschaft über ihren Körper, streichelte sanft die Haut unter dem Shirt. Der Drache gab ein dunkles Fauchen von sich. Sie fühlte sich unter seinen Fingern wie Seide an. Kostbar und wertvoll. Seine Drachennatur verlangte nach mehr von diesem Schatz.

Sie schnappte nach Luft, als er ihr grob den Stoff vom Leib riss. Sanft umfasste seine Hand ihre rechte Brust und senkte seinen Mund auf die rosige Spitze. Gott, sie schmeckte so, wie sie sich anfühlte. Erlesen und einmalig.

«Valentin», flüsterte sie.

Er hob kurz den Kopf.

«Ich ...», setzte sie an, doch er legte nur sanft eine Hand auf ihren Mund.

Es gab jetzt keine Worte mehr. Dies war ein Moment, der nur ihnen gehörte. Ein Moment, in dem nur das Hier und Jetzt zählte. Ein kostbarer Schatz, den er in seinem Herzen hüten würde, egal, wie diese Nacht ausginge. Viel zu lange hatte er sich beherrscht, und in gewisser Weise war sie wie er. Sie hatte Angst, sich hinzugeben und fallen zu lassen. Aber für diesen Moment gab es nur noch sie und nichts anderes als völlige Hingabe.

Sein Mund senkte sich wieder auf ihre Brust, seine Finger glitten über ihre makellose Haut. Mit einem Ruck drehte er sie auf den Rücken, schob sich über sie. Sie wurde für einen Moment ganz still, verharrte regungslos in seinem Arm, aber er sah das Einverständnis in ihren Augen glitzern. Sie wollte ihn.

Übergangslos übermannte ihn der Drache, trat einfach vor, schob sich kraftvoll in sein Bewusstsein, ohne dass er auch nur auf die Idee kam, ihn zurückzuweisen.

Er brauchte zwei Handgriffe, um sie aus der Hose zu schälen. Nackt lag sie vor ihm und ein letztes Mal riss er sich zusammen. Dies war ihr Moment und er wollte nicht über sie herfallen. Sie einfach so zu nehmen, hätte bedeutet, dass diese kostbare Zeit viel zu schnell vorbei wäre.

Sie bewegte sich unter seinem Körper. Der Sonnenschein, der durch die Vorhänge fiel, brach sich auf ihrer samtigen Haut und zauberte einen sanften Schimmer auf ihre perfekten Proportionen. Er wollte sie kosten, auskosten, sie unter seinen Lippen spüren.

Sein Mund wanderte über die zarte Haut ihre Oberschenkelinnenseite. Josefine stöhnte leise auf, biss sich aber im nächsten Moment auf die Lippen. Das zarte Geräusch der Lust verstummte abrupt. Aber der Drache hatte aufgehorcht, lauernd den Kopf gehoben und drängte ihn jetzt, weiterzumachen. Er wollte sie schreien hören. Wollte, dass auch sie ihre Kontrolle aufgab. Sich ihm hingab.

Langsam ließ er seine Zunge weiterwandern, immer weiter ihrem Schoss entgegen. Sie atmete zitternd aus, während seine rechte Hand dem Pfad seiner Zunge folgte. Seine Lippen fanden, was sie suchten. Der Kick, den ihm ihr Geschmack auf der Zunge beschert, brachte ihn für einen Moment aus dem Konzept.

Jetzt war es an ihm zu stöhnen. Viel zu tief klang der Laut, der Drache hatte ihn fest im Griff.

Ihre Hand senkte sich auf seinen Kopf. Ihre Finger verflochten sich mit seinem Haar. Der Druck, den sie ausübte, war sanft, aber deutlich. Augenblicklich versank er wieder in ihrer heißen Mitte, leckte kraftvoller über das Zentrum ihrer Lust.

Sie keuchte auf, wand sich unter ihm wie eine Katze. Er packte sie fester, um sie an Ort und Stelle zu halten. Ihr Herz raste genau wie seins.

Der Orgasmus überrollte sie mit der Macht einer Flutwelle, er spürte das heftige Pulsieren in ihrem Schoß. Spürte ihre völlige Hingabe.

Er blickte auf und sah sie an, sah die Lebendigkeit, die ihm so lange gefehlt hatte. Schützend legte er eine Hand über ihren Schoß und küsste sanft ihren Oberschenkel. Wenn die Welt untergehen würde, hätte er etwas, für das er mehr als dankbar sein konnte: Er hatte die Liebe gefunden.

Minuten vergingen. Irgendwann rollte sie sich träge auf der Seite zusammen, dicht an ihn geschmiegt. Ihr rotes Haar breitete sich um ihren Kopf auf den weißen Laken aus und seine Hand berührte, wie magisch angezogen, eine der glänzenden Strähnen.

Ein leichtes Lächeln lag in ihren Mundwinkeln, aber ihre Augen glitzerten ernst im Sonnenschein. Sie drehte sich wieder auf den Rücken und ohne ein weiteres Wort hob sie ihm fordernd die Hüften entgegen.

Augenblicklich wurde seine Hose zu eng. Viel zu eng. Mit einer Hand vollendete er die Arbeit, die sie vorhin begonnen hatte, und streifte sich den Stoff von den Hüften.

Ihr Lächeln wurde breiter und seine Hände machten sich daran, ihren Körper zu erkunden, bis er ihren festen Griff um seine Taille spürte.

Er blickte auf.

In ihren Augen glühte das Begehren. In einer betörenden Bewegung schlang sie ihre langen Beine um seine Taille, presste sich an ihn und zwangsläufig atmete er stöhnend ein. Sie drückte ihren Rücken durch und presste ihre Hüften noch fester gegen ihn.

Jetzt war es an ihm, sich auf die Lippen zu beißen. Sie drängte sich immer heftiger gegen ihn, wandte Kraft auf, die er gar nicht in ihrem zarten Körper vermutet hatte.

Der Rausch des Verlangens brannte durch sein gesamtes Nervensystem und er drang hart in sie ein. Ihre Hitze umfing ihn, er füllte sie vollständig aus. Der Drache in ihm brüllte auf. Sein eigenes Stöhnen ging darin unter.

Er wollte die Zeit anhalten. Wollte in ihr sein, ihr so nah sein, wie es eben ging. Er hielt inne, aber sie bog erneut den Rücken durch und umfing ihn so fest, dass er keine Alternative mehr hatte. Er würde kommen. Jetzt.

Seine Hüften bewegten sich, ohne weiter auf sein Hirn zu achten, und er packte sie fest an den Schultern. Er fühlte, wie ihr Blick ihn festhielt, ihn bannte, ihn tun ließ, was sie wollte, was sie brauchte. Als sie kam und sie sich unfassbar eng um ihn schloss, schrie er auf. Ihre Nägel krallten sich in seinen Rücken und er spürte seinen eigenen Orgasmus heranrasen.

Er kam explosiv und mit nie zuvor erlebter Heftigkeit.

Für sehr lange Zeit war er zu keinem klarem Gedanken mehr fähig.

Näher konnte ein Mensch einem anderen nicht sein. Sie hatte das Gefühl eins zu sein mit ihm. Als er kam, hatte er Worte gestöhnt, die sie nicht kannte. Dennoch hatten diese Worte sie tief in ihrer Seele berührt.

Sie senkte die Hände sanft in seine dunklen Haare. Sein Kopf ruhte auf ihrer Brust, während ihre Beine immer noch fest um seine Taille geschlungen waren. Ihr Atemrhythmus hatte sich angeglichen.

Sie spürte ihr Herz hämmern. Vielleicht war es aber auch sein Herz, das sie spürte. Sie war da. Am rechten Platz. Der Ort, an den sie gehörte. Er hatte sie geliebt, wie sie noch nie zuvor geliebt worden war. Und sie hatte sich auf eine Art hingegeben, wie sie es nie zuvor getan hatte. Auf eine Art, von der sie nicht gewusst hatte, dass sie dazu in der Lage wäre.

Eine Träne löste sich aus ihrem rechten Augenwinkel und rollte die Wange hinunter. Im selben Moment hob er den Kopf. Sein Gesicht rieb sich an ihrem Kinn, seine Zunge schnellte hervor und hielt die Träne kurz vor ihrem Kieferknochen auf.

«Wir schaffen das.»

Seine tiefe Stimme vibrierte in ihrer Seele.

Sie nickte nur und drückte ihr Gesicht fester gegen seins. Aber das war nicht der Grund, warum der ersten Träne eine weitere folgte. Es war dieses überwältigende Gefühl, nicht mehr allein auf dieser Welt zu sein.

«Ich liebe dich, Valentin.»

Er bewegte sich für einen Moment überhaupt nicht. Er schien nicht einmal mehr zu atmen. Langsam hob er den Kopf. *Mein Gott, war er schön.* Die hohen Wangenknochen gaben seinem Gesicht etwas Edles. Seine Andersartigkeit war jetzt so präsent, so offensichtlich, dass sie sich für einen Moment wunderte, wie er es je schaffte, diese fremdartige Schönheit vor der Welt zu verstecken.

Grüne und gelbe Flammen loderten in seinen braunen Augen und sein Mund, der so unglaubliche Kunststücke mit ihr angestellt hatte, öffnete sich. Mit einem Finger fuhr er ihr über die Stirn, wohl um eine vorwitzige Locke zurückzuschieben.

«Ich liebe dich auch. Meine Drachenbändigerin. Meine Vesna.»

Kapitel 28

Eine seltsame Unruhe ließ Josefine schlagartig aufwachen. *War sie etwa eingeschlafen?*

«Sch», murmelte Valentin und fuhr ihr sanft mit einer Hand über die Wange.

Sie lag gebettet in seinen Armen und hatte sich so fest an seinen Körper geschmiegt, dass sie nicht mehr wusste, wo sie aufhörte und er begann.

«Ich spüre die Alben.»

Seine Stimme klang hellwach. Was man von ihr nicht behaupten konnte. Dennoch kam sie mit einem Ruck zum Sitzen. Die Angst griff aus dem Nichts ihrer Müdigkeit nach ihr. Was würde sie darum geben, einfach hier liegen bleiben zu können. Nicht das vor sich zu haben, was jetzt getan werden musste.

Geschmeidig setzte Valentin sich ebenfalls auf. Er wirkte konzentriert, seine Züge waren hart und nur seine zerzausten Haare bewahrten ihm das Antlitz des zärtlichen Mannes, den sie noch vor wenigen Stunden kennengelernt hatte. Sanft fuhr sie durch sein festes Haar, um es ein wenig zu glätten.

Er lächelte unerwartet, blieb aber angespannt, als er ihr einen Kuss auf die Schläfe gab und auf die Füße kam. Sie beobachtete ihn mit klopfendem Herzen auf seinem Weg zu einem in der Wand eingebauten Kleiderschrank, der die gesamte Längsseite des Raumes füllte. Seine Bewegungen waren voller Kraft und Eleganz.

Er förderte eine schwarze Cargohose und ein ebenfalls schwarzes Shirt aus dem offensichtlich penibel sortierten Schrank zutage. Seine Bewegungen waren selbst bei einer einfachen Alltagshandlung wie des Anziehens präzise und effizient und sie starrte auf die spielenden Muskeln seines Rückens.

Er drehte sich zu ihr herum und es verschlug ihr beinahe den Atem. So gut ihm seine feinen Maßanzüge auch standen, die schlichte schwarze Kleidung betonte die edlen Züge seines markanten Gesichts und ließen ihn aussehen wie das, was er war: ein König.

Allerdings schienen sie auch einen völlig neuen Ausdruck in seinem Gesicht hervorzuheben, der vor einigen Minuten noch nicht dort gewesen war. Eine schonungslose Härte, eine fast schon aggressive Autorität hatte sich in seinen Zügen eingenistet.

Der Moduswechsel vom Gentleman und Liebhaber zum schonungslosen Killer musste lautlos und blitzschnell passiert sein.

Es bereitete ihr für einen Moment Probleme, sich darauf einzustellen. Schließlich hatte *sie* nichts, hinter dem sie sich verstecken konnte. Sie stand auf und trat seitlich an das Fenster. Verborgen hinter dem Vorhang spähte sie auf den zerstörten Vorplatz des Hauses. Es war später, als sie erwartete hatte. Bereits jetzt neigte sich die Sonne dem Horizont entgegen.

Lautlos trat er hinter sie und schlang für einen kurzen Moment die Arme fest um sie. Ganz unerwartet überflutete sie ein Gefühl der Sicherheit und Zuversicht. Genauso lange, wie er sie festhielt, dann trat er zurück und augenblicklich hatte die Nervosität sie wieder fest im Griff.

«Komm mit runter.»

Er wartete an der Tür auf sie. Äußerlich wirkte er ruhig und kontrolliert. Doch die Anspannung lauerte direkt hinter dieser glatten Fassade. Schnellen Schrittes folgte sie ihm die Treppe hinunter, doch anstelle das Haus zu verlassen, drehte er sich zu ihr herum.

«Ich möchte, dass du hier wartest, bist es so weit ist. Da draußen sind zu viele unberechenbare Energien. Bleib hier, jemand wird zu dir kommen und dich holen, sobald die Zeit gekommen ist. Du musst nichts tun, als da zu sein, hast du mich verstanden?»

Er hatte ihr Gesicht in seine großen Hände genommen, sah sie eindringlich an. Worte des Protestes lagen ihr schon auf der Zunge, als sie das begriff, was er nicht sagte. Was nur seine zärtliche Geste ausdrückte, was in seinem sorgenvollen und doch so bestimmten Gesicht geschrieben stand.

Es war jetzt an der Zeit, den Kampf zu beginnen. Sein angestammter Platz war die vorderste Front. Der Himmel, der Horizont. Und ihr durch ihre Herkunft, durch ihr Blut bestimmter Platz war der Ort, an dem sie all ihre Kraft bündeln und konzentrieren konnte. Damit der Drache fliegen und kämpfen konnte.

Ihre Wege würden sich jetzt trennen. Unweigerlich. Sie nickte, küsste Valentin kurz auf die Lippen und trat dann einen Schritt zurück. Ohne ein weiteres Wort drehte er sich um und verließ das Haus.

Josefine wandte sich um und lief langsam in das Wohnzimmer, wo noch wenige Stunden zuvor der Rat getagt hatte. Glassplitter glänzten auf dem dunklen Holzboden und knirschten unter ihren Schuhen. Sie setzte sich wieder auf den kleinen Hocker vor dem lackschwarzen Flügel.

«Was willst du jetzt tun?»

Hornets Stimme kam aus dem Nichts und sie wäre vor Schreck fast vom Hocker gefallen. Sie war davon ausgegangen, allein zu sein und hatte ihn in der Ecke gar nicht bemerkt.

«Warten. Musst du da nicht mit raus?»

Vage deutete sie in Richtung Garten, wo sie in der beginnenden Abenddämmerung schemenhaft die Gestalten der anderen Ratsmitglieder ausmachen konnte.

Sein Blick folgte ihrer Hand, als er zu einem der Sofas ging und sich darauffallen ließ. «Meine Magie funktioniert anders. Ich muss keinen Kreis ziehen. Sie beschwören. Es reicht, wenn ich zum Beginn des Rituals da bin.»

Josefine rutschte unruhig hin und her. Warten. Auf das Ende der Welt oder den Sieg gegen das Böse. Ihr Magen zuckte bei diesem Gedanken nervös zusammen und krampfhaft versuchte sie, das Chaos in sich etwas zu beruhigen. Keines der Ratsmitglieder hatte sonderlich panisch auf sie gewirkt. Angespannt und konzentriert, aber keine Spur von der nackten Angst, die jetzt begonnen hatte, ihr penetrant im Nacken hinaufzukriechen.

«Habt ihr so etwas schon mal gemacht?»

So etwas – das klang so belanglos. Sie schauderte und selbst die Luft, die sie einatmete, fühlte sich plötzlich kalt an. Welch ein Wahnsinn, dass niemand auf der Welt wusste, wie verloren sie alle ohne den Rat wären.

«Das ist unser täglich Brot.»

War das etwa Belustigung in Hornets Gesicht? Zumindest hatte er eine Augenbraue in die Höhe gezogen.

«Nur dass diesmal die Alben auf der andere Seite Schlange stehen, um hier den Wahnsinn zu verbreiten. Aber das ist ja Valentins Job.»

«Aha. Und deiner?» Ihre Nervosität schwang eindeutig in ihrer Stimme mit und ließ sie atemlos klingen. «Was ist dein Job? Was wirst du machen ...?»

Sie plapperte. Das passierte nur sehr selten, aber wenn sie sehr aufgeregt war, sprach sie ohne nachzudenken. Ihr Kopf schien dann auf Dauersprechen umzustellen. Aber reden war in dieser Situation einfacher, als schweigsam herumzusitzen.

Hornet hingegen klang ganz ruhig und gelassen. «Meine Kraft einsetzen. Gegen das Böse.»

«Warum ausgerechnet hier?»

«Der Taunus ist ein verdammt magischer Ort. Die Menschen haben das fast vergessen, aber die Alben nicht.»

Josefine nickte zwar einmal kurz, aber zu verstehen war das für sie nicht wirklich.

«Und was bist du?»

Sie erwartete eine ausführliche und pragmatische Antwort, genau so, wie er bisher ihre Fragen beantwortet hatte. Aber Hornet schwieg und sah aus dem Fenster in die Dunkelheit. Stille breitete sich im Raum aus. Sie räusperte sich. *Hatte er sie nicht gehört, oder wollte er nicht antworten?*

Er fuhr sich mit beiden Händen, die wie immer, seit sie ihn kannte, in schwarzes Leder gehüllt waren, durch die raspelkurzen Haare an den Schläfen und musterte sie abschätzend.

«Ein Gott.»

Es dauerte eine ganze Weile, bis sie seine Worte begriff. Dann allerdings waren sie in der Lage, sogar ihre Nervosität vorübergehend unter sich zu begraben.

«Bitte was?»

Sie musste sich verhört haben.

«Ich bin ein Gott.»

Er klang sachlich. Nüchtern und keinesfalls verwundert über ihre Reaktion. Für einen Moment herrschte wieder Stille zwischen ihnen. Josefine war zu intensiv mit diesem Gedankengang beschäftigt, um noch sprechen zu können. *Ein Gott?*

«Erklär es mir», murmelte sie leise und stand vom Hocker auf, um sich wenige Meter vor Hornet auf einem der Sofas niederzulassen.

«Du kennst dich mit der nordischen Mythologie aus?»

Sie schüttelte nur stumm den Kopf.

«Ich bin ein nordischer Gott. Mein eigentlicher Name ist Tyr.»

«Sehr erfreut.»

Sie lächelte und betrachtete Hornets Gestalt mit völlig neuen Augen. *Trug ein Gott einen hellblonden Irokesenschnitt und hatte ein Zungenpiercing?*

Er streckte die langen Beine vor sich aus. «Ich warte auf Ragnarök.»

«Das ist dann vermutlich nichts Gutes?»

«Das ist der Weltuntergang. Zumindest in eurer Vorstellung.»

Er sah sie wieder direkt an und hätte ihr im gleichen Tonfall auch die Zubereitung von Spaghetti Bolognese erklären können.

«Aha», murmelte sie schwach.

«Nach Ragnarök wird es eine neue Welt geben. Je nachdem, wer gewinnt, gibt es eine gute oder eine schlechte neue Welt. Ich bin in Midgard geblieben.» Er schwieg kurz und fügte dann bei dem offensichtlichen Fragezeichen in ihrem Gesicht hinzu: «Das ist diese Welt. Deine Welt. Also ich bin hier geblieben, um den Fortgang zu beobachten. Ragnarök muss ja nichts Schlechtes sein.»

Er schüttelte nachdrücklich den Kopf. Nun, sie hatte da eine etwas andere Meinung, aber bevor sie etwas sagen konnte, fuhr Hornet fort: «Alles entscheidend ist, welche Mächte den Sieg davontragen.»

Er beugte sich etwas nach vorne und seine Stimme hatte bei diesen Worten seine gleichbleibende Ruhe verloren. Eindringlich sah er sie an.

«Wenn der Fenriswolf sich losreißt, wird das in den heutigen Zeiten ein atomarer Anschlag oder eben das Auftauchen der Dunkelalben sein. Das wäre schlecht.»

Es waren nicht seine Worte, die sie so verwunderten. Sie hatte aufgehört, etwas verstehen zu wollen. Weder von Ragnarök noch von einem Fenriswolf hatte sie jemals zuvor etwas gehört. Außerdem hatten sie ganz offensichtlich sehr unterschiedliche Ansichten zum Thema Weltuntergang. Wenn man die Dimension ihrer Existenz betrachtete, war das auch durchaus verständlich. Sie war Ärztin, er ein Gott.

Es war seine plötzlich veränderte Körpersprache, die ihre Aufmerksamkeit in den Bann zog. Er war gar nicht so nüchtern und abgeklärt, wie es den Anschein hatte.

«Hornet?»

Aufmerksam sah er sie an.

«Ich verstehe gar nichts. Wenn wir Ragnarök in den Griff bekommen, schenkst du mir ein Buch darüber, okay?»

«Viel spannender wäre es, wenn ich dir darüber berichten würde. Über Asgard, die Welt, in der die anderen sind. Über die Krieg führenden Riesen, über das Meer, das alles verschlingt. Es ist traurig, dass selbst magische Wesen über unsere Geschichten nur noch Bruchteile oder», er deutet mit seiner behandschuhten Hand auf sie, «eben gar nichts wissen.»

Hornet stand auf. Allerdings nur, um sich auf den kleinen Tisch vor ihrem Sessel zu setzen. Weder gab er vor, die schwache Holzmaserung der Dielen anzuschauen, noch blickte er an ihr vorüber. Er sah sie direkt an. Um genau zu sein, begutachtete er sie.

Erstaunt verschränkte sie die Arme vor der Brust, fühlte sich aber bei seinem prüfenden Blick nicht unwohl. *Was sollte das jetzt?* Fragend hob sie die Schultern. «Was ist?»

«Lass uns rausgehen.»

Diese Antwort hatte nichts mit ihrer Frage zu tun.

«Warum hast du mich gerade so gemustert?», versuchte sie es erneut.

«Valentin und mich hat immer eine Sache verbunden. Die Einsamkeit. Jetzt hat er dich. Jetzt ist er nicht mehr allein.»

Seine Worte klangen seltsam emotional und Josefine beobachtete fasziniert, wie eine ganze Anzahl von Gefühlen über seine sonst so nüchterne Miene huschten.

«Das ist sehr sonderbar, verstehst du? Du bist sehr sonderbar. Ich bin noch nie einer wie dir begegnet. Da muss man auch mal ganz genau hinschauen.»

Ihr fehlten einfach die Worte. *Er hielt sie für sonderbar?* Das war schon fast witzig, denn sie hielt ihn, neben dem Drachen, für das Ungewöhnlichste, was ihr jemals begegnet war.

«Lass uns zu den anderen gehen. Es ist an der Zeit.»

Hornet erhob sich und sie stand ebenfalls auf. Während sie sich zum Gehen wandte, fragte sie leise: «Ist es nicht frustrierend hier auszuharren und auf den Weltuntergang zu warten? Zu wissen, dass alles umsonst ist?»

Wie musste es sich anfühlen, zu wissen, dass es unweigerlich auf das Eine hinauslief, egal was passierte? Sie konnte sich das nicht vorstellen.

«Nichts ist umsonst. Alles zählt. Und wenn es nur dafür ist, wie die neue Welt aussehen wird.»

Er lächelte bei diesen Worten.

Kapitel 29

Sie trat vor Hornet aus dem Haus. Schon bevor sie um die Ecke bog, spürte sie ein heftiges Pulsieren der Magie. Wie von allein verlangsamte sich ihr Schritt. Dies war kontrollierte Magie, die nur noch rudimentär etwas mit dem zu tun hatte, was sie auf dem Ritualplatz hoch oben in den Bergen kennengelernt hatte.

Im selben Moment blitzte direkt hinter ihrem Rücken etwas extrem Magisches auf. Allerdings fühlte sich diese Energie gänzlich anders an. Kühl und distanziert, während die Magie, die ihren Puls in die Höhe jagte, wie eine nur mühsam beherrschte Urgewalt wirkte. Der Platz war noch derselbe wie vor einigen Stunden. Dennoch hatte sich alles verändert. Sie brauchte in der Dunkelheit einige Sekunden, bis ihre Augen sich zurechtfanden.

Erst in dem Moment, als sie Caroline Heppner deutlicher erkennen konnte, wurde ihr klar, dass es nicht die Dunkelheit war, die ihre Wahrnehmung so verwirrte: Es war ein seltsam glimmendes Licht, das über dem gesamten Platz lag. Es gab keine Quelle für diese flackernde Beleuchtung. Vielmehr schien sie von überall her zu kommen und tauchte die Szene in einen surrealen Schimmer.

Sie entdeckte auch Mr. Gibbson und Eduard Konnternontix, die etwas abseits standen. Beide hatten die Augen geschlossen, schienen tief versunken zu sein. Die beiden Hexen standen sich fast in der Mitte des Platzes gegenüber. Während Caroline zum Himmel blickte, sah Mareyha starr zu Boden. Beide bewegten die Lippen, aber es war kein Laut zu vernehmen.

Trinidad hatte sich ihrer Schuhe entledigt und stand nur wenige Meter von den Hexen entfernt, den Kopf leicht gesenkt. Die kleine blonde Frau strahlte eine urtümliche Kraft aus. Hin und wieder zuckte ein leichter Lichtschleier in einem satten Rot über ihrem Kopf auf. Ihre hübsche Optik vermittelte dem Betrachter ein gänzlich anderes Bild, aber sie war eine mächtige Person.

Während alle anderen versunken wirkten, starrte Dupont die Elfenkönigin mit unverhohlener Abneigung an. Erst als er Josefine bemerkte, schloss auch er die Augen und drehte sich etwas weg.

Es war ein absonderlicher Mix aus den verschiedensten Formen der Magie, die über ihr in der Luft hing. Ihr wurde abwechselnd heiß und kalt. Eine Gänsehaut ließ ihr die feinen Härchen im Nacken zu Berge stehen und sie machte vorsichtig einen kleinen Schritt nach rechts, um die Hauswand im Rücken zu haben. Das feste Mauerwerk vermittelte ihr Ruhe und Sicherheit, während die verschiedenen Energien Kraft aus ihrem Körper zu ziehen schienen.

Ganz entfernt spürte sie Valentin. Sie spürte ihn und sie spürte den Drachen. Augenblicklich kehrte etwas Ruhe in ihren Körper zurück. Er war hier, er war in ihrer Nähe. Nichts konnte ihr geschehen.

Hornet trat neben sie und beugte sich etwas näher zu ihr. Seine Stimme war leise. «Das Ritual an und für sich braucht kaum Vorbereitung. Aber die verschiedenen Kräfte müssen sich aufeinander einstellen. Und gerade Elfenmagie ist schwer kompatibel.»

Im nächsten Moment zischte ein grüner Blitz über den Platz.

Josefine unterdrückte vor Schreck nur knapp einen Schrei und presste sich noch fester gegen die Hauswand.

«Mr. Gibbson. Das meinte ich mit Elfenmagie. Die macht manchmal, was sie will.»

Seine Augen folgten einem weiteren grell zuckenden Blitz, diesmal in dunkelrot. Lange Zeit passierte gar nichts, obwohl die Energiedichte immer weiter anstieg. Kurz bevor sie glaubte, die um sie herum strömenden Kräfte nicht mehr länger ertragen zu können, bewegten Caroline und Mareyha sich rückwärts. Trinidad folgte dieser Bewegung, während Eduard Konnternontix und Mr. Gibbson begannen, bedächtig näher zu kommen. Nur Dupont blieb an seinem Platz stehen wie angewurzelt.

Unendlich langsam bildeten die Hexen und Magier einen Kreis und Hornet stieß sich von der Hauswand ab, um ebenfalls seinen Platz einzunehmen.

Schlagartig versiegten die brodelnden Energien. Sie spürte ihr eigenes Herz in einem wahnsinnigen Tempo schlagen. In dem Moment, als Hornet seinen Platz im Kreis fand, jagte ein heftiger Schmerz durch ihre Handflächen. Sie schnappte nach Luft und krümmte sich. Der Schmerz verschwand, dafür begannen ihre Hände, unkontrolliert zu zittern.

Ungläubig starrte sie auf ihre Handflächen. Ein leicht goldener Schimmer schien aus ihnen herauszuströmen. Verwirrt hob sie den Kopf und spürte im nächsten Moment das altbekannte Kribbeln, wenn ihre Gabe sich in Gang setzte. Die goldene Farbe kroch auf den Kreis zu und leicht panisch schüttelte sie ihre Hände aus. Was auch immer es war, es hatte nichts bei den anderen Energien verloren. Es gehörte nicht dazu und war vielleicht in der Lage, alles durcheinanderzubringen.

In ihrer Angst aktivierte sie alle Kräfte, und ohne genau zu wissen, was sie tat, stoppte die Farbe auf ihrem unaufhaltsamen Weg zum magischen Kreis, den die Hexen jetzt mithilfe eines Ritualdolches schlossen.

Das ist nur deine Gabe. Du kennst sie. Also kannst du sie auch zurückholen.

Energisch hob sie die Hände und tatsächlich floss die Farbe zurück zu ihr, verschwand wieder in ihren Handflächen, die sie jetzt vorsichtshalber in die Hosentaschen steckte. Niemand schien bemerkt zu haben, was geschehen war. Um etwas zu sagen, war es zu spät, denn einen Atemzug später flammte die brodelnde Energie der Magier und Hexen wieder auf.

Jetzt fühlte es sich anders an. Kraftvoll, schonungslos, beängstigend. Diese Machtfülle erdrückte sie fast und sie schloss instinktiv die Augen. Als sie sie vorsichtig wieder öffnete, nahm sie eine Bewegung hinter dem geschlossenen Kreis wahr. Valentin stand nur wenige Meter entfernt hinter den Hexen und Magiern. Das Glimmen hatte sich zu einem sanften Licht gewandelt und in diesem Licht blitzten seine grünen Augen auf wie Smaragde. Er hatte den Kopf schräg gelegt und sah sie direkt an.

In diesem Moment begann Caroline mit heller, klarer Stimme zu singen. In unbekannter Sprache hoben sich und sanken die kristallklaren Töne über dem Kreis.

Valentin ging auf die Knie.

Das Ritual hatte begonnen. Jetzt gab es kein Zurück mehr.

Nur Sekunden später erhob der Drache sich über das Tal. Für einen Herzschlag stand er mit weit gebreiteten Schwingen in der Luft, unbewegt und machtvoll. Ein einziger Schlag der kraftvollen Flügel reichte aus, um ihn in eine Höhe von weit über zwanzig Metern zu katapultieren. Über die Energie des Kreises breitete sich augenblicklich seine unnachgiebige Alphamagie aus.

Dupont gab ein verhaltenes Stöhnen von sich und verzog für einen Moment schmerzhaft das Gesicht. Caroline hatte aufgehört zu singen, als sich Valentins Magie über den Kreis ausgebreitet hatte, jetzt ertönte ihre Stimme erneut, leicht atemlos, aber deutlich und klar.

Der Drache zog noch einmal in die Höhe, tauchte plötzlich und blitzartig herab und in einer einzigen geschmeidigen Bewegung sank er direkt vor Josefine auf den Boden. Sein Kopf senkte sich langsam, wandte sich ihr zu und sie spürte die Hitze, die von seinem majestätischen Körper auf sie überzuspringen schien. Die prachtvollen schwarzen Schwingen hielt er ausgebreitet. Sie mussten eine Spannbreite von mehr als fünfzehn Metern haben und sie erhoben sich vor und über ihr.

Sie verspürte plötzlich nicht mehr den Funken von Angst. Ohne zu zögern trat sie einen Schritt vor und legte die Handflächen auf seine lackschwarze Haut. Samtig heiß flammte seine Kraft auf. Sie schloss die Augen, ließ es zu, dass diese Kraft sie mit sich riss.

Irgendetwas geschah. Nichts, wofür es Worte geben konnte. Es vollzog sich zwischen ihren Seelen, abgeschirmt von seinen erhobenen Schwingen waren sie für wenige Sekunden allein, nur sie beide. Der Drache und seine Vesna.

Er verlagerte sein Gewicht. Eines der massiven Vorderbeine senkte sich neben sie und sie hob den Kopf. Seine Augen waren geflammt wie die des Mannes, der er wenige Minuten vorher noch gewesen war, doch hinter diesen lodernden Flammen lag das tiefe Jadegrün der Drachenaugen. In diesen Augen lag alles. Der Wille eines Anführers, sein Volk zu schützen, ein Abschied, seine Liebe.

Ohne Vorwarnung erhob er sich wieder. Seine mächtigen Schwingen katapultierten ihn kraftvoll in die Höhe. Josefine trat einen Schritt zurück, bis sie wieder die Mauer im Rücken spürte. Wärme breitete sich in ihr aus. Aber es war nicht das vom Sonnenlicht des Tages erwärmte Mauerwerk, das sie spürte. Es war seine Magie, von der er ihr etwas da gelassen hatte.

Kapitel 30

Der Drache erhob sich in den nachtschwarzen Himmel. Seine Angst um diese Welt, seine Angst um seine Frau begleiteten ihn. Mit einem weiteren Schlag seiner Schwingen schob er jeden Gedanken beiseite, machte Platz für das Jahrtausende alte und instinktgeleitete Programm, das seine Lebensversicherung war. Und hoffentlich auch die Lebensversicherung dieser Welt.

Je höher er stieg, umso deutlicher konnte er die atmosphärischen Störungen spüren, die ihm den Weg zum Riss in die andere Welt wiesen. Das elektrostatische Knistern legte sich um seinen Körper, versuchte, ihn aus dem Gleichgewicht zu bringen, aber diese negative Energie war noch weit entfernt davon, es mit seiner Kraft aufnehmen zu können.

Er gewann weiter an Höhe. Die Temperatur um ihn herum nahm stetig ab. Sie dürfte nur wenige Grad vom Gefrierpunkt entfernt sein, denn der stetige Luftstrom, der seinen Körper umspielte, kühlte seinen Organismus langsam, aber sicher herunter. Die Kälte war jetzt noch kein Problem, später würde sie allerdings eine Herausforderung darstellen, wenn es darum ging, schnell zu reagieren. Er steigerte leicht das Tempo, um seinen Herzschlag zu erhöhen, und verlor dabei jegliches Zeitgefühl.

Automatisch suchten seine Augen nach Orientierungspunkten, einem Sternenbild, etwas, was ihn die bereits zurückgelegte Strecke erkennen ließ. Eine menschliche Handlung. Der Drache brauchte keine Orientierung, er brauchte nur seine Instinkte. Augenblicklich reagierte er und entriss ihm das letzte bisschen Kontrolle. Für ihn spielte Zeit keine Rolle. Nichts spielte mehr eine Rolle.

Sein Atem war jetzt mit jedem Flügelschlag als kleine Wolke sichtbar. Wenige Herzschläge später kreiste er über dem Portal der Alben. Der Riss selbst war unsichtbar. Er spürte es nur an der konzentrierten, tödlichen Kraft, die plötzlich direkt vor ihm in der Nachtluft hing.

Ohne die Sonne konnte er die Thermik nicht nutzen, so musste er Energie aufbringen, um an Ort und Stelle Position zu beziehen, konnte nicht auf die Kraft der Aufwinde zurückgreifen. Sein Herz hämmerte in seiner Brust und versorgte das komplexe Geflecht der Adern unter seiner Haut mit Blut. Die Kälte spürte er nicht mehr.

Er war bereit.

Seine Magie entfaltete sich zu ihrer vollen Stärke. Flüchtig streifte ihn noch ein menschlicher Gedanke, sein eigener menschlicher Gedanke, der jedoch ungreifbar blieb, denn in diesem Moment erschütterte die Wucht des Rituals die Luft. Das Gefüge vor seinen Augen veränderte sich schlagartig. Jetzt konnte er den Riss sehen, und die körperlosen Wesen, die umgeben von einer Aura des Todes dahinter lauerten.

Es hatte begonnen.

Fasziniert starrte Josefine auf das Geschehen. Sie hatte sich an der Hauswand nach unten sinken lassen und die Knie vor den Körper gezogen. Ihre Hände kribbelten, als hätte sie in ein Ameisennest gefasst, und sicherheitshalber presste sie beide Handflächen fest gegeneinander.

Valentin hatte ihr mehr da gelassen, als nur etwas Wärme und einen kleinen Teil seiner Energie. Was sich mittlerweile über ihr ausgebreitet hatte und begann, im Takt ihres Herzens zu pulsieren, schien ein mächtiger Schutzzauber zu sein. Auch ihre Angst hatte er beruhigt und sie konzentrierte sich jetzt voll und ganz auf das Ritual.

Da Dupont der Ratsvorsitzende war und offensichtlich viele Entscheidungen traf, ging sie davon aus, dass er auch bei diesem Ritus federführend sein würde. Nach kurzer Zeit stelle sie jedoch fest, dass es Caroline Heppner war, die sämtliche Kräfte koordinierte und immer wieder an ihren richtigen Platz dirigierte. Hin und wieder nickte sie Mareyha zu, die wortlos ihre Aufgaben übernahm.

Mr. Gibbson, Eduard Konnternontix und Trinidad schienen in den Ablauf des Rituals nicht eingebunden zu sein. Sie konnte nur vermuten, dass ihre Magie wichtig war, um die benötigte Basis an Energie bereitzustellen, aus der das Ritual sich speiste.

Niemals zuvor hatte sie etwas Kraftvolleres oder Urtümlicheres gespürt als das, was durch dieses magische Ritual gewebt wurde. Während sie nach kurzer Zeit nicht mehr unterscheiden konnte, welche Kraft zu wem gehörte, spürte sie Hornets seltsame Magie immer wieder deutlich heraus. Ihr haftete etwas Kühlendes an. Und sie war tiefblau.

Dupont stand direkt neben Eduard Konnternontix und Hornet. Seine Magie surrte, zum Teil so hochfrequent, dass es ihr in den Ohren wehtat. Obwohl sie ihn genau beobachtete, war ihr nicht klar, welche Rolle er spielte. Der gedrungene Magier öffnete immer wieder die Augen und wirkte nervös.

Aber bevor sie anfangen konnte, sich darüber Gedanken zu machen, schoss ein Energieblitz über ihren Kopf hinweg und instinktiv duckte sie sich. Für einen Moment schien die Zeit stillzustehen, dann vernahm sie aus weiter Ferne einen Schrei.

Vorsichtig hob sie den Kopf wieder. Caroline Heppner stand mit erhoben Armen im Zentrum des Kreises. Etwas raste über Josefines Kopf hinweg, so schnell, dass sie den Luftzug an den Wangen spürte. Sie rutschte noch näher an die Hauswand, dankbar für den Schutzzauber, der jetzt langsam in einem zarten Silber aufglomm.

Wieder durchbrach ein Schrei die plötzlich nahezu vollkommene Stille. Entfernt erinnerte er sie an den Angriff im Wald, aber nur entfernt. Dieser Ton bewegte sich auf einer Frequenz, die sie mehr spürte als hörte.

Wieder der Schrei und diesmal wurde ihm geantwortet: Ein tiefes Grollen rollte über ihrer aller Köpfe hinweg. Im selben Moment wusste Josefine instinktiv, was geschah.

Das Ritual hatte seinen Höhepunkt erreicht und der Riss war weit geöffnet. Weit genug für die Dunkelalben. Dies war der Moment, in dem Valentin und der Drache in der weiten Höhe über ihnen um ihrer aller Überleben kämpften. Ihr Herzschlag beschleunigte sich.

Sie hätte am liebsten gerufen, die Hexe zur Eile gedrängt, aber sie schwieg und starrte nur auf die magischen Wesen, die nach wie vor unbewegt im Kreis standen. Nach unendlich langen Sekunden begann Caroline Heppner wieder mit dem Gesang und die Formation der Anwesenden änderte sich. Trinidad und Mr. Gibbson traten einen Schritt zurück, und auch Eduard Konnternontix machte eine Vorwärtsbewegung, als wolle er ihnen folgen. Stattdessen stürzte er wie ein Stein zu Boden.

Es dauerte einen Moment, bis Josefine begriff, dass dies nicht richtig war. Sie starrte auf den plötzlich regungslos am Boden liegenden Mann. Aus irgendeinem Grund kniete Dupont über ihm. Verzweifelt klammerte sie sich an den Gedanken, dass dies alles zum Ritual gehören würde, gehören musste, aber im nächsten Moment begann Mareyha zu schreien.

Hornet war der Erste, der aus seiner Erstarrung erwachte. Mit einem kehligen Knurren stürzte er sich auf Dupont, der immer noch regungslos auf dem Boden hockte.

Das Glimmen, das vorher die gesamte Szenerie in das goldene Licht getaucht hatte, war plötzlich verschwunden. Sie sprang auf. Ohne nachzudenken rannte sie los. Sie musste helfen, etwas tun.

Aber sie kam nicht weit, denn zwei zarte Arme schlossen sich mit der Kraft eines Bulldozers um ihre Taille und zwangen sie, stehen zu bleiben. Die Arme waren wesentlich stärker als sie. So blieb ihr nichts anders übrig, als auf Hornet zu starren, der Dupont mit äußerster Brutalität im Nacken gepackt hatte.

Der kleine Magier brüllte und wand sich. In seiner rechten Hand funkelte Stahl und er hackte damit wahllos um sich. Das in einem seltsamen Rot schimmernde Messer versank in Hornets Oberschenkel. Er ging in die Knie.

Eine Erschütterung brachte den Boden unter ihnen zum Wanken. Grellblaue Blitze jagten durch die Luft. Wie durch Watte nahm sie Duponts hysterisch surrende Magie wahr, die sich um ihn herum immer mehr komprimierte. Für einen Moment hatte er die Überhand. Einen Arm fest um Hornets

Hals geschlungen brüllte er mit verzerrtem Gesicht blanken Hass in die Welt. Dann stürzte sich Duponts Magie auf Hornet und die Arme in ihrer Taille ließen sie abrupt los.

Hornet schnellte nach hinten und rammte seinen Ellenbogen in Duponts Gesicht. In einer letzten ausladenden Bewegung stach er mit dem Messer zu. Der Dolch drang tief in Hornets rechte Hand, zeitgleich packte er den Ratsvorsitzenden und hielt seinen Kopf in seiner Armbeuge.

«Warum?», brüllte Hornet.

Sein Griff ließ Dupont keinen Bewegungsspielraum mehr. Einige Sekunden verstrichen, dann riss er den kleineren Mann hoch, sodass er fast den Boden unter den Füßen verlor.

«Sie hätten sie mir zurückgebracht.» Duponts Stimme überschlug sich. «Sie können ins Reich der Toten reisen. Und ihr werdet mich nicht daran hindern, meine Geliebte zurückzubekommen!»

Duponts Magie schoss mit einem schrillen Ton auf Hornet zu und schleuderte den großen Mann förmlich zur Seite. Sofort war der Ratsvorsitzende über ihm, griff an, seine Magie als einzige tödliche Welle um sich herum.

Hornet wand sich, versuchte dem tobenden Inferno zu entkommen. Sekundenlang rangen sie miteinander, das Knirschen, als Hornet den Magier zu fassen bekam und ihm das Genick brach, ging Josefine durch Mark und Bein.

Die plötzliche Stille danach wirkte surreal. Trinidad stand jetzt direkt neben ihr. Blanke Fassungslosigkeit war ihr ins Gesicht geschrieben. Sie presste eine Hand vor den Mund, mit der anderen hielt sie Josefines Handgelenk umklammert. Aber der feste Griff hatte etwas von seiner Stärke verloren.

Josefine entwand ihr die Hand und lief los. Eine Sekunde später kniete sie neben Eduard Konnternontix. Seine Brust glänzte feucht vom Blut. Duponts Messer musste ihn direkt ins Herz getroffen haben. Sie presste zitternd ihre Hand auf seinen Brustkorb, aber ihre Gabe schwieg, wie auch ihren Handflächen keine goldenes Gleißen mehr entströmte. Er war tot. Entsetzt starrte sie ihn an, unfähig einen klaren Gedanken zu fassen.

Caroline Heppner tauchte neben ihr auf. Ihr Gesicht war wie erstarrt und sie schwankte, als habe sie kaum noch Kraft, sich auf den Beinen zu halten.

«Der Riss ist geöffnet.»

Ihre Stimme war nur noch ein heiseres Flüstern. Josefines Gehirn weigerte sich, aus diesen Worten eine Schlussfolgerung zu ziehen. Sie musste etwas tun. Sie musste helfen. Auf Knien robbte sie weiter zu Hornet, der auf dem Boden saß, die Beine angezogen. Immer noch umgab ihn das leuchtende Blau. Sie legte eine Hand auf seine Schulter und warf Dupont einen kurzen Blick zu. Sein Kopf lag in einem abscheulichen Winkel verdreht.

«Hornet?»

Ohne eine Reaktion abzuwarten, wanderten ihre Hände zu seinem Oberschenkel. Sie musste Prioritäten setzen. Zwei Sekunden später wusste sie, dass keine Arterie verletzt war. Die Wunde hatte bereits aufgehört zu bluten und würde heilen.

Jetzt erst wandte sie sich seiner Hand zu, aus deren Handrücken immer noch der Dolch ragte. Vorsichtig betastete sie das Leder seines Handschuhs, um besser erkennen zu können, welches Gewebe unter der Eintrittstelle des Dolches lag.

Hornet richtete sich etwas auf. «Mir geht's gut.»

Ein Bild tauchte in ihrem Kopf auf. Der Kampf des Drachen gegen die Alben. Ein Kampf auf Leben und Tod, nur einige Kilometer über ihnen. Ihnen fehlten zwei Magier, um das Ritual zu Ende bringen zu können. Der Riss war weit geöffnet.

Konzentrier dich auf das Nächstliegende.

«In deiner Hand steckt ein Dolch, das will ich mir nur kurz ansehen.»

Erstaunt registrierte sie, dass ihre Stimme einen tiefen und beruhigenden Tonfall hatte, als würde sie mit einem Unfallopfer sprechen. Vorsichtig drehte sie Hornets Hand herum, um die Austrittsstelle genauer betrachten zu können. Würde sie den Dolch einfach herausziehen, konnte es zu unkontrollierten Blutungen kommen.

«Kein Problem», murmelte Hornet und griff sich mit der linken Hand an das rechte Handgelenk.

Mit einem Ruck nahm er die Hand ab. Sie starrte völlig verwirrt auf den schwarz glänzenden Schaft einer Prothese.

Auffordernd hielt er ihr die Prothesenhand hin. «Zieh mal raus.»

Sie gönnte sich einen ganz kleinen Moment, um kurz die Augen zu schließen, dann griff sie beherzt an den Griff des Dolches und zerrte ihn aus der Prothese.

«Danke.»

Freundlich nickte Hornet ihr zu und begann geschickt, die Hand wieder auf dem Stumpf des Unterarmes zu befestigen.

«Das war der Fenriswolf, du erinnerst dich? Ich werde dir davon berichten, wenn wir Zeit haben.»

Mit Schwung kam er wieder auf die Beine. Dann hielt er ihr die Hand hin. Die rechte.

Ohne zu zögern ließ sie sich von ihm aufhelfen und spürte jetzt die Kühle der Mechanik unter dem Handschuh auf ihrer Handfläche. Sie warf einen Blick in die Runde. Caroline kniete immer noch neben Eduard Konnternontix, dessen Leiche bereits begonnen hatte, sich in Erde zu verwandeln.

Mr. Gibbson und Mareyha St. James standen sich gegenüber. Beide hatten die Hände mit den Handflächen nach oben vor sich ausgestreckt.

Sie spürte den kraftvollen Klang der Magie bis tief in ihre Seele. Offenbar hielten sie, während der Rest der Welt im Chaos zu versinken drohte, die Stellung und die Magie an Ort und Stelle.

Sie musste etwas tun. Sie musste handeln. Fest schloss sie die Augen.

Kapitel 31

Der Riss öffnete sich vollständig und Valentin hielt dem nun folgenden Ansturm nur stand, weil er instinktiv und im Bruchteil einer Sekunde seine Taktik geändert hatte. Anstatt das Loch in der Atmosphäre mit der Spannweite seiner Flügel abzudecken, verlegte er sich darauf, jeden einzelnen anzugreifen, der versuchte an ihm vorbeizukommen.

Instinktiv reagiert er auf die Bewegungen der Alben. Solange sie vor ihm blieben, war die Welt in seinem Rücken relativ sicher. Die körperlosen Wesen duckten sich geschickt unter ihm hindurch, aber er konnte ihr Eindringen mit seinem effektiven Flammenwerfer verhindern.

Ein echtes Problem waren jedoch die Schattenwesen. Einige von ihnen hatten es geschafft, sich beim Höhepunkt des Rituals durch den Riss zu zwängen. Sie waren seitdem aus seinem Blickfeld verschwunden, aber er spürte sie hinter sich in der Luft. Sie waren etwas kleiner als die Kreaturen im Wald, aber deswegen nicht weniger gefährlich. Die Alben drängten mittlerweile mit einer Aggression nach vorne, dass er alle Sinne beisammen halten musste.

Dennoch schaffte es das plötzlich hörbare angriffslustige Summen der Schatten in seinem Rücken, ihn für einen Moment abzulenken.

Er reagierte fast zu langsam, als sich einer der Alben auf ihn stürzte. Mit einer Seitwärtsbewegung des Oberkörpers parierte er den direkten Angriff. Ein weiterer Umriss löste sich aus der Masse und raste auf ihn zu.

Der Drache brüllte auf. Er schmecktc dic Flammen tief in seiner Kehle, die den Angreifer vernichteten.

Die Schatten hinter ihm klangen nun wie kampfbereite Hornissen. Ihr Summen nahm an Intensität zu, aber er hatte keine Möglichkeit, sich umzudrehen. Sie planten einen Angriff, aber er brauchte seine gesamte Konzentration auf die schemenhaften Umrisse der Alben, die sich immer schneller bewegten. Ihm blieb nichts anderes übrig, als abzuwarten, bis der Riss sich wieder schloss. Erst dann hatte er eine Chance, sich den bösartigen Luftwesen zu widmen.

Aber der Riss blieb, wie er war.

Langsam spürte er die massive Anstrengung des Flugmanövers in seinen brennenden Muskeln. Vom Höhepunkt des Rituals bis zum Ende konnte es keine so lange Zeitpanne sein. Es konnte einfach nicht so lange dauern. Er hörte ein scharfes Zischen hinter sich. Der folgende Aufprall auf seinen Körper raubte ihm kurzfristig den Atem und er verlor an Höhe. Tief in sich spürte er Josefines blanke Angst.

Josefine stand unbewegt am Rand des Ritualkreises. Sie mussten diesen Riss schließen. Valentins Kräfte schwanden. Sie spürte seinen Kampf um das Überleben dieser Welt tief in ihrer Seele.

Trinidad stand mit blitzenden Augen und in die Hüfte gestemmten Fäusten Caroline Heppner gegenüber. «Und wir geben jetzt auf?»

Ihre tiefe Stimme bebte vor Wut.

«Wir brauchen sieben! Wir sind nur noch fünf! Unsere Energie reicht nicht mehr aus. Clemens Alphamagie kann das nicht ausgleichen.»

Die Hexe rang die Hände. «Wir haben keine Chance mehr. Dupont hat uns verraten und er hat es auf dem Höhepunkt des Rituals getan, wo es kein Zurück mehr gab.»

Josefine machte einen Schritt nach vorne. Das Kribbeln in ihren Händen hatte zugenommen und ließ sich kaum noch kontrollieren. Sie musste ihrem Drachen helfen. Und das schnell.

«Wir sind sechs. Ich werde euch helfen.»

Caroline Heppner schüttelte nur fassungslos den Kopf.

Trinidad starrte die Hexe feindselig an. «Was würde schlimmstenfalls passieren?»

«Der Riss würde sich nicht schließen.»

Hornet hatte Duponts Leiche vor das Haus getragen und stapfte jetzt um Josefine herum. «Der ist eh offen. Und von allein schließt der sich auch nicht mehr.»

Kommentarlos zog Josefine ihre Hände aus den Hosentaschen. Die goldene Farbe sprühte erneut sofort Funken und Trinidad machte erschrocken einen Satz nach hinten.

«Was war Duponts Aufgabe?», fragte Josefine.

Ihre Stimme klang hart und ungeduldig. Sie hatten keine Zeit mehr zu verlieren. Es gab nur noch einen Weg und sie würde ihn einschlagen. Und Niemand würde sie daran hindern.

Die Hexe antwortete leise, ohne den Blick von Josefines Händen zu nehmen. «Er hat unsere Magie an ihrem Platz gehalten. Sie konzentriert. Trotzdem sind wir nur sechs.»

Konnte es wahr sein, dass diese Hexe immer noch zweifelte? Sie hatten keine Wahl, sie mussten es versuchen!

«Verdammt noch mal! Valentin ist da oben! Der Riss ist offen! Wir müssen handeln.»

In ihrer Stimme lag nicht die Verzweiflung, die sie spürte. Sie musste vertrauen. Auf ihre Gabe und auf Valentins Energie. Seine Magie, die sie immer noch um sich herum spürte und die ihre Seele wärmte. Im krassen Gegensatz dazu stand ein kalter Schmerz, der sich langsam in ihrem Magen einnistete. Durch ihre Verbindung spürte sie die ersten Auswirkungen des erbitterten Luftkampfes. Aber sie musste bei sich bleiben, durfte nicht zulassen, dass ihre Gedanken abschweiften.

Ihr Blick fiel auf Trinidad. Um den Körper der Elfenkönigin wirbelte die Luft, sie war wütend und schien für den Moment nur noch aus purer Energie zu bestehen. Aus einer Eingebung heraus berührte Josefine sie an der Schulter.

Sie öffnete sich, atmete tief durch und hielt dem Ansturm der fremden Magie stand. Die Elfenmagie verwirbelte mit dem goldenen Schimmer ihrer Hände, durchzog sie mit königlichem Rot, um schlussendlich in einer brillant schimmernden Fontäne in die Höhe zu schießen. Es war ein kurzer Prozess, der in diesem Moment stattfand. Es war die Vereinigung zweier Energien zu einer großen, aber die Wirkung war verblüffend.

Trinidad stand ganz still und starrte auf das Farbspiel, das der Hochzeit ihrer beider Energien gefolgt war.

«Wir müssen weitermachen oder die Kraft versiegt.»

Mr. Gibbson Stimme war klar und laut.

Trinidad riss den Kopf zu ihm herum. Ihr Gesichtsausdruck war immer noch verblüfft.

Hör auf deine Instinkte. Lass deiner Gabe freien Lauf. Die Worte kamen aus dem Nichts, aber sie hatten den tiefen Klang von Valentins Stimme. Sie blinzelte kurz verwundert und betrachtete ihre Hände, die immer mehr Magie zu produzieren schienen.

Hornet folgte der Hexe in die Mitte des Kreises. Trinidad hingegen blieb direkt neben ihr stehen. Wieder zuckten leichte rote Blitze über ihren Kopf und sie drehte ihr das Gesicht zu.

«Ich kann deinen Herzschlag spüren.»

«Ich habe keine Ahnung, was hier passiert.»

Aber sie musste nicht mehr wissen, sie musste nur noch handeln. Energisch hob sie die Hände und schickte ihre Gabe auf Reisen. Völlig problemlos manövrierte sie sie über die Köpfe der anderen Magier und Hexen hinweg und ließ sie eine Kuppel bilden.

«Es scheint, du bist ein Naturtalent.»

Trinidads Stimme war leise. Sie legte ihr erneut eine Hand auf die Schulter. Caroline begann zu singen.

Das, was ihn traf, war eine menschliche Waffe, keinerlei Magie, aber es hatte durchschlagende Wirkung. Mit einem widerlichen Knacken brachen seine Rippen und er rang nach Luft. Augenblicklich verlor er seine Position. Einige Alben zwängten sich brutal an der entstandenen Öffnung vorbei.

Es war fast unmöglich, wieder an Höhe zu gewinnen. Sein linker Flügel war plötzlich taub. Dennoch gelang es ihm mit letzter Kraft, sich wieder auf seine ursprüngliche Position zu manövrieren. Er schickte den Alben eine weitere Feuersbrunst hinterher.

Die Ränder des Risses begannen zu flirren und für einen Moment war er abgelenkt. Ein erneutes Zischen hinter ihm katapultierte ihn zurück in die Realität. In allerletzter Sekunde tauchte er ab.

Die Alben nutzten dieses Manöver und strömten mit brachialer Gewalt in seine Welt. Er ignorierte das Brüllen seiner zerstörten Rippen und bezwang sie mit einem weiteren Flammenmeer. Dieses Spiel konnten sie noch ein, zwei Mal spielen, dann würde er dem Vorstoß nicht mehr standhalten können. Er hatte keine Kraft mehr.

Die Ränder des Risses flirrten erneut. Mühsam brachte er sich wieder in Position. Er spürte, wie er im Flug taumelte, wie sein Gleichgewichtssinn langsam zu versagen begann. Aber er spürte auch einen scharfen Sog in das Reich der Alben.

Der Riss hatte begonnen, sich zu schließen.

Die Erleichterung schenkte ihm für einen Moment Kraft. In der gleichen Sekunde änderten die Alben ihre Taktik. Er war zu langsam für diesen brachialen Angriff aus dem Hinterhalt. Schatten pressten sich gegen seinen Rücken, drängten ihn vorwärts, tiefer in das Reich der Alben. Sie versuchten ihn mit sich zu nehmen. Womit alles verloren wäre.

Mit letzter Kraft bäumte er sich gegen den Druck in seinem Rücken auf, riss den Kopf herum und kämpfte mit seinen Flammen darum, frei zu kommen. Der Rückstoß des Feuers ließ ihn endgültig das Gleichgewicht verlieren. Er kam ins Trudeln und prallte mit voller Wucht gegen den scharfen Rand der anderen Atmosphäre. Der unbarmherzige Sog brach ihm den Flügel, er hörte das laute Bersten seiner Knochen.

Im selben Moment begann der Riss sich unter ihm zu schließen. Wo eben noch nichts außer der gnadenlosen Strömung in die andere Welt gewesen war, gab es plötzlich wieder feste Materie, an der er sich abstützen konnte.

Halb blind vor Schmerz presste er sich gegen diesen Halt und sah die Schatten an sich vorbeiziehen. Der Sog hatte jetzt auch sie erfasst und riss sie zurück in ihre Welt. Einige versuchten, ihn zu packen, ihn mit sich zu ziehen, aber er schaffte es, sie mit einem Flügelschlag seiner gesunden Schwinge beiseite zu schieben.

Ein Zischen wurde lauter. Aber er konnte sich nicht rühren. Gefangen im festen Griff des Soges und seiner eigenen Unbeweglichkeit erkannte er das Geschoss auf seiner Flugbahn in seine Richtung zu spät.

Die Explosion raubte ihm die Sicht.

Der Schmerz überstieg alles, was er bisher erlebt hatte. Er war im freien Fall. Mit letzter Kraft versuchte er, die Schwingen auszubreiten, den Luftwiderstand zu vergrößern, um nicht mit voller Wucht auf den Boden zu schlagen.

Er konnte nichts mehr sehen. Das Einzige, was noch funktionierte, war der Instinkt seines Drachens. Er wusste, dass der Erdboden nur noch wenige Meter unter ihm lag. Im letzen Moment verwandelte er sich, um seine eigene Masse zu verringern. Der Aufprall raubte ihm den Atem. Sein Herz setzte aus. Dann war da nichts mehr.

Kapitel 32

Es dauerte eine Weile, bis Josefine begriff, dass die Magie um sie herum langsam versiegte. Sie hatte die Augen fest geschlossen und konzentrierte sich ganz und gar auf das scharfe Brennen in ihren Handflächen.

War es vorbei? Oder war die sie umringende Stille lediglich die Ruhe vor dem Sturm, den die Alben in wenigen Sekunden losbrechen würden, um die Welt ein für allemal in Dunkelheit zu hüllen?

Vorsichtig und unfähig die letzte Hoffnung aufzugeben, öffnete sie die Augen. Der Ritualplatz lag eingetaucht in das fahle Mondlicht vor ihr. Sämtliche Farben der Magie waren verschwunden. Eine fast gespenstische Stille umgab sie.

Trinidad ging neben ihr in die Hocke. «Es ist vorbei.»

Josefine blinzelte einmal, um den Nebel in ihrem Kopf zu vertreiben. Caroline Heppner lag auf den Knien in der Mitte des Kreises. Erschöpft hatte sie die Hände vor das Gesicht gelegt. Hornet stand unbewegt da und sah in ihre Richtung. Während ihre Blicke sich trafen, nickte er ihr einmal kurz zu. Ein seltsamer Ausdruck lag auf seinem Gesicht, als er sich abrupt wegdrehte und schnellen Schrittes den Platz hinter dem Haus verließ. Mr. Gibbson folgte ihm.

Josefine blieb leicht verwirrt mit Trinidad und den beiden Hexen zurück. Fragend sah sie die drei Frauen an. «Es ist vorbei?»

Mareyha stand plötzlich neben ihr. «Ja, deine Energie war ... stark.»

«Der Riss ist geschlossen?»

Sie fühlte sich seltsam benommen und im nächsten Moment überflutete sie ein Hochgefühl.

Caroline kam schwankend auf die Beine und schüttelte die Hände aus. «Es war knapp», murmelte sie leise. «Die gesamte Grundstruktur der Atmosphäre, die uns von der Welt der Dunkelalben trennt, ist durcheinandergeraten. Immer noch sind dunkle Strudel zu spüren, die versuchen, in unsere Welt zu gelangen. Aber der Riss ist geschlossen.»

Die Freude, die Josefine durch den Körper geschossen war, wurde augenblicklich abgelöst von blanker Angst. Sie fuhr auf dem Absatz herum und blickte zum dunklen Horizont. *Wo war Valentin?*

Da, wo sie ihn seit ihrer Vereinigung in ihrer Seele gespürt hatte, dort, wo sein Herz mit ihrem im Gleichklang schlug, war nun lediglich eine klaffende, sehnende Leere, ein aufwallender Schmerz, der Verlust schrie, und Josefine wurde mit einem Mal ganz kalt.

«Wir müssen den Drachen suchen», sprach Trinidad aus, was Josefines sich überschlagende Gedanken nicht hatten formulieren können.

«Warum ist er nicht zurückgekommen?»

Sie kniff die Augen zusammen, um in der Dunkelheit, die über den Bergen und Wäldern lag, mehr erkennen zu können. Wie gebannt starrte sie auf die sich im leichten Wind wiegenden Baumkronen, die wie Scherenschnitte vor dem fast bleischwarzen Himmel aufragten.

Ohne zu denken rannte sie los. Folgte dem Pfad am Haus vorbei und tauchte ein in den Wald. Sie kletterte über eine steile Böschung und rannte querfeldein. Äste schlugen ihr ins Gesicht, sie stürzte über eine Baumwurzel und schlug hart mit den Knien gegen einen Stein. Schwer atmend kam sie wieder auf die Beine, eine Hand gegen einen mächtigen Baum gestützt.

Sie lauschte in sich, hörte ihr rasendes Blut durch die Adern pulsieren, ihren eigenen schweren Atem durch ihre Lungen wogen und dann, ganz entfernt, spürte sie ihn. Weit entfernt, aber mit jeder Sekunde, die verstrich, spürte sie seinen Herzschlag deutlicher. Er lebte. Er brauchte sie.

Augenblicklich bewegten ihre Beine sich wie ferngesteuert. Sie rannte weiter, folgte dem unbefestigten Weg durch den Wald in die Richtung, die ihre Seele ihr wies.

Innerhalb kürzester Zeit hatte sich der Wald dicht um sie geschlossen und verschluckte das Licht des Mondes gänzlich. Aber mit jedem Schritt konnte sie ihn deutlicher spüren. Sein Herzschlag war ein dumpfes Vibrieren in ihren Handflächen und sie beschleunigte das Tempo. Nach kurzer Zeit raste ihr Atem. Völlig überraschend stieß sie auf eine Ansammlung von großen Steinen. Wie von einem Riesen achtlos beiseite geschleudert lagen sie kreuz und quer auf einer kleinen Lichtung. Im selben Moment erreichte Valentins Pulsschlag ihr Herz.

Sie sprang über einen flachen Felsen und blieb dann abrupt stehen. Hier gab es keine Bäume mehr, die das Licht des Mondes vom Boden abschirmten.

Eine dunkelrote Pfütze glitzerte hell zu ihren Füßen. Der metallische Blutgeruch, der in der Luft lag, war fast unerträglich. Unsicher machte sie einen Schritt zur Seite.

«Valentin?»

Sein unverändert starker Herzschlag gab ihr die Kraft weiterzugehen. Vorsichtig kletterte sie weiter über einige kleinere Felsen. Sie folgte der Blutspur und seinem Puls.

Er war nackt und lag auf der Seite zusammengerollt unter einem Busch.

Der Schock seines Anblicks ließ ihren Atem einen Moment stocken. Dann stürzte sie weiter, sank neben ihm auf die Knie und berührte seine Schulter. Die Wärme seiner Haut war tröstlich. Sein Herz schlug in einem beständigen Rhythmus. Sie fühlte, dass sein Körper schon jetzt dabei war, alle Schäden zu heilen. Er öffnete die Augen und sah sie an.

Sanft strich sie ihm über den Arm. «Schlaf jetzt. Ich pass auf dich auf. Du wirst es vielleicht nicht glauben ... aber ich bin durchaus dazu in der Lage.»

Ein kleines Lächeln huschte über sein Gesicht, bevor er wieder die Augen schloss. Sie legte sich dicht neben ihn und schob vorsichtig die Arme um seinen zerschundenen Körper. Sie fühlte, wie sich ihre Magie golden schimmernd wie eine wärmende Decke über sie beide breitete.

«Te iubesc», murmelte Valentin.

«Ich dich auch», antwortete seine Vesna.

Kapitel 33

«Sie wäre dazu in der Lage.»

Carolines nachdrückliche Worte drangen in Valentins Gedanken. Für einen Moment betrachtete er abwesend die vier brennenden Kerzen auf dem Kaminsims, die für die brannten, die sie verloren hatten.

Eine Kerze stand etwas abseits. Ihre Flamme flackerte unruhig vor den dunklen Steinen des gemauerten Kamins. Er selbst war es gewesen, der zu den drei weißen Kerzen eine weitere gestellt hatte.

Er riss sich vom zuckenden Lichtschein der Kerzen los und wandte seine Aufmerksamkeit wieder auf die verbliebenen Ratsmitglieder. «Sie kann es nur aus freien Stücken tun.»

Dies war ihre erste Ratssitzung seit dem Ritual. Seit sie vier Tote zu beklagen hatten. Sie waren nicht handlungsfähig. Wladimir Rosmosch hatte Eduard Konnternontix' Platz eingenommen. Caroline hatte den Ratsvorsitz übernommen. Dennoch fehlte ihnen trotz Trinidads und Mareyhas Zusage, vorerst für den Rat zur Verfügung zu stehen, immer noch ein weiteres Mitglied.

Mareyha lehnte in einem der Sessel und hatte die Beine übereinandergeschlagen. Auch ihr Blick ruhte auf den Kerzen.

«Ihre Magie wirkt auf einer anderen Ebene. Einer Ebene, der ich niemals zuvor begegnet bin. Ihre Gabe ist jetzt vollständig erwacht und ein Segen für die magische Welt. Sie besitzt die Fähigkeit, die Wunde des verloren gegangen Vertrauens zu heilen.»

Duponts Tat hatte ihnen vorübergehend das Vertrauen geraubt. Aber ohne das war kein wirkungsvolles Ritual möglich. Glaube und Sicherheit gehörten wie die Liebe und Zuversicht zu der Basis eines jeden Lebens, sei es magisch oder menschlich. Josefines unbändige Magie hatte diese Wunde geheilt.

Auch er sah die Notwendigkeit ihres Beitritts glasklar vor sich. Das würde aber bedeuten, dass sie ihre Stelle im St.-Marien-Stift aufgeben musste. Menschen zu heilen war bisher ihre Lebensaufgabe gewesen, sie war mit Leib und Seele Ärztin. Er konnte nur hoffen, dass sie dennoch die Entscheidung traf, nun für den Rat zu arbeiten. Was die kleine Nebenwirkung hätte, dass er sie immer um sich haben würde. Eine Tatsache, die ihm ausgesprochen gut gefiel.

«Warum hast du für Dupont eine Kerze angezündet?»

Hornets Stimme klang nachdenklich. Er stand mit verschränkten Armen am Ende des Raumes und betrachtete gedankenverloren die flackernden Flammen.

Valentin streckte die langen Beine aus. «Ich verurteile seine Tat. Sie hätte mich und uns alle fast das Leben gekostet. Aber ich begreife auch, aus welcher puren Verzweiflung heraus er gehandelt haben muss.»

Jetzt, wo er Josefine in seinem Leben hatte, verstand er ihn besser, als ihm lieb war. Er mochte nicht darüber nachdenken, zu was er in der Lage wäre, wenn er sie je verlieren würde.

Aber es war auch die Aufgabe eines Alphas zu verzeihen, denn Dupont hatte aus tiefer Trauer gehandelt. Vor dreiundzwanzig Jahren war seine Frau bei einem Autounfall schwer verletzt worden. Sie war ins Koma gefallen und niemand hatte ihr helfen können. Nach einigen Jahren war sie schließlich gestorben.

Vermutlich war das auch der Grund, warum er Josefines Gabe so sehr gehasst hatte. Sie kam zu spät, um seiner Frau helfen zu können. Somit war Dupont aus seinem tiefen Schmerz heraus zum Handlanger der Alben geworden und hätte diese Welt geopfert, um bei seiner Geliebten sein zu können.

Wie immer saß er so, dass er die Tür im Blick hatte, doch schon bevor die Türklinke sich senkte, erhöhte sich sein Puls. Durch ihre tiefe Verbindung spürte er seine Vesna in dem Moment, als sie die Eingangshalle durchquerte.

Freude breitete sich in ihm aus. Ein schlichtes, einfaches und tiefes Gefühl. Josefine war eine lebendige Urgewalt. Und sie war sein.

Wenige Sekunden später stürmte sie in den Raum. Natürlich begrüßte sie nicht zuerst ihn, wie es die Regeln des Rats vorschrieben. Stattdessen ließ sie ihre Reisetasche auf den Boden gleiten, wo sie stand, und sagte fröhlich: «Da bin ich!»

Ja, das war sie. Seine Vesna. Das einzige Wesen, das die gleiche Stärke wie er besaß. Das mit ihm auf Augenhöhe stand und mindestens die gleiche Form von Autorität für sich beanspruchte.

Zugegeben, für ein machtgewohntes Wesen wie ihn war das nicht immer leicht zu ertragen. Aber für das Glück, sie in seinem Leben zu haben, war er mehr als gewillt, sich an diesen ungewohnten Zustand zu gewöhnen.

Die verbliebenen Ratsmitglieder begrüßten sie freundlich, aber verhalten. Amüsiert sah er die Verwirrung in ihren Gesichtern. Für sie war sie immer noch eine Unbekannte.

Josefines grünen Augen funkelten und der sanfte Schein der Kerzen schimmerte in ihren roten Locken. «Ich habe eine Entscheidung getroffen.»

Er spürte, wie er den Atem anhielt.

«Vorerst werde ich hier gebraucht. Ich werde mich dieser Aufgabe stellen, wie bisher jeder Aufgabe in meinem Leben: mit vollem Einsatz. Deswegen habe ich mich beurlauben lassen. Für einen humanitären Hilfseinsatz. Was nicht ganz stimmt. Das humanitär.»

Sie grinste.

Ihre Lebendigkeit ließ sein Herz höher schlagen. In dem einsetzenden zustimmenden Gemurmel der Anwesenden fing er ihren Blick auf. Sie strahlte ihn an und er musste sich sehr zusammennehmen, sie nicht einfach hier und jetzt in seine Arme zu ziehen.

Der Drache regte sich in ihm. Er war frei. Er liebte sie. Das war alles, was er wollte.

Es war Zeit, die anderen Ratsmitglieder zu entlassen.

Epilog

«Kommst du jetzt?»

Valentin stand an der Tür und strahlte mit jeder Faser seines Körpers Ungeduld aus.

In gespielter Entrüstung verdrehte sie die Augen, schlüpfte aber trotzdem in ihre Schuhe. Er war heute ein echtes Nervenbündel. Sie ging auf ihn zu, um kurz vor der Eingangstür abrupt umzudrehen und zurückzulaufen. Sie hatte ihr Buch vergessen. Ohne Lesestoff konnte es in den Bergen ein wenig langweilig werden.

«Hab was vergessen.»

Wo war es nur? Es lag nicht auf dem Tisch. Sie sah sich um. Auf dem Küchentresen lag es auch nicht. *War es schon im Rucksack?*

Sie öffnete die Schnallen und wühlte sich durch den Inhalt. Ganz unten fand sie den neuen Frauenroman, der erst gestern Morgen mit der Post gekommen war. Sie zog das Buch heraus und hielt es triumphierend in die Höhe. «Ich hab es!»

Jetzt verdrehte er die Augen, die mittlerweile wieder durchzogen waren von gelben Flammen vor einem jadegrünen Hintergrund. Das satte Braun war schon gestern Abend kurz nach der Ankunft in seinem Landhaus aus seinem Blick verschwunden und hatte Platz gemacht für die Augen des Drachens.

«Josefine.»

Trotz seines ungeduldigen Tonfalls zog er das S in ihrem Namen sanft in die Länge.

«Ich komme ja.»

Eine Zeit lang hatte sie sich bemüht, das ihr zueigne Chaos in seiner Gegenwart etwas zu zügeln. Aber das funktionierte nicht. Die Unordnung gehörte einfach zu ihr, und er schien sich langsam sogar daran zu gewöhnen. Zumindest die meiste Zeit.

«Los, Oskar. Lassen wir ihn nicht länger warten.»

Sie schulterte den Rucksack und folgte der Bulldogge, die im gemächlichen Trab zur Eingangstür lief. Valentin lehnte am Rahmen. Aber die scheinbar lässige Geste überspielte seine Anspannung nicht.

Im Vorbeigehen streckte sie die Hand nach ihm aus. Ein kleiner Stromschlag durchfuhr sie und sie hielt inne.

«Was ist mit dir?»

Sie stellte sich auf die Zehenspitzen, um ihm in die Augen schauen zu können. Er lächelte. Ein Gesichtsausdruck, der in letzter Zeit immer häufiger in seinem Gesicht auftauchte und ihm wirklich gut stand.

«Nichts.»

Betont gleichgültig zuckte er die Achseln. Heute allerdings passte sein Gesichtsausdruck nicht zu seiner Körpersprache und schon gar nicht zu dem, was sie von seiner Seele empfing.

Er war aufgeregt. Sie spürte den Drachen unruhig durch ihn hindurchstreifen. *Lag es daran, dass er sich so viele Wochen nicht verwandelt hatte*? Es gab für einen Drachen in der heutigen Zeit nicht viele Orte, an denen er fliegen konnte. Die wenigen Male, bei denen sie ihn begleitet hatte, waren hastige Zugeständnisse an sein zweites Ich. Im Schutz der Dunkelheit auf irgendwelchen Äckern, so gut es ging versteckt vor der Zivilisation.

Die vergangenen Tage hatten sie hauptsächlich in Berlin verbracht, um die Angelegenheiten des Rats zu regeln. Jetzt endlich hatten sie Zeit und die Möglichkeit, den Ritualplatz zu besuchen, einer der wenigen Orte, an dem der Drache unbemerkt von der Welt fliegen konnte. Aber irgendwie wurde sie das Gefühl nicht los, dass seine Aufregung irgendetwas mit ihr zu tun hatte.

Sie folgte Valentin über den seitlich am Haus vorbeiführenden Pfad und betrachtete dabei das Anwesen. Der Schutt war zwar beiseite geräumt worden und die zersplitterten Glasscheiben des Haupthauses ersetzt, dennoch sah man noch an jeder Ecke Spuren des erbitterten Kampfes. Sie würden in den kommenden Wochen ihre Kräfte dafür nutzen, das Anwesen wiederaufzubauen. Gemeinsam.

Mit einem letzten Blick auf ihr neues Zuhause tauchte sie ein in die kühle Frische des Waldes und folgte Valentins weitausholenden Schritten.

Die wärmende Abendsonne begrüßte sie, als sie die Felsen erreichten, die den Ritualplatz säumten. Sie spürte das leise Summen der Energie, die in ihnen wohnte und bei ihrem Auftauchen schlagartig erwachte.

«Du bleibst hier stehen.» Er zog sie mit einer schnellen Bewegung mit in den Kreis und hielt ihre Hände fest. «Genau hier. Verstanden?»

«Valentin. Was hast du vor?»

Seine unbändige Kraft pulsierte aufgeregt um ihn herum. Sie musste lachen. *Was war nur los mit ihm?* Fragend sah sie ihn an, aber er war schon einen Schritt zurückgetreten und knöpfte sich das Hemd auf, das er achtlos auf den Boden fallen ließ.

Verwundert beobachtete sie, wie auch seiner Hose das gleiche Schicksal widerfuhr. Die goldene Sonne beschien seinen perfekten, nackten Körper, hüllte ihn in strahlendes Licht.

«Kommst du mit mir?»

Seine Worte waren atemlos.

Augenblicklich begann ihr Herz im gleichen schnellen Rhythmus zu klopfen wie das seine. Endlich begriff sie. Er wollte, dass sie mit ihm flog, dass ihr Traum endlich wahr wurde.

«Du kannst nicht fallen. Ich bin bei dir.»

Seine Stimme war tief, der Drache bereits dicht an der Oberfläche.

Stumm nickte sie.

Er dreht sich um die eigene Achse und wurde vor ihren Augen zum Drachen. Die Schwingen vollständig ausgebreitet ragte er den Bruchteil einer Sekunde vor ihr auf. Sein Atem erfüllte die Luft. Seine lackschwarze Haut glänzte matt im Schein der Sonne. Sie sah, wie sich sein mächtiger Brustkorb ausdehnte, als er tief Luft holte.

Dann senkte er den Kopf. Sie spürte die Berührung seiner Lippen auf ihrem Haar, sein sanfter Duft nach Luft und Freiheit füllte ihre Lungen.

Vorsichtig hob sie eine Hand und griff über sich. Die Berührung seiner Haut löste einen Schauer der puren Vorfreude in ihr aus. In einer einzigen Bewegung sank er vor ihr nieder und drehte den Oberkörper. Mit klopfendem Herzen folgte sie seiner Einladung.

Starke Schwingen trugen sie in die Höhe. Das Geräusch der an ihr vorbeirauschenden Luft schwang in ihren Ohren. Ihre Hände ruhten auf seinem Körper. Samtig heiß glühte seine Haut unter ihren Handflächen. Eine tiefe Ruhe erfüllte sie.

Seine Kraft durchflutete sie und nahm sie mit sich in die unendliche Weite des Horizonts.

Danksagung

Ich liebe Drachen. Ich habe diese großen, prinzessinenraubenden, feuerspeienden, mystischen Wesen schon immer geliebt. Dank U-line durfte aus dieser tiefen Zuneigung jetzt ein Buch entstehen.

Danke Birte für die intensive Begleitung.
Danke Claudia (auch genannt: Mrs. Wikipedia) für Tyr.
Danke Arne Stademann für die wunderbare Idee mit der Flusssäure. (Wobei wunderbar natürlich sehr relativ ist, aber sie hat mein Plottloch sehr effektiv gestopft.)
Danke Frank Cord Lohmann für die diversen kreativen Einfälle Rund um das Thema Weltuntergang, die Gedanken, wie man einen Drachen wohl am sinnvollsten vom Himmel holt und den bösen Baum aus Indien (den ich mir allerdings noch aufhebe ...).
Danke lieber Nachbar Roland für das spontane Verköstigen mit fantastischen Spaghetti.
Danke Andreas für das Tetris-Spielen mit den Szenen. Das war sehr spannend, sehr hart und sehr fein.
Danke Hella für das Lesen und den großen Drachen zum Geburtstag.
Danke Katja für den kleinen Drachen und die Kekse.
Danke Katha, dass du Valentin und Josefine in einer Nachtschicht gelesen hast.
Danke Laszlo und Gabriel für die sprachliche Betreuung.
Danke Dr. Katharina Knollmann für den Klinik-Slang von Josefine.

Danke Franziska für den Feinschliff und deinen Überblick bei den Tages- und Nachtzeiten.

Danke mein Mann. Weil es dich gibt!